JN123902

私の出逢った詩歌　上巻

進土郁
Shinji Iku

西田書店

まえがき

この本は短歌会の会誌（「サキクサ」）に二〇〇〇年一月から二〇一五年にかけ、一五六回にわたって書き続けてきたものを、この度、上下巻として纏めたものです。

本書の構成にあたっては、私の生まれた時から成長にしたがって出逢った詩歌の順にいたしました。刊行に際して連載からいくつかの稿を削除しましたが、編集して下さる方から「各篇はそれぞれ時代を伴ったもの」とのご意見もあり、その多くを収録した結果、このような大部なものとなってしまいました。

連載のきっかけは、お友達数人から誘われて入った短歌会で、主宰からエッセーのような文章の連載を書いてほしいと依頼されたことによります。私は「文章を書くことは恥を掻くこと」と頑なに思っておりましたので、再三のご要請を固辞してきました。しかし、「自由に何を書いてもいい。お任せする」とのお電話に心動き、病の身の私も二年位なら命あるかとも思ってお引き受けいたしました。

短歌会の会誌ですからテーマを「私の出逢った詩歌」と決め、私の覚えている歌・詩・文章を題材として掲げ、その詩歌について思ったことや考えたことを書いてみようと。

幸いにも世はワープロ時代にはいり、エンピツも消しゴムも、辞書さえもいりません。心ある人はいかにか見けんと忸怩たる思いを抱きながら書き続け、気づけば十五年の歳月が流れておりました。

本書の推敲と校正を重ねる過程で、寄稿した十五年間は流るる如き幾星霜の感をつよくいたしました。

私にとりましてははっきり記憶している詩歌、そして最近では忘れ去られている詩歌を呼び起こして稿を重ねましたが、お読みくださる方々の記憶の中からそれらの歌がよみがえり、ともに口ずさんでいただくことができれば嬉しゅうございます。

私事に亘ることや私たちが過ごした戦中や戦後のことなどは「あとがき」（下巻）に記したく存じます。

二〇一九年九月

進士　郁

私の出逢った詩歌〔上巻〕目次

第二章　幼き日々に

第三章　小学生の頃に

第四章　女学生の頃に

第一章　母の背中で聞いた歌

一　響りん〱音りん〱

島崎藤村

響(ひびき)りん〱音りん〱
うちふりうちふる鈴高く
馬は蹄(ひづめ)をふみしめて
故郷の山を出づるとき
その黒毛なす鬣(たてがみ)は
冷(すゞ)しき風に吹き亂れ
その紫の兩眼は
青雲遠く望むかな
枝の綠に袖觸れつ
あやしき鞍に跨りて
馬上に歌ふ一ふしは
げにや遊子の旅の情

あゝをさなくて國を出で
東の磯邊西の濱
さても繫がぬ舟のごと
夢長きこと二十年
たま〱ことし歸りきて
昔懷へばふるさとや
蔭を岡邊に尋ぬれば
松柏(しょうはく)すでに折れ碎け
徑(みち)を川邊にもとむれば
野草は深く荒れにけり

菊は心を驚かし
蘭は思を傷ましむ

高きに登り草を藉(し)き
惆悵(ちゅうちょう)として眺むれば
檜原(ひばら)に迷ふ雲落ちて
涙流れてかぎりなし

去ね〱かゝる古里は
ふたゝび言ふに足らじかし
あゝよしさらばけふよりは
日行き風吹き彩雲(あやぐも)の
あやにたなびくかなたをも
白波高く八百潮の
湧き立ちさわぐかなたをも
かしこの岡もこの山も

いづれ心の宿とせば
しげれる谷の野葡萄に
秋のみのりはとるがまゝ
深き林の黄葉に
秋の光は履(ふ)むがまゝ

響りん〳〵音りん〳〵
うちふりうちふる鈴高く
馬は首(かうべ)をめぐらして
雲に嘶(いな)きいさむとき
かへりみすれば古里の
檜原は目にも見えにけるかな

この詩を吟ずると合掌造りの家々が目に浮かびます。

越中富山の山奥の山々に囲まれた平村祖山(たいらむらそやま)の夕まぐれ。母に負んぶして母の小声で歌うこの歌を聞いていました。

夕闇が濃くなると寂しい集落の家々にポツンポツンと灯(あか)りが灯ります。

東京の家で生れた私が雪深い祖山に行ったのは生後三ヶ月を過ぎた頃で、二歳半頃までその地で過ごしました。

父は庄川に作っている祖山発電所の機械の技師をしていました。

私は寝付きの悪い赤ん坊だったらしく（今も宵っ張りの朝寝坊は変わらないのですが）、「ねんねんやおべろこやを何十遍繰り返しても寝なくて、おまけに歌を変えると余計にぱっちりして困った」と母がよく言っていました。

母は考えた揚げ句に私を負んぶして、夜の道を藤村の詩を小さい声で吟じながら歩いたそうです。赤ん坊の私はこの詩を聞くと静かにしていたとのことですが、藤村の詩の中で私が最初に覚えた詩で一番好きな詩ですので、全詩掲載しました。

毎晩聞いているうちにすっかり覚えてしまったとはいえ、赤ん坊のことゆえ詩の意味は当然分かりません。ただなんとなく物寂しい思いで聞いた記憶があります。

小学三年生のころでしたか、母の書棚にあった藤村詩集を取り出して見ていますとこの詩がありました。覚えていた通りなので嬉しく思いました。ずっと「勇士」と思っていたのが「遊子」という言葉で、これは「千曲川旅情の歌」の中にもでてきますので、旅人のことかと自分勝手に解釈しました。

「きくは心を驚かし／らんは思いをいたましむ」は、幼いながら「きく」は「聞く」「らん」はご覧なさいの「覧」のことと思っていましたので、それぞれ「菊」「蘭」と書かれてあるのを見て、詩人とはなんと面白く表現するものかと感心しました。掛詞などということは知りませんでしたから。

「あやしき鞍」「ちゅうちょうとして」の意味が分かったのはずっと後になってからです。

「ああよしさらばけふよりは」以下の詩句を口ずさむと室生犀星の詩の「故郷は遠きにありておもふもの」に通うように思われます。「響りんりん」はその童謡のような調べから多くの人々に愛唱されたといわれていますので、犀星の詩にも影響を与えているのではないでしょうか。

この詩を口ずさむと青雲の志を抱いて郷関を出た青年の、限りない望郷の念がしみじみと心にせまります。

祖山は合掌作りの家々で有名な五箇山の集落の一つです。現在は岐阜県側と富山県側を結ぶ道路は立派に整備され、観光地として訪れる人も多いのですが、私たちの住んでいました当時は日本の三大秘境の一つと言われた交通不便な山奥の地でした。

今は美しい渓谷美で知られる庄川には橋もなく、川の両岸から綱を張って籠で渡るような所でした。ある時大水で籠が水に浸かり乗っていた人々が流されたと母から聞きました。川を渡るにも命懸けの所でした。籠渡（かごわたし）という地名とバス停留所の名が今もあります。

人里遠き交通不便の秘境の地ゆえ五箇山（ごかやま）は加賀藩の流刑の地でもありました。

私たちの住んでいた当時は、ガスも水道も無く、冬には豪雪で交通も途絶しますから、赤ん坊の私の急な病気に備えて冬の間は私と母は城端（じょうはな）の町に住んだということです。父はあまり家庭的な人でないうえに仕事におわれて帰宅は遅く、雪深い地ゆえ城端の家には帰ることができません。親しい人もいない山奥の慣れぬ生活の中、赤ん坊の私と二人で夫の帰りをひたすら待つ明け暮れは、若かった都会育ちの母にとってどんなにか心細かったことでしょう。

暗い夜道を赤ん坊の私をおんぶして、この詩を吟じながら行きつ戻りつする母の姿とその情景が目に浮かぶように思われます。

「檜原は目にも見えにけるかな」の最後の一行を二回繰り返して母は吟じていましたが、そこには母自身の切なる東京恋しの思いが込められていたような気がいたします。

二　酔歌

島崎藤村

旅と旅との君や我
君と我とのなかなれば
酔うて袂の歌草（うたぐさ）を
醒（さ）めての君に見せばやな

若き命も過ぎぬ間に
楽しき春は老いやすし
誰が身にもてる宝ぞや
君くれなゐのかほばせは

君がまなこに涙あり
君が眉には憂愁（うれひ）あり
堅く結べるその口に
それ声も無きなげきあり

名もなき道を説くなかれ
名もなき旅を行くなかれ
甲斐なきことをなげくより
来りて美（うま）き酒に泣け

光もあらぬ春の日の
独りさみしきものぐるひ
悲しき味の世の智恵に
老いにけらしな旅人よ

心の春の燭火（ともしび）に
若き命を照らし見よ
さくまを待たで花散らば
哀しからずや君が身は

わきめもふらで急ぎ行く
君の行衛はいづこぞや
琴花酒（ことはなさけ）のあるものを
とどまりたまへ旅人よ

こうして私は「晩春の別離」「おえふ」「千曲川旅情の歌」などの藤村の長い詩や「初恋」などの短い詩の多くを子守唄がわりに母の背に負われて聞き、覚えました。赤ん坊の記憶力はものすごいと、今でも一節ならず最後まで歌うことが出来ることを思うと、しみじみ感じます。

「酔歌」は明治三十年（一八九七）一月、「文学界」に発表され、八月刊行された『若菜集』に収められています。

藤村の詩集はこの『若菜集』に続いて『一葉舟』（明治三十一年六月）『夏草』（明治三十一年十二月）『落梅集』（明治三十四年）があります。

「これらの詩業は近代日本の夜明けを告げる若々しい新しい声であり青春の歌であった。日本の近代詩は藤村と共に始まったといってよい」と多くの人に言われるように日本の新しい詩の出発でした。とは言うものの詩の形は遠く万葉集の長歌の域を出ていないと私は思うのです。が、それゆえにこそ後に新しい詩の運動が起こるのですが。

それはそれとして藤村の詩の内容は、封建的な制約の殻を破って感情や感覚の自由な解放を求めたものといえましょう。

「酔歌」には若い人たちへの自分自身の若さ・青春を大切に思うようにとの呼びかけがあります。「若き命も過ぎぬ間に／楽しき春は老いやすし／誰が身にもてる宝ぞや／君くれなゐのかほばせは」の一節を読むとその訴えがしみじみと胸に迫ります。古来老成がよしとされてきた日本の社会では、若さは青二才などとあまりかえりみられませんでした。それに対する作者の抵抗がみられます。しかしその詩のあまりにも抒情的なゆえに、作者自身の批判精神は読み取れないように思われますが、またそれゆえにこそ当時の多くの若人に共感をもって迎え入れられ愛唱されたのではないでしょうか。明治・大正の文学作品の中にも「酔歌の一節を歌いながら」という一文が多く書かれています。

　この詩を読むと与謝野晶子の

　　その子二十櫛(はたち)にながるる黒髪のおごりの春のうつくしきかな

が思い出されます。明治三十四年（一九〇一）に発表された『みだれ髪』に載せられたこの短歌には、女性が女性であることや若さを抑圧されて生きることを強いられた時代に対して、敢然として挑戦した強さがあると思います。ことさらに女性や若さを言わなければならなかった時代の社会背景を知ることも女性史を考える上で大切と思います。

　こうして大正の時代になると次のような歌が流行するようになります。

　大正五年、中山晋平の作曲で松井須磨子が歌って一世を風靡しましたが、このような歌の出現にも先人の業績が影響していきます。この歌も「酔歌」や晶子の短歌の影響を多く受けてできたものでしょう。

ゴンドラの唄　　　吉井　勇

一、いのち短し恋せよ乙女
　紅き唇褪せぬ間に
　熱き血潮の冷えぬ間に
　明日の月日はないものを

二、いのち短し恋せよ乙女
　いざ手を取りて彼の舟に
　いざ燃ゆる頬を君が頬に
　ここには誰も来ぬものを

三、いのち短し恋せよ乙女
　波にたゞよふ舟の様に
　君が柔手(やわて)を我が肩に
　ここには人目のないものを

四、いのち短し恋せよ乙女
　黒髪のいろ褪せぬ間に
　心のほのほ消えぬ間に
　今日は再び来ぬものを

余談になりますが、戦後の日本映画に「生きる」という作品があります。その映画の主人公は地方の公務員を真面目に三十年勤めてある日「ガン」であることがわかり、最後に公園を作る仕事にたずさわります。雪の降る夜更け、新しい公園のブランコにすわってゆらしながら小声で「命短かし」を口ずさみます。志村喬の演ずるそのシーンは胸うたれます。そこで主人公は息絶えるのですが。

子守歌がわりに聞いた藤村の詩の中で「酔歌」は「響りんりん音りんりん」の次に覚えて二番目に好きだった詩でしたが、当然の事ながら詩の意味は分かりません。具体的に理解できる言葉がないのですから。それでもなんとなく調子がよいので好きだったのでしょう。「酔歌」が多くの若い人たちに愛唱された一因は、このような点にもあったのではないかと思ったりもします。あまり深くは考えずに何となく分かったような気持ちになってしまうところに、藤村の詩の魅力もあるのではないでしょうか。

大正の終わりから昭和の初め頃、目白の女子大の寮で過ごした母たちは、洗い髪を乾かしがてら夕べの雑司ケ谷の墓地辺りを、「酔歌」を口ずさみつつ散歩したと話していました。

先日母を訪ねたとき、この連載で取り上げようと思っている詩歌を母と歌ってみました。今年（二〇〇〇年）九十二歳の母は寝たきりで一日テレビを見て過ごしていますが、藤村の詩から民謡まで多くの詩歌を諳じていました。「いっこちゃんあの頃赤ちゃんだったのによく覚えているわね」と古稀近い娘に母は言い、私は卒寿を過ぎた母の記憶の確かさに驚きました。

「若き命も過ぎぬ間に／楽しき春は老いやすし」と歌いながら、母がその詩を口ずさんだ若い頃には、三十代四十代になった時に、雨と降る爆弾の下を逃げ惑い、食糧難や物資欠乏に苦しみ、戦災にあって家も家財も失い、貧しく長い戦後の生活がその行手に待っていようとは考えもしなかったのではないかとしみじみ思いました。

三　旧制第四高等学校寮歌「北の都に」　　岡本順一　作

一　北の都に秋たけて
　　吾等二十（はたち）の夢数う
　　男女（おとこおみな）の棲む国に
　　二八（にはち）に帰るすべもなし

二　そのすべなきを謎ならで
　　盃捨てて歎かんや
　　酔える心の吾れ若し
　　吾永久（とこしえ）に緑なる

三　そのすべなきを謎ならで
　　盃投げて呪わんや
　　歌う心の吾れ若し
　　われ永久に緑なる

四　髪は緑の青年が
　　友情（なさけ）の園に耕いし
　　いや生き繁る友垣や
　　三年（みとせ）の春をめぐる哉

（以下省略）

旧制第四高等学校は金沢にありました。この歌は四高の代表的な寮歌です。藤村の詩の次に母が子守歌がわりに歌ったのは、旧制高等学校の寮歌でした。寮歌は長かったので歌い易かったのでしょう。沢山聞いた寮歌の中で、「北の都に」は私の好きな歌でした。

寮歌には美文調・漢文調・詠嘆型・慨嘆型などいろいろありますが、その詩句には古今東西の名句や故事が読み込まれています。

私は教師をしていましたので、当然クラス担任もしました。新入生を担任した時、二・三年生を受け持った時、この歌を歌って話をしました。この詩の一番の詩句の内容は誰にでも分かりやすく、「二八」が十六歳のことだと説明すれば生徒たちも理解できます。私が勤めていた高校は前身が旧制の中学でした。私が赴任した頃は先生方の中にも旧制高校出身の方が多くいらしてその雰囲気が色濃くのこっていました。生徒も男子生徒がクラスの三分の二を占めていました。

新入生は高校生活に期待をもって入って来ます。しかし学校教育の中で偏差値による選別がひどくなるにしたがって志望校にいけなくて挫折したり、また学校群などの制度によって志望校でない学校へ振りあてられたりと、不満を抱いている生徒も少なくありません。それらの生徒たちにこれからの三年間がいかに人生にとって大切な良き時期であるかについてこの歌を解説しながら歌いますと、挫折感や不満を抱いていた生徒たちも、しっかり勉強し悔いのない高校生活を送ろうという気持ちになるようで、授業態度もよくなり、先生方の話もよく聞くようでした。

二年生になると高校生活にも慣れて中だるみし、煙草をすったりさぼったり、世の中や家庭に反抗したり、また自分自身の能力に望みを失いかけたりする生徒がでてきます。そんな時には昔の旧制高校生は今の高校二年生、十六歳という歳は再び巡って来ない大切な歳と話して歌うと彼らの胸に響くようでした。

三年生になるとそれぞれ進路について悩み、孤立感や孤独感をもち自分中心になりがちになりますので、「二八にかえるすべもなし」の詩句を引いて、昔から多くの若い人たちが過ぎ去った日々を思いながら、人生について悩みつつ生きて来たのだなどと語りました。一番の歌詞は多分にセンチメンタルな歌詞ですが、そのセンチメンタルな所を若い生徒たちの感性に訴えると、心に響いたようでした。


この歌には忘れられない思い出があります。

昭和二十五年、東京都学生演劇連合と日本戦没学生記念会との合同で「きけわだつみのこえ」の演劇を上演することになり、大学の演劇部にいた私も参加しました。すでにできていた脚本について、厭戦であって反戦でないとの意見がたたかわされ、学生たちで毎晩議論を繰り返して脚本を作りました。

舞台稽古に入って、出陣学徒の壮行会の場面で全員が日の丸の旗を振って歌を歌います。その時この「北の都に」が歌われました。キャストもスタッフも総出でこの歌の練習をしました。その時私は「寮歌も沢山あるのにどうしてこの歌にしたの」と演出の学生に聞きました。「この歌が寮歌の中で一番有名だから」という答えでした。当時は旧制東大生には旧制高校出身の人が多いのでその時はその説明を何げなく聞き過ごしてしまいました。

文科系学生・生徒の徴兵猶予が停止され、昭和十八年十月二十一日には小雨降る神宮外苑で出陣学徒の壮行会があり、続いて十二月には徴兵適齢が十九歳に繰り下げられました。一緒に劇をした学生の中には学徒兵だった方も多くおられました。

「北の都に」を取り上げたのは単に有名だったからだけではない。「我ら二十の夢かぞふ」とあるけれど、二十より先のない命、いや二十の夢さえ数えられなかった多くの方々がおられたのだ、劇に参加した学生たちの実感を如実に表していたからこそ、あの場面で歌われたのだと気が付いたのは私が大学を卒業してからでした。

私が「北の都に」を生徒に歌って聞かせる時そんな話もしましたから、生徒たちも静かに聞いていたのだと思います。

ここで私の手許にある何冊かの本に書かれてあることについて触れてみます。

その一つは『忘れ去らないうちに書き留め置きたきこと』（水産講習所卒業生文集）（現海洋大学）のなかに、Ｂ級戦犯学徒兵の手記があります。その方は学業半ばに召集され戦後復員されて学校に戻られたのですが、ある日突然占領軍のＭＰが学校にやってきて戦犯として逮捕され、教室から連れ去られて拘置所に収容され、学友たちの助命嘆願も空しくＢ級戦犯として処刑されました。

二冊めは『背子物語』(長久保片雲著)。作者の兄上は昭和二十年、旧制二高に合格されました。しかしその年の入学式は四月には行なわれず、勤労動員続行のため六月末でした。その間に兄上に召集令状がきました。出征を目前にして兄上は、第二高等学校の校長野口明氏に宛てて「無事帰還したら生徒として入学させてください」との、嘆願書を出されましたが、還ることなく戦死されました。

三冊めは『旧制一高の非戦の歌・反戦譜』(稲垣真美著)。昭和十七年六月の一高記念祭寮歌「運る(めぐる)もの星とは呼びて」の作詞者、清水健二郎氏は、東大仏文科在学中に海軍に入り、昭和二十年七月、戦艦長門の艦橋で米軍艦載機の爆撃で戦死なさいました。香川県立三豊中学の出身でした。「北の都に」の一番の歌詞を読むと、次の啄木の歌が思われます。

己が名をほのかに呼びて
涙せし
十四の春にかへる術なし

石川啄木

この寮歌は八番まであるので五番以下は省略しましたが、七番の歌詞には「名も無き道を行く勿れ/吾等が行手星光る」とあり、「酔歌」の一節が思い起こされます。

四　筑紫の富士に

石川勝治　作

一　筑紫の富士にくれかかる
　夕の色の袖が浦
　渚に立ちておもふとき
　都の春を忍ぶ哉

二　千代の松原磯づたひ
　梢をわたる譜のしらべ
　音なつかしく響くとき
　おもふ健児の歌の曲

三　「東風吹かば」など詠じけむ
　宰府の宮は今ここに
　おとづる人のしげくして
　飛梅の名のかをりゆく

四　其のかんばせにいやまして
　にほひこぼるる向陵の
　梅の根ざしよ心して
　「春な忘れそ」永劫に

五　西に離れて三百里
　筑紫の果に迷ふ時
　自治の梅花に東風吹かば
　遙かに「匂ひおこせ」かし

六　星は移りて二十二の
　栄の数のことほぎに
　弥生が岡を忍びつつ
　杯あぐる記念祭

旧制第一高等学校紀念祭歌です。旧制第一高等学校の寮祭は二月に行われ、毎年寮歌が生徒によって作られました。寮歌は卒業生からも贈られ、それらは「寄贈歌」と呼ばれました。「筑紫の富士に」は一高から九州大学に進学された方が、明治四十五年の第二十二回紀念祭に作って贈られた「寄贈歌」です。

この歌は都落ちした自分の心情を、流謫させられた菅公の都恋うる心になぞらえて、菅原道真の「東風吹かば」の和歌をちりばめながら、感傷的に歌ったものといえましょう。作曲も同じ人でしみじみと心に響く曲です。

拾遺集　春

流されはべりける時家の梅の花を見はべりて　　贈太政大臣

東風吹かばにほひおこせよ梅の花あるじなしとて春をわするな　（流布本第五句「春な忘れそ」）

大鏡にも載っています。

「筑紫の富士に」を母以外の人から聞いたのはそれから六十年近く過ぎてからでした。

付属高校のM先生は平安時代の歌人の研究者でした。地味な服装の、いかにも当時の女学校の独身の女の先生らしい矜持を保たれた方でした。私の専攻をどこかでお聞きになったらしく「同じ道の研究をなさる方ね。よろしく」と学生時代に声をかけていただきましたが、私は近寄り難くて親しくお話することもできませんでした。付属高校を退職されてから私立女子大の教授になられて、学会でお目にかかるくらいでした。

私は高校で古文も教えていましたが、古文の研究書の解釈には時々「?」と首を傾げることが多くありました。やがて古来研究者の殆どが男性で、男性の目からの解釈が多いからだと気が付き、女性の目から考えたら解釈も違ってくるのではないかと思い、私自身の目からみた解釈で授業をするようになりました。

ある日学会の後で後輩と「お茶でも」と話をしているとM先生のお帰りになる後姿が見えましたので、声をおかけしますと「お邪魔じゃないこと」とはにかんだ笑顔でおっしゃってお茶をご一緒しました。とりとめのない話にお誘いしてと恐縮していましたのに「談論風発ね。時間のたつのを忘れるわ」と楽しそうにおっしゃいました。その後地方での学会の時など「進士さんもご一緒だったら楽しいのに」とおっしゃって下さったとお聞きしました。

しばらくして「平安女流文学者の夫たち」という題でM先生の講演会がありました。私はその演題の斬新さに驚き、講演を拝聴して女性の学者がこのような内容を講ずる時代になったことに感動し、そしてまた先生が美しくしゃれたお洋服をお召しなのに驚きました。

「M先生を偲ぶ会」の席で、「先生の一番お好きだった歌を」とおっしゃってある方が「筑紫の富士に」を歌われました。思いがけぬ所での懐かしい歌に私は思わず唱和しました。母が女子大の寮で福岡からいらした方に習ったと言っていましたから、母と同じお年頃のM先生も女高師の寮でお覚えになられたのでしょう。先生が卒業された当時女高師には義務年限という制度があり、先生の最初の赴任地は長崎の女学校だったとうかがいました。

東京からはるばると長崎に赴任されたM先生は「筑紫の富士に」に共感を持たれたことでしょう。それゆえの愛唱歌だったのだと思います。先生は歌がお好きで「唱歌でつづる日本史」をご自分で作られて歌われたとのことでした。かつての先生からは歌を歌われるお姿は想像もできませんでした。

九州で学会があった時、列車が関門海峡を渡ると、先生は「命なりけりですね」と同行の方々に繰り返しおっしゃったとのことでした。長崎は原爆の被災地、そしてかつての勤務地、九州に向かわれる胸中のさまざまな思いを、西行の「命なりけり」の歌に託して語られたものと思われます。

新古今和歌集　巻第十

東の方へまかりけるによみ侍りける　　西行法師

年たけてまた越ゆべしと思ひきや命なりけりさやの中山

この和歌はあまりにも有名ですが、長い年月病と共に過ごしている私には

古今和歌集　巻第二

題しらず　　読人しらず

春ごとに花のさかりはありなめどあひ見むことは命なりけり

の和歌もまた心にしみじみと感じます。

「偲ぶ会」には丁寧にきちんと先生が筆で写本を写された冊子が何冊もありました。コピーなどという便利な機械の無かった頃、研究者はあちこち写本を探して筆写したのです。私が調べて論文にした、「富澤美穂子先生」（母の福井高女一年生の時の担任）も宇津保物語の研究のために宮内庁書陵部に日参され書写をしておられたとのことでした。

女性が仕事を持ったり、研究者として生きて行くには独身でなければ出来なかった時代はついこの間まで存在していました。そしてそれらの女性たちはまた自分の思いを表に出さず、自分の本来の性質をひそめて男性社会の中を出すぎないように控え目に生きてきました。

晩年のM先生は生き生きとして自分自身を解放して生きていらしたようにお見受けしました。研究の内容もそれに従って新しくなられ、その力量をどんどん発揮されました。お召し物もご自分の好みを生かしておしゃれにおなりでした。本来はおしゃれな方だったと思います。女性が人間らしく生き

ることのできる社会は大切と思います。

先生御逝去のあと私は思いがけない御縁で先生の源氏物語講座をひきつぎました。宇治十帖「夢の浮橋」の講義を終えて、ほっとしました。先生は私の勉強不足をおぎなうようにと励まして下さったのでしょうか。

そういえば私の祖母の伯母も源氏の講義をしていたとききました。少女の頃から古典に親しみ「〇さまは紫式部におなりになるのかいの」と言われていたそうで、奥方になってからは藩士の娘たちに「源氏」を講じていたそうです。

五　旧制第三高等学校　逍遥歌　紅萌ゆる丘の花

沢村胡夷　作詞

一　紅萌ゆる丘の花
早緑匂う岸の色
都の春に嘯（うそぶ）けば
月こそかかれ吉田山

二　緑の夏の芝露に
残れる星を仰ぐ時
希望は高く溢れつつ
我等が胸に湧返る

三　千載秋の水清く
銀漢空に冴ゆる時
通へる夢は崑崙の
高嶺の此方ゴビの原

四　ラインの城やアルペンの
谷間の氷雨なだれ雪
夕べは辿る北溟（ほくめい）の
日の影暗き冬の波

（中略）

十一　見よ洛陽の花霞
桜の下の男の子等が
今逍遥に月白く
静かに照れり吉田山

逍遥とは特別な目的も無く気分転換に歩く事で、簡単に言えば散歩のこと。日本ではそういう習慣はなく、明治になって外国から伝わったということです。

坪内逍遥の号の「逍遥」もそんな新しいことを取り入れて名乗ったのではないでしょうか。明治になってからは「散歩唱歌」も作られていますから、歩きながら思索するというのは新しい文化として知識人に積極的に取り入れられたものと思います。

この歌を聞きますと母の背に負んぶした越中祖山の風景の他に、小さな流れの畔の小道を、年配の男の人に抱かれて歩きながら聞いた遠い記憶が思い出されますので、小学校低学年の頃母に聞いてみました。以下母の話。

「それは叔父様（祖母の弟）がいっこちゃんを抱っこしておばば様も一緒に疏水の畔を散歩した時のことよ。永観堂に寄って時にはインクラインの辺りまで行ったこともあるのよ。貴女は赤ちゃんだったのによく覚えていたわね。叔父様が『姉様、赤ちゃんが女の子で良かったですね。戦争に征かずにすむから。この子が大きくなった頃は女も男と同じように大学に行けるようになるでしょうし、これで廣江（母方の姓）の家も安泰ですね』と仰って三高寮歌の紅萌ゆるや琵琶湖周航歌や人を恋ふる歌などを歌って散歩されたの」

「叔父様は日露戦争の廃兵でした。二百三高地の戦いも日暮れになると、その日の戦が停戦となり日露両軍がそれぞれ自国の兵の負傷者・戦死者を収容します。負傷者は野戦病院へ戦死者は大きな塚穴を掘って幾体もそこに入れます。倒れていた叔父様もまさに塚穴に投げ入れようとされたその時、体を抱えていた兵の一人が『体が温かい』と言ったので穴の縁に下ろして確かめていた丁度その時、叔父を探していた従卒が偶然通りかかり是非病院にと言って野戦病院へ送られました。弾丸は胸を貫通し命は絶望的でしたが『不思議に命』だけは助かりましたが、その後長く肺を病んで恢復せず、内地の病院を退院しても職に就く体力はなく、雪深い北陸の家は体に無理なので、学生時代を過ごした京都に家を求め老婢を雇って読書や絵を描いて暮らしている。余儀無き高等遊民の暮しでした」

「叔父様の様子を見るためにおばば様は弟の住いの近くの吉田山の辺りに家を借りて東京の自宅から時々来ていました。その頃は姉弟でも独身の男の家に寡婦の女が泊まる事は憚られましたから。おばば様の家は真如堂の近くで、境内の飛び石をポイポイと言いながら、歩き始めたばかりのいっこちゃんが石蹴りの真似をしていた姿が今も目に見えるようだわ」

「あれから少し後に京大に事件があって、警察に追われた学生さんが屋根伝いに逃げて屋根瓦を警官に投げ付けて大変だったんですって、おばば様が仰っていらしたわ」

この話を聞いて私は衝撃を受けました。大叔父の体を持ち上げた兵隊さんがもしも大叔父の体が温かいことに気が付かれなかったら、大叔父は「赤い夕陽の満州」の「野末の石の下」になったままになったでしょう。

ちなみに京都知恩院の近くに「ここはお国を何百里」の石碑が建っています。

その頃私は与謝野晶子の「君死にたまふこと勿れ」を読み深く感銘を受けました。

少し成長した頃、大叔父には働かずに生活できるいささかの資産があったので穏やかに暮らせましたが、資産の無い人達は生活をどうされたか、大叔父にも自分の若い前途に希望があった筈でそれを実現する望みを断たれてどのような思いで長い年月を生きておられるのかと思いました。

先の大戦の時の女学生の頃に「英霊を迎える」と全校生徒が駅までの沿道に度々並びました。遺族の方々が胸に抱いておられる白布に包まれた御遺骨箱の中は御遺骨ではなく英霊だという言葉の意味に気づいてはっとしました。英霊という言葉の欺瞞は恐ろしい。「水漬く屍草生す屍」は未だ戦場に鬼哭啾啾としておられるのですから。

敗戦の翌年。昭和二十一年に映画「わが青春に悔いなし」が公開上映されました。

原節子・藤田進・杉村春子出演で、滝川事件とゾルゲ事件をモデルとした内容です。思想弾圧の厳しい戦前戦中の社会から解放された多くの人々の喜びの共感を得て、私達の世代の人々の殆どの方の記憶に残る映画です。

後年『記録――少女達の勤労動員』を出版した時に、「食」の章を分担された友人は章名を「わが青春に食いなし」とされました。

恋人の為にデパートでハンドバッグを買った男性がエレベーターを出る所で当局に捕まる場面が今でも頭の中に鮮明です。戦後すぐに『愛情はふる星のごとく』（尾崎秀実）を読んでいましたので、戦中の父母のひそひそ話の意味や思想弾圧が理解できました。

「紅萌ゆる」はこの映画の中で歌われ日本中に広がりました。大学生の頃ある官庁でアルバイトをしました時に、私立の夜間大学に通っておられる方が「僕の大学にいい歌があるんだよ。感激しちゃった」と言って歌って下さったのが「紅萌ゆる」でした。「紅萌ゆる」は全国的になったなあと思いつつ聞きました。

現在京都大学在学中の孫娘にうたってきかせましたら、今は歌っていないというのです。本当かしら。

人を恋ふる歌　　与謝野鉄幹

一　妻をめとらば才たけて
　　みめうるはしく情ある
　　友をえらばば書を読みて
　　六分（りくぶ）の侠気四分の熱

二　恋のいのちをたづぬれば
　　名を惜しむかな男の子ゆゑ
　　友の情をたづぬれば
　　義のあるところ火をも踏む

三　汲めや美酒（うまざけ）うたひめに
　　乙女の知らぬ意気地あり
　　簿記の筆とる若者に
　　まことの男君を見る

四　ああ　われコールリッジの詩才なく
　　バイロン　ハイネの熱なきも
　　石をいだきて野にうたふ
　　芭蕉のさびをよろこばず

十六番まであるこの詩は三高生の間で曲を付けて盛んに歌われ、寮歌の如く思われていたということです。

サミエル・テーラー・コールリッジ（一七七二―一八三四）はイギリスのロマン派の詩人・哲学者。「老水夫行」などの作品があります。

六　鈴の音

西條八十

王様の馬の
頸の鈴
ちんからかんと
鳴りわたる
日はあたたかに
風もなく
七つの峠が
晴れわたる

山のふもとの
七村に
青亜麻(あをぬめごま)の
花咲けど
ひとにわかれた
若者は
今日も今日とて
歔欷(すすりな)く

王様の馬は
黄金の馬
御供の馬は
泥の馬
ほがらほがらの
鈴の音の
雲にひゞくを
なんと聴く

山をめぐれど
恋人は
青亜麻の
花がくれ
夢と消ぬべき
銀の鈴
おぼろおぼろに
ゆくときも

日はあたたかき
七村に
わかれしひとを
忘れねば
晴れて悲しき
胸の鈴
ちんからかんと
鳴りわたる

この歌を歌うと夕闇迫る合掌造りの家々の障子から、淡くぼんやり洩れる灯の明かりが目に浮かびます。山々に囲まれた寂しい山あいの集落の夕暮れの様子が私の原風景です。

近頃は五箇山の合掌集落は、夜にはライトアップされた景色がテレビ等で紹介され、家々の二階や三階の窓窓からも灯火の明かりが幻想的で美しく映っていますが、その頃はそれぞれの家から灯火が一つ淡くぼんやり洩れているという寂しい情景だったように記憶しています。

今改めてこの詩を読むと、詩そのものは一見長閑な情景を歌っているように思われますが、その曲の調べの故か黄昏時に聴くこの歌は、物寂しい悲しみに誘われて私の好きな歌でした。特に「ひとにわかれたわかものは、きょうもきょうとてすすりなく」という詩句を聞くと何となく安心した覚えがあります。

歌の意味も分からないはずの母の背におんぶされた赤ん坊がと不審に思われる方が多いと思いますし、自分でもどうしてと思うのですが、今に至るまで「王様の馬」を思い出すと「ひとにわかれたわかものは、きょうもきょうとてすすりなく」が口をついて出てきます。

私はまだ赤ちゃんの頃から絵本も読んでもらうのが好きでした。ひがな一日誰かをつかまえては読んでもらいましたから、文章は丸暗記してしまいます。ですから読み手が片手間にいい加減に読んで、一字一句でも読み間違えると「ちゃんと」と要求したそうで、たまに東京の家にいる時に格好の標的になる大学生の叔父などは閉口したそうで、新しい絵本を次々と買いあさったと言っていました。

先日、ある若い歌人が子供に絵本を読んでやる時に「その時の子どもの月齢に合わせて、絵本の文章そのものを読んでやるのではなく絵にあわせて自由に文言を作って読んでやっています。そうすると子供は喜ぶようです」と新聞に書かれていましたが、私はそうかな（？）と。

「このよでいちばんすきなのは、おりょうりすることたべること」という文章のリズムも絵本作者の苦心された所でしょうに。そうしてそれを聴くことによって幼い子の心にも文章の美しさが自然に体得されていくのでしょうに。我が子がまだ赤ん坊といってもいい頃『ぐりとぐら』を繰り返し読んでやり、子供達が未だに全文暗唱していることを思いつつ、またまだわたしが赤ちゃんだったあの頃、意味も分からないのに「ひとにわかれた……すすりなく」を心に留めたことを思い出しつつ、赤ん坊には大人にはもう分からなくなった不思議な能力や心があるように思われて、それを大切にしたいものと私は思っています。

水力発電所造りには多くの人が係わっていましたからその人達の為の社宅もありました。でも母は社宅を嫌ったので大きな合掌造りの家の奥座敷を借りて住んでいたとのこと。茅葺き屋根からは時々虫が落ちて来るとかで寝る時は母衣蚊帳の中に寝かせられていました。

夏になると小さな青い蛙が沢山縁側に落ちて来て、丁度這い這いしだした私が追い駆け回すので「蛙は畳の上を飛ぶと動けなくなってしまうのよ。あなたが口に入れないかと気が気じゃなかったわ」と母は言っていました。もしかしたら一匹位食べちゃったかと思うと、私は今でも気持ち悪い。

三十余年前（一九七〇年）のこと、福井での法事の帰りに父母と共に祖山を訪れました。小牧からダムの縁の細い砂利道を車で恐る恐る通って祖山発電所に辿り着いた時「三十年持つかと思った発電所が今も健在とは」と父は言い、感慨無量の様子で懐かしさのあまり足が自然に堰堤の上を祖山の集落に向かって行きました。

帰りの下梨（しもなし）から城端への道は五月の連休の頃なのに道の両側の斜面は雪が深く、九十九折りの細い峠道が長く続きました。「これじゃ城端まで簡単には帰っていらっしゃれなかったわね」と母が感に堪えたように言いました。交通不便な雪深い山の中の集落でしたから私達母子は私の急病に備えて冬の間城端にいました。見知らぬ土地であまり帰って来ない夫を待ちかねて一度は離婚も考えたという母は、四十年も経て初めて気が付いたようでした。

それから十余年後に飛騨から五箇山を車で通った時は立派な国道になって、もう一寸で祖山を通り過ぎるところでした。発電所は立派に動いていて、側に福沢桃介氏の銅像が建っていました。その時の写真を父に見せたら「技術は確かだったなあ」と父は満足そうでした。

「貞奴さんが『可愛い赤ちゃん』とおっしゃってあなたを抱っこして歩いていらしたのよ」と母。桃介氏は福沢諭吉の娘婿。貞奴は川上音二郎の妻。桃介氏と貞奴のロマンスは知っていましたが、私がその腕に抱かれた日があったとは。二人とも古の人とのみ思いしに。

七　叱られて　　清水かつら

叱られて
叱られて
あの子は町まで　お使いに
この子は坊やを　ねんねしな
夕べさみしい　村はずれ
こんときつねが　なきゃせぬか

叱られて
叱られて
口には出さねど　眼になみだ
二人のお里は　あの山を
越えてあなたの　花のむら
ほんに花見は　いつのこと

たそがれ時に聞くこの歌は寂しく切ない。富山の山奥の、山々に囲まれた祖山の集落の夕暮れに、水力発電所のダムの堰堤に沿った集落はずれの道を、母の背に聞くこの歌は赤ちゃん心にもしみじみと切なく寂しい思いを誘いました。「夕べさみしい村はずれ」と母の歌うのを聞くと、本当に狐のなく声が聞こえるように思われました。その頃は、歌詞のこの部分しか分からなかったのでしょうが。「花見はいつのこと」を、「里に帰って花見が出来るのは何時のことやら」と、理解するのはもう少し成長してからのことでした。

かつてこの国にも小学校へもろくに通えずに、子守奉公に出される子供達が多くいた時代がありました。子守奉公のみならず女中奉公・丁稚奉公など、まだ幼いとも言える子供達が親許を離れて奉公にいきました。その子供達が思い優しい主人に雇われたとは限らないことでしょう。雇い主にどんな扱いを受けながら成長していったかが思いやられます。

数年前の全国女性学会で、夜間学校に通っておられる方のお話を伺いました。私とあまり歳の違わないその方は、子供の頃子守をしていて小学校に通えなかったので、現在夜間学校で学んでおられるとの事。その夜間学校で二宮金次郎の話を聴いた時に、子供の頃子守をしながら小学校の校舎の窓外から、教室の窓の下で聞いた「二宮金次郎」の歌を思い出したと言われ、その歌がレジュメに書いてありました。

二宮金次郎　　文部省唱歌

柴刈り縄ない草鞋をつくり
親の手を助(す)け弟を世話し
兄弟仲よく孝行つくす
手本は二宮金次郎　　（二・三番略）

全部平仮名で書かれたその歌を、私の同行の友人が歌詞の違いを直して、漢字交じりの歌にして司会の方に言付(ことづ)けましたら、会場の皆にも知らせたいので黒板に書いて欲しいと若い司会者に頼まれました。

私達は小学校三年でお習いしましたが、金田一春彦編の『日本の唱歌』によると、この歌は昭和十六年の国民学校の教科書からは姿を消したと書いてあります。どういうわけかしら。徳目の見本の如き歌なのに不思議。戦時中の小学校の校庭には何処にも、薪を背負い本を読みながら歩く二宮金次郎の銅像が建っていました。

友人が「柴刈り」と黒板に書いたら会場が一寸ざわめきました。「芝刈り」と思われた方があったようで、「薪の為の柴です」と友人。「柴刈り」も死語になったのか。

この頃は幼稚園などで、「お爺さんは山に柴刈りに、お婆さんは川に洗濯に」というお話は男女分業の考え方を子供に植え付け、それを助長させるから止めて下さいと保母さんにいう母親がいるとか聞きました。男女平等参画社会もとんだ脱線をもたらしてもいます。

私達が聞き、また子供に語った昔話も近頃はとんでもない結末になっていたりします。

題名だけ見て孫に絵本を買ったら、『桃太郎』は桃太郎が鬼が島にお姫様を救いにいくお話になっていました。「クルマニツンダタカラモノ／イヌガヒキダスエンヤラヤ／サルガアトオスエンヤラヤ／キジガツナヒクエンヤラヤ」も本当に昔語りになってしまいました。

犬と猿が仲が悪いのは、鬼が島征伐の後の桃太郎さんの論功行賞が不平等だったせいとの説をとくとくと述べる人もいて吃驚仰天。

昔話は昔話として伝えたいものです。

お昼寝の時は母は「シューベルトの子守歌」や「モーツァルトの子守歌」等をよく歌いました。この二つの歌は「眠れよい子」のような歌詞で静かな歌だったので心地よく聞いていたのですが、「ジョスランの子守歌」は聞いていると寂しく悲しい気持ちになるので、母がそれを歌うと厭だなぁと思いました。歌詞の意味も分からない筈の赤ん坊にも少しは理解出来る言葉があります。「惨きさだめ身に天降（あふ）りて／なれと眠るのろわれの夜」と歌われると「よい子よねんね」とは違う雰囲気を持っているように思われました。

竹田の子守歌（京都）

守もいやがる　盆から先にゃ
ゆきもちらつくし　子も泣くし
盆が来たとて　なにうれしかろ
かたびらはなし　おびはなし
この子よう泣く　守をばいじる
守も一日　やせるやら
はよも行きたや　この在所こえて
向うに見えるは　親のうち

日本全国のそれぞれの地方には独特の子守歌がありますが、それらは地域に限られて歌われ一般的には広がらなかったのでしょう。

私は戦時中ラジオで「中国地方の子守歌」を聞きました。上野の音楽学校の声楽科を首席で卒業された女性の卒業演奏でした。朧げな記憶ですが、戦時下なので外国の歌は駄目との事で、山田耕筰編曲のこの歌が選ばれたとのことでした。聞きながらこの方は「ああ、そはかの人か」と「ラ・トラヴィアタ」のような歌が歌いたいだろうにと同情しました。

戦後にうたごえ喫茶などで「五木の子守歌」が全国に広がりました。大分経ってから「竹田の子守歌」がテレビで流れました。

日本全国の子守歌には、人々の慈愛のこもった歌と子守さんの悲しい思いの込められた歌があります。「叱られて」を聞くと幼くして家を離れて他家で労働をせざるを得なかった。そしてその労働に耐えて必死に働く子供達の姿が目に浮かんで悲しい。特に夕暮れ時には。

八　おつきさま

石原和三郎

一　おつきさま　えらいな
おひさまの　きょうだいで
みかづきに　なったり
まんまるに　なったり
はる　なつ　あき　ふゆ
にっぽんじゅうを　てらす

二　おつきさま　わかいな
いつもとしを　とらないで
くしのように　なったり
かがみのように　なったり
はる　なつ　あき　ふゆ
にっぽんじゅうを　てらす

母が私を寝かせるために何時ものように私をおんぶして暮れ初めた集落はずれの道を歩いていた時、突然背中の私が「おつきさまえらいな」と大きな声で歌い出したとのことでした。その頃の私は「ワンワン」とか「チュウチュ」とか少しの単語を舌足らずに言うだけでしたので母はびっくりしたそうです。「イヤチキニナッタイー、マンマーユニナッタイー」というような言い方だったけれど、二番までしっかりと歌ったので、母は歌詞を終わりまできちんと覚えている事にも非常に驚いたとのことでした。

その時折から合掌造りの家々の屋根の上の空に月が照り輝いていたそうでそれを見て、まだ何事もはっきりとは理解していないように思われるこの赤ちゃんが、もう歌の意味が解って歌っているのだと思い、しみじみと感激したと語っていました。一歳何カ月の事だったのでしょうか。初めての子育てだった若い母がその時どんなに感動したかが今にして私にはわかるように思われます。
ですからこの歌は「母の背中で聞いた歌」ではなくて、「母の背中で歌った歌」第一号なのです。けれども私の記憶では私が初めて歌った歌は「おもちゃのマーチ」なのです。

おもちゃのマーチ　　海野　厚

一　やっとこやっとこ　くりだした
おもちゃのマーチが　らったったった
人形のへいたい　せいぞろい
おうまもわんわも　らったったった

二　やっとこやっとこ　ひとまわり
キユーピもぽっぽも　らったったった
フランス人形も　とびだして
ふえふきゃたいこが　ぱんぱらぱん

東京の家に母のお友達が何人か集まっていらして、座敷で「いっこちゃん、小母様達にお歌を歌って」と言われて歌ったこの歌。皆さんから「まあ、もうお歌もお歌いになるの」「お上手ね」と口々に褒められている私の姿が今も思い出されます。

「チュウチュもポッポも」なんて歌っていましたから「おつきさま」と同じ月齢の頃かと思います。皆様が生まれて初めてお歌いになった歌はどんなお歌でしょうか。

出産後、我が子を初めて抱いた時、我が子はこんなにもかけがえのない可愛く愛しいものだということをしみじみと実感しました。この赤ちゃんをどうして他人の手に預けて働く事が出来ましょう。

青き御空映して澄める瞳
母は飽かず眺めて笑みつ歌いつ
たかき玉も何かは我は求めじ
愛し我が子の　そが瞳に勝れる
玉はあらじと

女学校の時にお習いした歌が実感として身に沁みて思われました。

私の子育ての頃は育児休業の制度はありません。それどころか保育所も一人親家庭の福祉の為で、区役所に相談にいった友人が「旦那さんがいるのにどうして働くの」と言われたとのこと。ですから私はまだ妊娠していない頃から将来に備えて保育園を作る運動をしていました。新しい団地でしたので、育児をして仕事も続けたいという同志が多くおられました。同じ団地の仲間と共に共同保育の会を作り、保母さんをお願いして保育所を発足させました。しかし実際に我が事として直面すると、不備な環境に生後五十六日目の赤ちゃんを預けるのは忍び難い。当時、産後休暇は八週間でした。

出産後すぐから私は毎日午後になると熱がでるようになって主治医は色々な検査をして下さいましたが原因は分らず、愈々産休が終わる頃になって病名がわかり、病院からの結核の診断書で仕事は軽減される事になりました。

今考えると、何の設備もない団地の集会所にこの愛しい子をおいて出勤するのかと私は鬱病になりかかっていたのだと思います。母と若いお医者さんが早い時期に気づいて下さいました。母は子供を産んだあと精神に異常をきたす人があると昔から聞いていると語り、若きお医者様はそれを真剣に受けとめて下さいました。

赤ちゃんを預けることへの不安と病気。仕事を辞める条件は揃いました。それなのに何故辞職しなかったか。私が我が子を何にもまして可愛いと思うように、生徒一人一人の親御さんもまたその思いでお子さんを育てておられるのだと気が付いた私は、それに気の付いた教師が教壇から降りるのは勿体ないと思ったのです。これからの自分は教師として今までより一層心の籠った教育が出来るのではないかと。今まで私は教科を教えるだけの生半可な人間だったと。

仕事の現場にいて、女性の容易な社会進出の為の保育園作り、母乳を飲ませてゆったりと乳児を育てる環境作り、また母体の保護の為の育児休暇を要求していこうと思いました。こうして私は仕事を辞める事を止めました。

仕事に復帰して暫くした頃の事。放課後の廊下ですれ違った楽器を抱えた女生徒が「先生さようなら」と丁寧にお辞儀をしました。「さようなら、これからお稽古」「小さい時からお習いしているのにちっとも上達しなくて」と言ってヴァイオリンを抱えて帰る後ろ姿を見ながら、全ての教科で低い評価を受けているその生徒は一人っ子、ご両親にとって希望であり光である存在なのだ。学校ではお友達と楽しそうに遊んでいますが、その生徒の人生の大事な時間を授業中無為に過ごさせてはなるまいと思い、授業中の質問にもその生徒も答えられるようにと、質問も全ての生徒の程度に合せて様々に工夫しました。

暫くしてその生徒のお母様が訪ねて来られ「うちの子が国語の時間にお答えする事が出来てお勉強が楽しいと申しますの。お心遣い嬉しく有難うございます」と仰いました。

私は中学生を教えるのは楽しかったのですが、私の病気の事を前任校の校長や教頭がお聞きになったのか「都立高校には研究日があるから体も楽になるだろう。仕事は続けるように、辞めるのは国家の損失」とまで仰って心配してくださったので、心残りでしたが試験を受けて都立高校に変りました。

それから何年かして渋谷で「先生」と大学生に声を掛けられ、お茶を飲みながら話をしました。彼は「中一の時の国語の時間は楽しかったです。難しい質問が多くて、皆真剣に授業を受けました。あの授業で僕は自分で考える力を鍛えられました」と言いました。

途中で転校していった生徒でしたが頭脳明晰で人柄もよい生徒でした。生徒全員一人一人が授業に集中し理解するようにと心掛けて授業をしましたが、出来たように思われました。嬉しかった。

九　南の風の

北原白秋

南の風の吹くころは
ザボンの花が匂ひます
ザボンの花の咲く夜さは
空に白い天の川

みっつ星よっつ星ななつ星
数へてゐたればつい眠て
ついついとろりとねんねした
そのまま朝までねんねした

南の風の吹くころは
ザボンの花が匂ひます

（草川信作曲）

この歌は主にお昼寝の時に歌ってもらいました。「アルスの児童文庫」には童謡集がありました。その本には何カ所か色のついていない小さな挿絵があり、「南の風の」の頁には赤ちゃんが掛け布団の下から足の先を出して寝ている小さな絵が描いてありました。私はその絵が特に気に入っていて「あんよだしてねんね」と、必ずリクエストしたそうです。ザボンの花とはどんな花かは知りませんでしたが、静かな詩の雰囲気と曲が好きでした。今でも私が一番好きな童謡です。

私の卒業した女学校のクラスでは六十歳近くになってからずっと月に一回コーラスをしています。ある時、女学校時代に教えてくださった歌を何曲か歌った中に「南の風の」がありましたが私の知っていた曲とは違いました。私がその曲をお習いしなかったのは、転校していていなかったからでしょう。練習が終わってから先生に「私の知っている曲は違うのですが」とお聞きしますと「ああ、〇〇の曲ね。でもこの方がきれいな曲よ」と、あっさりとおっしゃいました。あんまりあっさりとおっしゃったので、聞き取れなかった作曲者名をお伺いすることもできませんでした。

私は童謡の覚書帳を作っています。テレビ等で歌われる昔の童謡は同じ歌ばかりで、私のかつて歌った歌は戦後一度も聴いたことが無いので、忘れないうちに歌詞だけでも書き留めておきたいと思いました。お茶碗等を洗っていると忘れていた童謡がふいに口をついて出てくることがあり慌てて書いています。

今回この稿を書くためにそのノートの一冊を開いて見ましたら、なんと「南の風の」の楽譜のプリントが二種類貼ってあるではありませんか。二つとも同じ筆跡でしたから先生が送って下さったものと思われます。作曲者は沢崎定之ともう一つは草川信で私の知っていたのは草川信の作曲でした。あの後すぐに先生が送ってくださったのです。それなのに私はすっかり忘れていたのです。楽譜は先生が写譜なさったらしく線の細い音符が並んでいました。コピーなどなかったころの若き日に先生が写譜され、丁寧に保存していらしたのでしょう。

昭和二十一年四月、四年生で大阪の女学校に転校した私に「疎開から帰ってからすぐに転校なさった貴女に親しいお友達がお出来になったでしょうか」という先生のお手紙は今も大切に私のお大切箱に入っています。そっけない方のようにお見受けしましたが優しい先生でした。

古い童謡には違った曲のついた歌がいくつかあります。「砂山」にも「あわて床屋」にも。よい詩は作曲者の心を揺さぶるのでしょうか。そういえば有名なゲーテの詩の「野ばら」にも、シューベルトとヴェルナーの作曲があります。

吹雪の晩　北原白秋

吹雪の晩です。夜ふけです。
どこかで夜鴨が啼いてます。
灯（あかり）もチラチラ見えてます。

私は見てます。待ってます。
何だかそわそわ待たれます。
内では時計も鳴ってます。

鈴です。鳴ります。きこえます。
あれあれ、橇です。もう来ます。
いえいえ、風です。吹雪です。

それでも見てます。待ってます。
何かが来るような気がします。
遠くで夜鴨が啼いてます。

（大正十年）

この歌を聴くと私は何となく物語が想像されます。あたりは一面に雪が深く降り積もり、烈しい吹雪の晩。村外れの一軒家は物音ひとつしない静けさに包まれています。聞こえてくるのは夜鴨の鳴き声。その声がまた一層寂しさをつのらせます。夜更けを告げる時計の音。誰か訪ねて来る人との約束でもあるのでしょうか。それとも人恋しさの幻想でしょうか。鈴の音が聞こえたように思われて、窓に顔を寄せて外をのぞくと、吹雪の間から灯が見えるように思われます。私の耳にも橇の鈴の音が聞こえて来るように思われて、私は明日誰かがくるような気分に包まれて寝入りました。

小学校低学年の頃、父が子供の頃読んだという古い童話の本を見つけました。「梨の花散る五月二十七日」などという題のついた、幾つかの外国の物悲しいお話ばかりが書かれてありましたから、翻訳物だったのでしょう。

その中に吹雪の夜の荒野を橇を走らせる母と幼い男の子のお話がありました。遠くから狼の群れの鳴き声が聞こえて、それがだんだん近付いて来て、馬が脅えて動かなくなってしまいました。小さな小屋を見つけて母と子は逃げ込み狼が襲いかからぬように薪を燃やし続けます。小屋の薪は朝までもつでしょうか。「お母様は胸に下げた十字架を引きちぎれるように握って、神様にお祈りを捧げていらっしゃいます。細い銀の鎖がお母様の白い肌に食い込んで、真っ赤な血が滴っています」という文を何故か今も覚えています。

この物語を読んだ時、「吹雪の晩」を思いました。雪の荒野をひた走る橇を待っているのが、この

「吹雪の晩」の少女—何故か私には少女に思えます—のように思われました。

北原白秋の詩による懐かしい童謡はたくさんあります。「赤い鳥小鳥」（赤い鳥小鳥／なぜなぜ赤い）「雨」（雨がふります／雨がふる）「アメフリ」（アメアメフレフレ、カアサンガ）「ちんちん千鳥」（ちんちん千鳥の啼く夜さは）「兎の電報」（えっさっさ、えっさっさ）「かえろかえろと」等など。

私は孫が赤ん坊の頃もっぱら「揺籠のうた」を歌って寝かせましたので、孫は歌詞も全部覚えて、テレビで曲が流れたら歌ったと娘が言っていました。

十　つりがね草

作詞者不詳

一　つりがね草の　つりがねは
風もないのに　揺れてます
夕焼け野道に　揺れてます

二　つりがね草の　つりがねは
不思議な音して　鳴ってます
たれが鳴らして　いるのでせう

私が赤ん坊の頃には家にたくさんの童謡のレコードがありました。その中でこの歌がとても気に入っていて好きでした。とても静かな気持ちになったからです。

先日母の手紙を整理していましたら「いく子ちゃんの一番好きだった歌」と次の歌が書いてありました。

一　ねんねのお里は山の向こう
まあるい大きなお月様
夢を見るよな藁の屋根
ばあやのおうちはなつかしい

二　ねんねのお里は川のそば
一寸法師のお椀舟
何時かひょっこり来るという
ばあやのお話なつかしい

三　ねんねのお里は藪の蔭
くるくるまわるは風車
窓から聞こえる子守唄
ばあやのあの声なつかしい

その手紙には眠れぬままに母が昔を思い出したのかいろいろな童謡が書いてありました。

私がまだ赤ん坊だった頃のこと、レコードケースの中から取り出してかけようとすると、とても嫌がった童謡が幾つかあったということでした。まだ喋る事も出来ないのに、母がレコードを手にしただけで嫌がったのが不思議と言っていました。長じた今も嫌だった歌は覚えていて、そんな歌の歌詞の方が今もよく覚えているのは不思議。今考えますと私は静かな曲と抒情的な淡泊な物語性のある歌詞の歌が好きだったようです。「玩具の国の王様は／今日もゆらゆら象の背な／赤い夕日にキラキラと／胸の勲章が光ります」というような歌は曲も歌詞も色彩が濃厚でしつこい思いがして嫌だったのでしょう。多分それは私の持って生まれた淡白な性格とも関連しているのではないかと。

一九六〇年頃に朝日ソノラマという紙製のレコードがありました。赤ん坊が取り落としても割れなくて危なくないので買いました。

娘が這い這いしていた生後十カ月の頃のことでした。「チィチィパッパをかけましょうね」というと、娘は十数枚のソノラマの中から「雀の学校」を探し出して持って来ました。

字も読めない赤ちゃんがソノラマをためつすがめつしげしげと見て、その中から的確に探してくるのが不思議なので、「次は砂山」「今度は揺り籠の歌」「桃太郎さん」等と言うと次々にそれを取り出して来ました。

まだ言葉も喋れず、従って文字も読めない赤ちゃんがレコードの表を真剣に眺めて、その歌を間違いなく探し当てる様子は、不思議だったと今もって夫と話しています。どうやって判断したのでしょうか。

十カ月くらいの赤ちゃんにも「チィチィパッパ」は「雀の学校」という歌だという認識があったのでしょうか。赤ちゃんには赤ちゃんなりの判断力・認識力があるのだと思うと子育ては徒や疎かには出来ないと痛感しました。きっと親の言動もしっかり見つめていたに違いありませんから。

一歳を過ぎ喋れるようになると私が新聞を読んでいる横にいて文字を指して「これなあに」「これとこれとおんなじ」と言うので、「それは『た』。これは『の』よ」と何げなく答えていたら、何時の間にか絵本の字を一字ずつ拾い読みするようになっていました。

息子がつかまり立ちをしている頃でした。「カルピスをあげましょう」というと喜んで台所に這って来て流し台に手をかけて立ち、私がグラスにカルピスを入れるのを見ていました。作ったカルピスのグラスをテーブルに置くと、息子は時にぐずりすぐには飲まない事がありましたが、喋りませんから何が気に入らないのか私には理由が解りませんでした。

涼しげなグラスを息子のカルピス専用にしていました。少し厚手でずん胴で座りがよく、何より飲み口が断面でなく丸みのあるのが危なくなさそうに思われたからです。

ある日台所の雑巾掛けをしていて、流し台の上のグラスを見るとカップの模様が目盛りの線のようになっているのが目に入りました。

私は適当に目分量でカルピスを入れ湯冷ましで希釈して息子に与えて居ましたが、流し台の上に丁度目だけが出るような背丈の息子には、カルピスをどの線まで入れると美味しいかということが解っていたのでしょう。

十カ月くらいの赤ちゃんにもきちんとした判断力がある事に気づくと共に、親である私のいい加減な仕方と迂闊さに気づきました。

一言の不平も言いませんでしたが、味覚の鋭い息子が、私の下手な手料理を食べて成長したのだと思うと母親としては今も切ない。

孫は生後八カ月過ぎに保育園に入園しました。育児休業は私が妊娠をする前からひたすら要望し続けて三十年。汗と涙でやっと獲得した一年間の制度です。それが娘の出産の時に育児法案が国会を通って娘の出産時に間にあいました。ちなみにこの法案作りにたずさわったのは当時の労働省にいる私の甥でした。孫が通園して二カ月ばかり過ぎた頃に、産休が終わって間もない頃の嬰児が入園されたとのことでした。

ある日その赤ちゃんが泣いた時、三人の保育士さんはみなそれぞれにおむつを替えたりミルクを飲ませたりしておられたそうです。仕事をしながら保育士さんがふと見ると、孫がその赤ちゃんのベッドまで這って行き、片手にガラガラを持ってつかまり立ちして、赤ちゃんに振って見せてあやしていたとのこと。「赤ちゃんが赤ちゃんをあやしている光景に感動しました」と連絡帳に書いてありました。

きっと何時も保育士さんが嬰児をあやしておられる様子を見ていて、赤ちゃんが泣いたらガラガラを振るのだということを、彼女は赤ちゃんながら認識していたのでしょう。

おばあちゃんちふりの歌を教えてと鏡文字に書く「ひびきりんりん」　郁

乙孫が赤ん坊の頃、風邪などで保育園を休む時には世話しに行き、そんな時、「響りんりん」を歌って寝かしつけていました。

その孫が三歳に近い頃でした。「ちふりの歌」が好きだけど長い歌だから忘れないように書いて置くと言ってボードを持って台所にいる私の傍に来ました。「ちふりの歌」とは何かなと考えて「うちふりうちふる」のことかと思い当たりました。赤ん坊の頃に歌って聞かせた歌を覚えていたことに感動しました。

まだ言葉の言えない赤ちゃんにはそれぞれの個性があり、鋭い感受性や認識力や判断力を持っていて、その個性に従って感じたり考えたりしているのでしょう。赤ちゃん期とはその能力を急速に成長させる時期だと思いますと、私達大人は大人になって既に忘れてしまったその能力に、細心の注意を払って子育てしなければとつくづく思います。

十一　玩具の舟

西條八十

雪のふる夜に
母さんの
膝にもたれて
おもふこと―

あかい帆かけた
玩具の舟は
夏の河原に
忘れた舟は
どこへ流れて
行ったやら。

（大正九年）

その情景が目に見えるようで好きな歌でした。この歌の頁には川辺に置かれた帆掛け舟の小さな挿絵が描かれてありました。河原に忘れられた舟はどうなったでしょう。取り残された舟の悲しみが、それを思う少年の気持ちが心に染み入るようでした。

西條八十には、他にもこの詩の雰囲気に似た「夕顔」と「ぼくの帽子」があります。

夕顔

去年遊んだ砂山で
去年遊んだ子をおもふ

わかれる僕は船の上
送るその子は山の上

船の姿が消えるまで
白い帽子を振ってたが

けふ砂山に来てみれば
さびしい波の音ばかり

あれほど固い約束を
忘れたものか　死んだのか

ふと見わたせば磯かげに
白い帽子が呼ぶやうな

駈けて下りれば　夕顔の
花がしょんぼり咲いてゐた。

（大正八年）

ぼくの帽子

―母さん僕のあの帽子どうしたでせうね？
ええ、夏、碓氷から霧積へゆくみちで、
　谿底へ落としたあの麦稈帽子ですよ。

で始まるこの詩は『人間の証明』（森村誠一著）に引用されています。

　三つの詩とも都会の幼い少年とその母が、川辺・砂浜・渓谷を訪れる設定になっていて、少年の喪失感の悲哀のようなものが、私の幼い心にしみじみと伝わってきました。

アルスの児童文庫の童謡集の中に、砂浜に九つのベレー帽の置いてある小さな挿絵のある童謡があり、とても怖くてその頁に近付くと私は目をつぶって急いで頁をめくって見ないようにしました。歌も人さらいを思わせて恐ろしく思いました。

九人の黒んぼ　　西條八十

九人の黒んぼが
ずらりと並んだ
　誰も知らない浜辺の話

大きな禿鷹
沖から飛んできた
　波の静かな朝の話

大きな禿鷹
黒んぼを攫った
　はじめに四人（よったり）　それから五人

空には泣声
浜辺の砂にゃ
　赤い頭巾が九つ残った

九人の黒んぼが
そろって失せた
　誰も知らない昔の話

（大正十一年）

小学生の頃見た地図のアフリカ西海岸には、黄金海岸・象牙海岸・胡椒海岸と並んで奴隷海岸の地名がありました。そこからアフリカの人を奴隷として積み出したのでしょうか。

地図を見た同じ頃、竹中郁の詩集『象牙海岸』を読みました。詩そのものは小学生の私には難しくて少しも理解できませんでしたが、詩集の初めに「象牙海岸　解説」とあり、

「阿弗利加西岸ニアリ、往昔ソノ海岸ニテソノ名ノゴトク象牙ヲ貿易シタリト云フ。他ニ黄金海岸、胡椒海岸、穀物海岸、奴隷海岸ナドアリ、同ジクソレラノモノヲ取引セシニ依ルナルベシ。」

とありました。

私はその「ソレラノモノ」という表現に引っ掛かりました。人間を胡椒や象牙と同じように物として取り扱っていたなんて。

人間が同じ人間に対してなんと無惨なことをしたのでしょう。親子・夫婦・兄弟を引き離し、物のように売り買いして遠い所まで連れて行き、家畜同様の取り扱いをするとは何と人間性に悖る行為でしょう。でも実際に平然とそれが行われた時代があったのです。地図のその地名を見ていると、血の涙を流して泣き叫ぶ人々の光景が見えるようでした。

「禿鷹」で象徴されるものは何か。砂浜に残った赤い頭巾は奴隷に攫われた人の血の涙か。西條八十のこの詩の作られた大正十一年当時、欧米諸国は植民地を持ち、日本もまたそれに追随していました。人種・民族への差別・偏見がありました。「黒んぼ」は差別語です。しかしこの詩で作者は「黒んぼ」に対する差別意識を持ってこの言葉を使われた訳ではありますまい。この詩の意図は人間を売

り買いする事への作者の批判だと思われます。

夏休み明けの小学校などでは、誰が一番日焼けをしたかを競う「黒んぼ大会」などがつい近年まで行われていました。古くからある清涼飲料水のマークが消えたのは何時だったのでしょうか。我が家の子供達が愛読した絵本『チビクロサンボ』も書店から消えました。

この絵本は可愛い絵で描かれていて、何十遍となく子供達に読み聞かせました。

「ぐるぐるぐるぐる……」と息の続く限り続けて、「バターになっちゃいました」と言うと、それまで息を詰めて聞いていた娘も息子もほうっと大きな息をついてそれから安心したように笑いました。子供達がそれぞれ一歳から三歳位までの頃だったでしょうか。子供の嬉しそうな笑顔と「ぐるぐるぐる」と読んだ記憶が昨日のように鮮明で、大切に片付けておいたのに、孫のために娘に欲しいと頼まれた時に見つからないのです。書庫の何処かに眠っているのでしょう。娘もまた懐かしい絵本として心に残っていたのでしょう。私は「チビクロ」が蔑視語かと思っていたのですが「サンボ」が差別語と聞きました。

普段私達が何げなく使っている言葉も針のように鋭く人の心に痛みとなって刺さることがあります。差別されて来た人々の悲しみを理解するには、それが平然と行われてきた社会の歴史的事実を知ることもまた大切です。

西條八十の詩にはハイカラな抒情詩が多いのですが、この詩には人間が人間を差別している社会への批評精神がその根底にあると思われます。

奴隷解放がなされた後、多くの人々が故郷に帰りました。解放船がアフリカに着き故郷に帰った時、解放された人々はその土地に住んでいた人達と涙して手を取り合って喜び合い、新しい国に「自由」という名を付けました。

それから何年。かつての奴隷たちはかつて暮らしていた国の（自分たちが物として売り買いされ、その差別に苦しんで来た国の）在り方を真似て、先住民を奴隷とするようになり、目覚めた先住民との間で悲惨な内戦が長く続き、今も苦しんでいるということです。

第二次世界大戦中に迫害を受けた民族がいて、その人々がガス室に送られた後の多くの靴の山の映像を見ました。戦後彼等は国を得ました。その土地に長く住んでいた人々は、大戦後住んでいた土地を追われました。彼らは履物を脱がされて裸足で熱砂の砂漠に追い払われ、脱ぎ捨てさせられた夥しい履物の映像を見ました。この二つの映像の残酷さは今もなお鮮明です。

先の大戦で無惨な原爆投下・非情な無差別空爆を受けた痛みを持つ私達は、再び他国の人を傷つける事のないよう、人間としての叡知を持たなければと切に思います。

西條八十にはまたお菓子を題材にした詩が沢山あります。「菓子と娘」「お菓子と汽車」「チョコレートの歌」等など。

お菓子の家　　　西條八十

山のおくの谿あひに
きれいなお菓子の家がある

門の柱は飴ん棒
屋根の瓦はチョコレイト
左右の壁は麦落雁
踏む舗石がビスケット

あつく黄ろい鎧戸も
おせば零れるカステイラ

静かに午をしらせるは
金平糖の角時計

誰の家やら知らねども
月の夜更けにおとづれて
門の扉におぼろげな
二行の文字を読みゆけば

「ここにとまってよいものは
ふたおやのないこどもだけ」

この「お菓子の家」は、いろいろなお菓子をちりばめて、さながら童話の世界のようですが、私には終わりの部分が不気味でした。グリム童話の『ヘンゼルとグレーテル』のお話を思い出させ、このお菓子の家の中には魔女が住んでいるように思われました。

グリム童話は早くから翻訳や翻案がされていて、我が家にも古い本がありました。『白雪姫』は

「鏡よ鏡世の中で誰が一番美しき」「月の前には若しくものはなし」などという文章でした。（「月の前」は継母の名）

『注文の多い料理店』（宮沢賢治著）もグリム童話の影響を受けていると思うのですが。

お菓子など見ることも出来なくなった太平洋戦争の末頃、遠隔地へ学徒勤労動員させられた少女たちは、一杯の高粱飯の他に食べる物もない空腹に耐えながら「菓子と娘」を歌ったと多くの学徒勤労動員文集にあります。

「選る間もおそしエクレール／腰もかけずにむしゃむしゃと／食べて口拭く巴里娘」と。

私達の世代は一番お菓子の食べたい年頃、それを美味しいと思う年頃にケーキも美しいものもありませんでした。

劣悪な住環境に寝起きし、栄養失調の体にヒロポンを飲まされて深夜まで労働させられた少女たちは、空襲で退避した防空壕の中で無邪気にこんな歌を歌い、その中にはエクレールを味わうこともできず国家の犠牲になった少女もいます。思春期も青春時代もなかったのは男子も女子も一緒です。

十二　越中おわら節

作詞者不詳

浮いたか瓢簞　軽そに流れる
行く先ゃ知らねど　あの身になりたや
　キタサノサーアードッコイサノサッサ
越中じゃ立山　加賀では白山
駿河の富士山　三国一だよ
　キタサノサーアードッコイサノサッサ

おぼろげな遠い記憶の中にある歌なのですがどうかしたひょうしに口をついて出る歌。越中おわら節の一節です。

水力発電所の工事の親方衆が、私達の住んでいた家の台所の板の間に集まって宴会をする事がありました。今は合掌造りの家々の村落として観光で有名になり、交通の便も好くなった五箇山も、当時は秘境といわれる交通不便な山奥の村でしたから、村の集落の中にはお酒を飲ませるようなお店もなかったのでしょう。酒盛りの支度をするのは近所の人か工事現場の女衆か知りませんが何人かの小母さん達でした。

親方衆はそれぞれ何人かの若い衆を引連れ○○組と呼ばれていましたから、工事の下請けの人達だったのでしょう。お酒を飲む時には時に若い人を連れて来る親方もいました。宴が酣になるとお国自慢の民謡を歌い出します。奥にいる私達に気を使ってか大声で歌う事はないのですが、それがかえってしみじみとした雰囲気をかもしだしていました。よく来る若い衆の中にイエキさんという人がいて、その人の歌う越中おわら節はとても上手だと母は楽しみにしていたらしく、イエキさんの越中おわら節が聞えると聞きにいきました。私は小父さん達が歌い出すと寝たふりをしていました。私は民謡には興味はありませんでしたが、お国訛りで唄われる民謡は何か寂しげで心に沁みる感じがしました。

その頃越中八尾の風の盆に行った記憶があります。観光化されてなかったあの頃、風の盆は静かなお祭りでした。八尾は坂の町。その狭い通りを踊りの列が行きます。

通りに面した町中の宿屋の二階に寝ていると、夜中に胡弓の音がします。障子を開けて出窓の欄干に掴って下を見ると、胡弓を弾く人、踊る人と四五人の群れが行き、暫くするとまた別の一群れが通り行くという風情で、それは物静かな物寂しい光景でした。

四五人に月落かかるおどり哉　　蕪村

後に与謝蕪村のこの句を読んだ時に遠いあの夜の光景が思い出されました。

風の盆は八朔に行われると古い本にありますが、丁度その時期は二百十日の頃です。八尾は風の通り道と言われる風の多い所ですから、風鎮めの祈りの祭りだったのでしょう。

二百十日に　風さえ吹かにゃ

早稲の米食うて　踊ります

歌詞の中にこんな一節もありました。

筑子(こきりこ)の竹は七寸五分じゃ
長いは袖のカナカイじゃ
マドのサンサはデデレコデン
ハレのサンサもデデレコデン
（筑子節）

越中平村は民謡の多いところでした。奥飛騨の山々に囲まれ、飛騨の方にも道がなく出られず、富山平野に行く道も険しく交通不便で、豪雪に覆われる長い冬は隣の集落、いや隣の家にさえ行けないような秘境の地ですから、平家の落人の住んだ地との伝説があり、また昔から流人の流刑地でもありました。今も流刑小屋が幾つか復原されています。

祖山には加賀騒動の大槻傳蔵が流され、自刃して果てたという傳蔵様と呼ばれる祠があり、平村に幾つかあった流刑小屋には、大槻傳蔵の三男も流刑されていたと伝えられています。深い雪に埋もれる長い冬を人々は暮しを支える単調な仕事で生活し、その仕事を支える慰めとしていろいろな歌が生まれたのではないでしょうか。筑子節はさゝらという楽器で拍子を取って踊ります。懐かしい。

麦や菜種は二年で刈るに
　麻が刈られうか半土用に
波の屋島をとくのがれ来て
　薪伐るてふ深山辺に　烏帽子狩衣脱ぎ打ち棄てて
いまは越路の杣刀
心さびしや落ちゆく道は
川の鳴る瀬と鹿の声
（麦屋節）

麦屋節の囃子唄は「ジャントコイ　ジャントコイ」と今は唄われているようですが、私の記憶では当時は皆が「じんじもこい　ばんばもこい」と唄っていたように思われましたので、九十歳を過ぎた母に訊ねましたら、城端でそう唄ったわねと懐かしそうでした。

麦屋節は紋付き・袴・白襷姿で杣刀を腰に菅笠を手に踊りますので、いかにも平家の落人が昔を偲んで歌うように思われます。

治承四年、平家追討の旗揚げした源義仲が越中に攻め上り倶利伽羅峠で平家の大軍と対峙しました。その時義仲は牛の角に松明を縛り付けて平家の軍勢の中に放つという奇襲攻撃をしたので、平家の軍勢は深い谷間に雪崩れるように落ちていき、平家はさんざんに負けてしまったという有名な倶利伽羅峠の合戦の話が伝えられていますので、その時の谷底に落ちた平家の落武者が逃れ辿りついて隠れ住んだのが平村で、麦屋節はそれを歌ったものと私は長い間思って来ましたが、改めて歌詞を読むと屋島の合戦から逃れてとあるのが不思議です。

大伴家持が越中の国守の時に越中の地を詠んだ歌が万葉集に多くあります。その歌の足跡を万葉会の仲間と訪ねた時に礪波の関の関所跡を訪ねて倶利伽羅峠に行きました。

焼刀を礪波の関に明日よりは守部遣り副へ君を留めむ　（巻十八　大伴家持）

礪波の関のあった礪波山の中腹に倶利伽羅不動明王を祀る倶利伽羅不動寺が有ります。礪波の関の石碑の近くに、角に松明を付けた牛の銅像が二頭据えられてあり、皆が旧知に出会ったように思って写真を撮ったりしました。峠の少し下った所に句碑があります。

義仲の寝覚めの山や月かなし　芭蕉

今、万葉会では『平家物語』を読んでいます。「倶利伽羅落」の段では牛の角の松明の話を皆が期待していましたが書かれていませんので拍子抜けの感でした。

ダム建設等の話では必ず農地買収反対や住民の立ちのき問題等の補償の問題を聞きます。祖山水力発電所の作られた庄川は峻嶮な渓谷で川の両岸は切り立つ断崖です。川岸に人家も農地もありませんから、補償問題も無かったように思われました。

父が逝き、年を経て立ち寄った書店でふと目に付いた『爆流』という本を買いました。祖山ダム建設反対の長い年月に亘る庄川流木事件闘争の話でした。飛騨の山から伐り出される材木は昔から庄川の上流から流して河口の堰まで下されていましたが途中にダムが出来ると材木はそこで塞ぎ止められます。庄川では地勢水流の関係から材木は筏に組まず、一本ずつ一纏めにして流木していたとの事です。近代化の陰にある様々な問題。父に聞いておけばよかったとの後悔しきり。

十三　里ごころ

北原白秋

笛や　太鼓に　さそはれて
山の祭に　来て見たが
日暮は　いやいや　里恋し
風吹きゃ　木の葉の　音ばかり
母(かあ)さま　恋しと　泣いたれど
どうでも　ねんねよ　おとまりよ
しくしく　お背戸に　出て見れば
空には寒い　あかね雲
かりかり　さおになれ　かぎになれ
お迎へ　たのむと　言ふておくれ

私が四国に行ったのは二歳の八月の末頃でした。その頃子供の絵日傘が流行っていたのでしょうか。東京駅に見送りに来て下さった方々から絹張りの絵日傘を幾本も戴いたこと。見送りに見えた方々と母との会話の幾つか。高松の港で待っていた父が「来たか。来たか。遠い所をよく来たね。」と言ったこと。汽車が吉野川の鉄橋を渡ると阿波池田の町の灯がきれいだったことなどが、記憶に残っています。

富山県砺波郡平村祖山という山奥の村から、次に移り住んだのは、またしても当時日本の三大秘境の一つと言われていた。徳島県祖谷山(いややま)村という平家の落人が住んだ村と伝えられる、今はかずら橋で有名な山奥の村でした。

静かで寂しい山の村でしたから、母の歌う「里ごころ」や「お月さん」（西條八十）は心に響き、その情景が目に浮かぶような寂しい雰囲気で特に好きな歌でした。

私は幼い頃人見知りをしない子供だったらしく、新しい土地に行ってもすぐ馴染んで、近所の子供達とよく遊び「お待ちやの、うっちゃも行くけんね」とすっかり土地の言葉になり、何年かして学齢になって東京に戻る時には、村のおばさんたちが土地言葉になった私が東京で大丈夫かと心配されたということでした。ですから一人ぼっちという環境ではなく、その上父が「大きくなったら社宅の金棒引きになるのではないか」と心配したというようなお喋りで、戸外遊びの好きな活発な子供だったということです。ですから母の歌うこれらの歌を、寝る前に一人口ずさんでしみじみと味わっていようとは、父も母も想像もしなかったのではないでしょうか。

住んでいた所は阿波池田から祖谷川に沿って八里（約三十キロ）上った所という山奥の村。祖谷川沿いの道は片側は切り立つ絶壁、もう一方は底深い渓谷への断崖の続く狭い道でした。その道は剣山に通じていたからか、お遍路さんが通りました。戸口で鈴を鳴らしてご詠歌を唱える姿をよく見かけました。

ある日、その時母は妹におっぱいを飲ませていたのでしょうか、お財布からお金を出して私に渡してお遍路さんに上げるようにと言いました。チリンチリンと鐘をならして玄関前に立っていた年配の女性のお遍路さんは、「ありがとう」と押し戴くようにお金をしまった後に懐から何やら取り出して「お嬢ちゃんにこれを」と下さりお辞儀をして歩いていかれました。太鼓の形をした小さな根付けでした。それを渡される時その手には指が殆ど無く握り拳のようなのに気が付きました。

医者のいない山奥に住んでいたせいでしょうか。母は神経質でよそで戴いた物は必ず母に見せるように躾けられていました。特に食べ物については厳しく、見せるといつも取り上げられました。雑貨屋さんのお友達の家に遊びに行くと、ニッキ水をよくいただきました。ガラスの瓢箪型の容器に赤や黄色のニッキ水が入っていてとても綺麗でした。けれどもそれも母の手でどこかにいってしまい飲ませて貰ったことはありません。ある時飲みたいと泣いたら、中身を捨ててカルピスをその容器に入れてくれました。そんなもの綺麗でも面白くもないじゃありませんか。

お月さん　　　西條八十

お月さん
ひとりなの
わたしもやっぱり
ひとりなの

お月さん
空の上

それから何十年。十数年前に吉野の如意輪堂の側の店先にニッキ水がありました。容器の形も中身の色もそのままに。懐かしくて西日を受けて並んでいるのを暫く見つめて居ました。今度こそ飲んで見たいと思ったのですが生憎お財布は車の中。連れ合いは遙かむこうを歩いて居ます。とうとう買うことが出来ませんでした。もう売っていないでしょうね。

わたしは並木の
草の上

お月さん
いくつなの
わたしは七つの
親なし子

お月さん
もうかへる
わたしもそろそろ
ねむたいの

お月さん
さやうなら
あしたの晩まで
さやうなら

さて、太鼓型の根付けですが、母に言わず見せずに隠しました。知らない方から頂いたものは母に見せると取り上げられるのではないかと思ったからでした。自分専用の引き出しもなくすべてが母の管理下にあった幼い日々。どこにどのように隠し続けることができたのか。その後の度重なる引っ越しにも、あの戦災で家が全焼した時にも救急袋に入っていて、戦後の度々の転居のさなかにも失われず、今も手許にあります。太鼓の片側がネジ込みになっていて、開けると小さい金色の七福神が入っています。それを見るとあのお年寄りの女性のお遍路さんが思い出されます。

夜中に熱が出て祖谷川沿いの道を車で池田の町へ下る時、真っ暗な道をお遍路さんが一人二人または数人で歩いているのに何回か出会いました。車のライトに照らし出されて一瞬その白装束の姿が浮かび上がり、また闇の中に消えてしまう様子は夢幻の世界の事のようで今も鮮明に覚えています。暑い夏の日中は木陰で眠り、夜の涼しい間に歩いておられるのだと、その時運転手さんに聞きました。

剣山は山岳信仰の霊山で昭和初期まで女人禁制が守られていたと聞いていますが、私の住んでいた頃には女性も剣山へ向かっていました。お遍路さんたちの難儀な旅の蔭にはどのような人生があったのでしょうか。

後年「へんろ宿」（井伏鱒二著）を読んだ時、あの頃を思い出し、当時のお遍路さんたちの人生を思いました。

十四　月の沙漠

加藤まさを

月の沙漠をはるばると
旅の駱駝がゆきました
金と銀との鞍置いて
二つならんでゆきました

金の鞍には銀の甕
銀の鞍には金の甕
二つの甕はそれぞれに
紐で結んでありました

さきの鞍には王子様
あとの鞍にはお姫様
乗った二人はおそろいの
白い上着を着てました

廣い沙漠をひとすじに
二人はどこへゆくのでしょう
朧にけぶる月の夜を
対の駱駝はとぼとぼと

沙丘を越えて行きました
黙って越えて行きました

（作曲　佐々木すぐる）

この歌を聞くと「王子様とお姫様は何処へ行くのでしょう」と私は思いました。宵に紛れてお城を抜け出して果ても無い広い沙漠を行く二人。行く先のあてはあるのでしょうか。そんな不安な思いで聞きました。お城を追われたのでしょうか。二人が決然と自ら新天地を求めて旅立って行くようには思えないのです。曲想の故もあいまってか何かもの悲しい寂しさが感じられました。と共に幻想的で夢幻的でロマンチックな雰囲気が感じられましたので、聞くのも歌うのも好きでした。

加藤まさをは挿絵画家。「少女の友」「少女倶楽部」「少女画報」「令女界」などで活躍し、蕗谷虹児・高畠華宵と並んで大正・昭和の初めの頃それらの抒情画は少女達の人気をはくし、少女抒情画家と呼ばれました。その時期は丁度私の母達の女学生時代と重なります。私は幼い頃母の本箱の中にあった箱の中に収められた絵や切り抜きを見ました。女学生の母もきっとファンの一人でお友達と放課後の一時をそれらの挿絵を楽しんだのでしょう。その箱には竹久夢二の封筒や絵葉書も入っていましたから、幼い私はそれらの方々の名を覚えましたが、まだそれらの絵に関心のある年齢ではありませんでした。

大正・昭和の初めは少女が少女らしく生きられた時代でありました。勿論そんな絵を楽しみ憧れる事が出来たのは余裕のある家庭の少女に限られていたでしょうが、世の中に少女の少女らしい心を認め育てる雰囲気がありましたから、本を買うことの出来なかった少女達もその世界をのぞき見、憧れる事はできたでしょう。加藤まさを達に少し遅れて中原淳一がいます。

昭和十五年軍部の圧力の為に中原淳一の描く少女画は執筆禁止になりました。加藤まさを達も抒情的な絵の発表場所を失ったことでしょう。私の思春期への始まりはまさにこの時期と重なります。美しいものに憧れ、仄かな愁いや物悲しさに心悩ます頃を「欲しがりません勝つまでは」「贅沢は敵だ」のモンペ姿の軍国少女の絵ばかりが少女雑誌に載るばかりでした。

敗戦後の昭和二十一年には中原淳一は雑誌「ソレイユ」「ひまわり」を創刊し、戦後の荒廃した貧しい時代の少女達に憧れや慰めや夢を与えました。しかしそれは次第にファッション中心に傾き、少女らしい物思いや愁いの心を現わす方向を失っていきました。

私達の失った思春期に私はずっとこだわり続けていてあちこちで書いたり話したりしています。それは戦後の私達世代の女性の成長に何かしらの欠陥をもたらしたのではないかと。

昨年（二〇一一年）の九月、私は高畠華宵展を本郷の弥生美術館で見ました。女学生の母を思いつつ。

加藤まさをは挿絵画家としてだけではなく詩を作り小説をものしました。作品集に童謡画集「カナリヤの墓」「合歓の揺籃」「抒情小曲集」その他、小説集に「遠い薔薇」などがあります。若き日加藤まさをは千葉県御宿に病気静養の為に滞在していました。御宿の浜辺は柔らかな起伏を持った砂丘が広く遠く続き、桜貝が散らばっていたという渚。「月の沙漠」はここで生まれたということです。多分月見草が咲き浜昼顔の花が咲く長閑で静かな漁村だったことと思います。

昭和三十年代の後半の数年、私は毎年夏休みを幼い娘を連れて上総一宮で過ごしました。その頃御宿や鵜原の海岸にもいきました。何処も静かな海岸でした。上総一宮の浜辺では地引網を引いている時がありました。見物の人が大勢いましたのに、ある日私が娘の手をひいて見物していましたら、厳つい顔の漁師の小父さんが娘の持っている小さな赤いお砂遊び用のバケツに小さな小鯛を数匹入れて「はい、お嬢ちゃん」と言って下さり、「奥さん、宿屋で潮汁にしてもらいな、うまいよ」と小声で私に言われました。思いがけなかった私は丁寧にお礼を言って頂きました。

娘はぴくぴくと動いているお魚に海の水をあげなきゃ死んじゃうと言うので海水をバケツに入れました。小鯛はもう浮き上がっています。でも生きていると信じている娘は可哀想だから海に帰して上げようと言うので少し深い所まで行って海に戻しました。小鯛は波に揺られて流れて行きました。あの頃あの辺りの漁村は長閑で海辺はきれいでした。

それから何年か経て卒業生から月の沙漠像のスタンプの押してある葉書が御宿から届きました。「先生を思いながら見ています」と書かれてありました。授業中に月の沙漠の話をした覚えはないのですが、彼は月の沙漠像の何処に私を重ねて思ったのかしら。

昨年、牧野恭子さんが月の沙漠記念館発行の「加藤まさを抒情詩画集」を贈って下さり嬉しく頂戴しました。ラクダの像が出来、記念館が出来、あの長閑な浜辺、美しい広い砂浜はどのように変わったでしょうか。

第二章　幼き日々に

一　祖谷の粉ひき唄　徳島・祖谷地方

祖谷のかずら橋ゃ蜘蛛の巣の如く
風も吹かんのにゆらゆらと
吹かんのに吹かんのに　風も
風も吹かんのにゆらゆらと

祖谷のかずら橋ゃゆらゆらゆれど
主と手を引きゃこわくない
手を引きゃ手を引きゃ　主と
主と手を引きゃこわくない

祖谷のかずら橋ゃ様とならば渡る
落ちて死んでももろともに
死んでも死んでも　落ちて
落ちて死んでももろともに

祖谷の源内さんは稗の粉にむせた
お茶がなかったりゃむせ死ぬる
なかったりゃなかったりゃ　お茶が
お茶がなかったりゃむせ死ぬる

富山の山奥の平村から次に私がくらしたのは徳島県西祖谷山村一宇という所でした。平家の落人の隠れ里という三大秘境の一つでした。

祖谷は山奥の村。お米の作れない所ですから村人の常食は粟や稗や麦でした。死にそうな病人の耳元で竹の筒にお米を入れて、米の飯を食べさせてやると言って振ると、病人が元気になったと伝えられていました。今も振米筒が資料館に残っています。

祖谷では馬鈴薯を串にさして囲炉裏で焼いてお味噌をつけて食べるのをデコ回しと言いました。阿波の人形芝居をでこ回しと言いましたから、それからの連想だったのでしょうか。村人はこれを肴に一杯飲むのが楽しみだったらしく、お酒を飲まないけれど賑やか好きの父は「進士さん今晩デコ回しましょう」と、村の有力者に招かれると嬉しそうに出掛けていきました。子供を連れて行くことなどなかった父ですが、私は父についていったことがあったのでしょうか。「祖谷の粉ひき唄」もそんな時に聞いたのでしょうか。粉をひいている村のおばあさんの筵の端に座って聞いた遠い記憶もあります。

かずら橋は現在のように鋼鉄線の入った頑丈なものでなく、網目も粗く、子供の私はその間からすっぽりと落ちそうで、その上ゆらゆら揺れて怖くてとても渡ることは出来ません。近所の小母さんに負んぶしてもらって渡ったことがあります。その時の恐ろしかった思いは強烈だったらしく、いまだに高熱の時などに、かずら橋を渡る夢を見たりします。

村の農家の小母さんのOさんが家事の手伝いと妹の子守に来て下さっていました。雨の日にはその息子さんの小学四年位のEちゃんが学校から帰ると来て、カタン糸の芯と割箸で糸車を作ったり、折り紙をして遊んでくれました。小母さんは姑さんがとてもきつい人で、度々実家に逃げ帰ったなどと母に話していました。

ある日、お昼寝から目覚めると台所の方で男の人の声がしました。障子を細目に開けてみると珍しくOさんの小父さんでした。

「わたしが女房が実家に帰る度毎に夜暗い中を山を越えて女房の家に行って、頭を下げて帰ってくれるようにと頼んで、連れて帰るのを村の人がいもじかぶりと言っているのを奥さんも聞いていらっしゃるでしょう。

わたしには兄さんがいます。兄さんは先妻の子でした。わたしが学校に行くようになると、母はわたしたちの弁当のために麦飯を炊いてくれました。麦の中に米が入っているような飯でしたが。分教場ですから兄さんと一緒に弁当を食べます。兄さんはわたしの弁当を見ながらほろほろ涙を流すのです。麦の飯は炊き上がると麦が上に米が下になります。兄さんの弁当箱にはその麦の所だけ入っています。私の弁当には釜の底の米の所が入っています。いつも兄さん可哀想だなと思っていました。取り替えて上げようかと思いましたが回りに友達もいます。兄さんは黙って涙を流していました。

もし女房が帰ったままになったら、可愛いあのEに、あの兄さんのような可哀想な思いをさせるようになるかと思うと、あの兄さんの涙を思うと、誰に何と言われようと、母親に何と言われようと、頭を地面に擦り付けても女房には帰ってきて欲しいのです。わたしの気持ちは奥さんは分かって下さるでしょう」

と小父さんは泣きながら話していました。幼いながら私は障子を開けてはいけない気がして、その陰に座って小父さんの話を聞いていました。Eちゃんは勉強もよくできて、小父さんも小母さんも楽しみにしている一人息子でした。発電所が完成した後で、父がその管理の仕事を小父さんにお世話したということでした。現金収入の少ない村でしたので、Eちゃんの学資のたしにと父が思ったのでしょうか。後にEちゃんは池田の中学から高校（旧制）大学に進学されたと聞きましたが、時は戦時下、学徒出陣となって出征し、負傷して帰られたとのことでした。小父さん、小母さんの期待もむなしく。生きて帰られたのがせめてものことでしょう。

工事現場には朝鮮の方も多く、出稼ぎで家族連れで集落を作って住んでおられました。私と同じ年の男の子の友達もいました。村の子は素足に草履、その子はゴムの靴を履いていますから、小川の中にジャブジャブ入って遊びます。靴下に皮靴をはかされている私は川に入れません。ある日、その子のお母さんがゴムの靴をもって来て下さいました。とても嬉しかった。

そのお母さんはときどき家に来られて「とても教育熱心で立派な方よ」と母が言っていました。赤ちゃんを背負った朝鮮の若い女の人や会社の人や村の人やいろんな人が母の所に相談に来ていましたから、母が誰かとお話をしている時は、私は邪魔にならないように一人で絵本などを見ていました。大人同士の話の時には母に話しかけてはいけないと思いました。そうしていろいろなことを耳にして世の中の事を学んだ気がします。

「小学校低学年の女の子が幼い弟妹の世話をしながら夕飯の支度をしているの。おかずはいつもお大根のお味噌汁だけなの。私に力があったらあの子供達に栄養のあるものを食べさせたい。そうしたら大阪に奉公にいっても結核に罹らずに済むのに。あんなに健康そうだったのにすぐに青い顔をして帰って来て」と母は嘆いていました。母は人の話を聞いてあげたり、貧しい人々の生活を嘆くだけで、社会的には何も活動しなかったのを後年私は歯痒く思いましたが、あの頃二十歳代のよそ者の若い母を村の人々は信頼して下さっていたのですね。

〽踊る阿呆に見る阿呆
同じ阿呆なら踊らにゃ損損
えらいやっちゃえらいやっちゃ
〽石山通れば石ばかり
笹山通れば笹ばかり
猪豆食ってホーイホイホイ
（阿波踊り　囃子詞部分のみ）

阿波踊りの時は村中で踊りました。あの頃村の人は揃いの浴衣ではなかったけれど、私も花笠と子供用の三味線を買ってもらって踊りの列について踊りました。唄のお囃子の部分は特に印象が深く今でも時に一人踊ります。

二　アラビアの唄　　堀内敬三訳詞

沙漠に日が落ちて
夜となるころ
恋人よなつかしい
唄をうたおうよ
あの寂しい調べに
今日も涙流そう
恋人よ　アラビアの
唄を歌おうよ

（アメリカのジャズ曲）

工事事務所では給仕さんが大きな声でこの歌を歌いながら、一人でお掃除をしていました。分教場からまだお友達が帰ってこない昼下がり、退屈な私はたまに事務所に行き、給仕さんとトランプの「シンケイスイジャク」をして遊びました。私が小さいハンカチに包んで給仕さんの分も持っていくおやつのお菓子を勧めると遠慮がちに一つ二つ食べて「お嬢ちゃんのお菓子はおいしいね」といいました。あの頃は今のように何処でも同じお菓子は売っていませんでしたし、神経質な父は近所の駄菓子屋さんのお菓子を子供に与えることを嫌って、我が家では私のおやつは東京の家から送ってもらっていました。たまに次のが届かない時には母はお・ち・ら・しを作って下さり、私はそれが好きでした。おちらしとはむぎこがしとお砂糖をお湯で練ったものです。

「沙漠ってどんな所かなあ。見てみたいなあ」と給仕さんは遠くを見るような様子で言いましたので、「沙漠には駱駝がいるのよ。アラビアには大金持ちの王様がいるんですって、でもお水が無いのよ」と私はアラビアンナイトの絵本の知識で言い「月の沙漠」の歌を教えてあげました。給仕さんは「いい歌だねえ」と言い、二人で何度も歌いました。

私はアラビアンナイトのお話からアラビアとはどんな所かなと行ってみたいと思い「アラビアの唄」に仄かな哀愁を感じて、しみじみと心に沁みるよう思われました。

第一次世界大戦後にマーシャル群島・パラオ諸島・サイパンなどの南洋諸島は日本の委任統治地となり、南洋庁が出来て多くの日本人が移住しました。

酋長の娘

一　わたしのラバさん　酋長の娘
　　色は黒いが　南洋じゃ美人
二　赤道直下　マーシャル群島
　　椰子の葉陰でテクテク踊る

（後略）

という唄が当時流行っていました。
その後、

一　椰子の葉繁るパラダイス
　ここは南洋パラオ島
　おとぎ話の夢のよな
　まあるいお月がこんばんは

二　カヌーに乗って銀の波
　分けて進めばワニの子が
　かわいい小首を持ち上げて
　これはみなさんこんばんは

三　かがり火焚いてひと踊り
　踊る土人の宵祭り
　みんな歌えば大空で
　月もニコニコこんばんは

如何にも南の楽園を思わせる童謡がありました。この歌の歌詞を確かめたくて昭和館でSPレコード収集家にお目にかかりましたが、その方もご存じないとのこと。丁度その時後ろの部屋からこの歌のメロディーが聞こえました。戦時中のニュースのバックミュージックでした。歌詞は判りませんでしたがこの歌の存在は確かと確信しました。その他にも、

椰子の葉陰でドンジャラホイ
トントン手拍子足拍子
太鼓叩いて笛吹いて
今夜は土人のお祭りだ
子供も揃ってにぎやかに
ソレ　ホーイホーイのドンジャラホイ

この歌は戦後「森の木陰でドンジャラホイ」（森の小人）という歌になって歌われましたので私は間違えて覚えていたのかとも思いましたが、ある落語家が「これは土人の歌で」と言われたのを聞き、また先年テレビで司会者が「椰子の葉蔭でドンジャラホイ」と歌われましたので、我が記憶力確かなりと。このように戦時下の歌には戦後歌詞が変えられているものも多くあります。

小学生の頃「ガソリンの一滴は血の一滴」という標語が盛んに言われました。子供の漫画の本にもガソリン節約の漫画が載っているくらいでしたから、国家の痛切な問題です。

その時私は「アラジンの魔法のランプ」を思い出しました。アラジンがふとしたことで手に入れた古い汚いランプを磨くと、もくもくと黒い煙が立ち大男が現れてアラジンの望みを叶えてくれアラジンは大金持ちになります。

この大男とは石油のことではないかと思いました。

アラジンの手に入れた古いランプとは石油の出なくなった廃坑。それをこつこつ掘ったらまた豊富に石油が出るようになった、そしてアラジンは大金持ちになったというお話ではないか。何気なく単なるお話と読んでいたアラビアンナイトにはこんな意味も隠されているのではないか。とすると他のお話も単純に読み捨ててはならない、その奥にどんな意味があるのか考えなければと思いました。


太平洋戦争も敗色濃くなると南方の島々は激戦地となり、補給路を断たれた日本軍は兵器も食糧もなく多くの日本兵は無残な戦死を強いられました。パラオ諸島のペリリュー島では特に日本軍の戦死者が多く出ました。

サイパンに移住した多くの民間人も断崖から海に身を投じて玉砕しました。バンザイ岬に象徴されるサイパンの悲劇は忘れられない。

日本の敗戦後、南洋の島々はアメリカの占領下になりました。一九四六年から五八年にかけてアメリカはビキニ環礁などで核実験を六十七回繰り返し、マーシャル諸島の島民はその被爆に苦しみました。

一九五四年の水爆実験によって我が国の漁船第五福竜丸は被爆し犠牲者を出しました。

一九五〇年代には我が国内でも雨には放射能が含まれているとの噂があり、小さい折り畳み傘など無かったあの頃、私は通勤鞄にビニールのコートを何時も入れていました。

「南の島の月の夜にくろんぼの土人が踊るとさ太鼓打って槍持ってドドンガドン」という歌が歌われた戦時下、日本人達は現地の人々を未開人として蔑視してはいなかったか。

また戦後領有したその南の島で、核実験を繰り返した米国人達は、原住民を対等な人間とは考えず蔑ろにしてはいなかったか。

私は幼い頃から文明の発祥地と言われる所を訪ねたいと思っていました。黄河・ナイル河を旅し、サハラ・タクラマカン・ゴビ砂漠に立ちました。けれどもチグリス・ユウフラテスの地は紛争が続いて旅は不可能でした。

アラビアに憧れていた小学校を出たばかりの年頃の、幼い私のトランプ遊びに何時も優しく付き合って下さった、「僕は海を見たことも無いんだ」と言っていたあの給仕さんの初めての海が、出征への船出ではなかったようにと、祖谷を思い出す度に思います。

三　「佐渡おけさ」などの民謡

雪の新潟　吹雪に暮れてョ
佐渡は寝たかや　灯が見えぬ
（佐渡おけさ）

「お嬢ちゃん　もうおよられましたか」と親方衆の一人が父に聞いている声。

酒盛りが始まるのだなと思いながら母の歌を聞いて静かにしています。宴が酣になるとそれぞれの親方衆の十八番の民謡が聞えます。私は佐渡おけさの歌詞の中でこの歌詞が一番好きでした。しんと雪が降り積もっていて静かで寂しい情景が目に浮ぶようです。

来いと言うたとて　行かりょか佐渡へョ
佐渡は四十九里　波の上
佐渡と柏崎ゃ　竿さしゃ届くョ
何故に届かぬ　わが想い

四十九里もの波の向うの佐渡にどうして竿が届くのかしらなんて思いながら聞いていました。そういえば「佐渡の金山この世の地獄ョ」とか「おけさ踊るなら板の間で踊れョ」とかという歌詞もありましたっけ。

私はこのようなしんみりとした歌だけが好きだったわけではありません。「串本節」のようなリズムのよい陽気な歌も好きでした。

ここは串本　向いは大島
中をとりもつ　巡航船
アラ　ヨイショヨーイショ
ヨイショヨイショ　ヨーイショ

潮の岬に　灯台あれど
恋の闇路は　照らしゃせぬ
アラ　ヨイショヨーイショ
ヨイショヨイショ　ヨーイショ
（串本節）

板の間では小父さん達が踊っている気配がします。楽しいだろうなと思いながら聞きました。意味も分からずに。

土佐の高知の播磨屋橋で
坊さん簪買うを見たヨサコイヨサコイ

ゆうたらいかんちやおらんくの池にゃ
潮吹く魚が泳ぎよる

よさこい晩に来いと言わんすけれど
来て見りゃ真実　来いじゃない
（よさこい節）

後に旅の途次「月の名所は桂浜」にも行きました。

送りましょうか　送られましょか

せめて運動のコーリャ

茶屋までもョ　チョイナ　チョイナ　　馬子の追分浅間は焼けて

暮れる草津にコーリャ

湯の煙チョイナ　チョイナ

草津節の中では「運動の茶屋」の所が好きでした。毎年草津へスキーに行っていた私ももうスキーどころか旅行も出来ないような身となりました。この歌詞はこの頃歌われないようですが、今は「道の駅運動茶屋」があります。そこにかつて茶屋があったのかしらと。

坂は照る照る　鈴鹿はくもる
あいの土山　雨が降る

この鈴鹿馬子唄に学生の頃歌舞伎の「恋女房振分手綱」でまた会いました。子役の役者の歌う馬子唄は心に沁みました。

「酒は飲め飲め」で有名な黒田節の歌詞の中でこの歌詞が歌われるとまさに優しい思いがして、「酒は飲め飲め」や「皇御国の武士」とは違う歌かと思いました。

「峰の嵐」は『平家物語』巻第六の小督の中の文章と同じです。おそらく『平家物語』の語り手が平安末期に流行していた今様の歌詞を詞文の中に取り入れたものと思います。この今様は地方では今様の形のまま残り、黒田節となったものでしょう。「古き都」も『平家物語』巻第五の月見の中で歌われる今様の歌詞と同じです。

随分以前に読んだ歌集の中で黒田節の歌詞に題名が「今様」と書いてありましたのを、『平家物語』小督の段を講義している時に思い出しました。

峰の嵐か松風か
尋ぬる人の琴の音か
駒をひかえて聞く程に
爪音しるき想夫恋
古き都に来て見れば
浅茅が原とぞなりにける
月の光は隈なくて
秋風のみぞ身には沁む

（黒田節）

十余年ほど前にフランス一周十五日間のツアーに参加しました。是非ノルマンデーの海岸に立ちたかったのです。サン・マロの教会にも。成田空港の指定の場所に行くと賑やかに談笑している男女数人の一団がいたので少し憂鬱な気がしました。

私は外国への旅でツアーに参加するのは普段のお友達とは違った方とお知り合いになれて世間が広くなったようで好きなのです。帰国してからも〇〇会等と言って集まったり、新しいお友達の皆様と親しくお付き合いをしたりしています。

けれども仲間でいらしている方々や御夫妻の中には仲間同士が集って乗り物でもレストランでもその中の一人がさっと先に入って仲間とのよい席を確保する傍若無人な方々もいて、他の人々に不愉快な思いをさせても気が付かない人達の存在に再三出会った事もあるので、また今度もかと前途を思いやったからです。

さて私の懸念はこの度は杞憂に過ぎませんでした。その方々は決して一団として群れずにばらばらのお席でも隣の方と楽しそうにお話され、旅の終わりにはみんなとお馴染みさんになっておられました。鹿児島の川内の中学の同級生でパリに住んでおられるお友達の所に寄られるとの事でパリのホテルの最後の夕食には別行動との事でしたので、その前の日の夕食に鹿児島さん達の送別会をすることになりました。

そのお礼にと鹿児島さんの女性の方が「牛深ハイヤ節」を踊って下さるとご持参のテープをお出しになったのですが、テープレコーダーが無いので皆の歌える歌をと鹿児島小原節を踊ってご披露下さり、大変盛り上がったので、食堂のお給仕の人も隣のレストランの人までかわるがわる覗きに来て拍手していました。私達のツアーだけ夕食は別室でしたのに。

花は霧島　煙草は国分
　燃えて上がるは　オハラハー　桜島
　　ハ　ヨイヨイ　ヨイヤサット
雨の降らんのに　草牟田川濁る
伊敷原良(いしきはらら)の　オハラハー　化粧の水

月のひょいと出を　夜明けと思うて
　様を帰して　オハラハー　気にかかる

皆さんはせいぜい「見えた見えたよ松原越しに」くらいまででしたのに、私は歌詞が自然に次々と出て来るので、鹿児島さん達にも「奥さまよくご存じですね」と不思議がられました。小学校に入ってからは聞く機会もありませんでしたのに。幼い頃に聞き覚えた事は忘れないものですね。自分では歌ったこともないのに。この鹿児島川内の方々とも帰国してからもビデオテープの交換をしたり、お手紙を頂いたりしています。楽しい旅でした。

私は今迄に民謡を人前で歌った事は無く、今後も歌う機会は無いと思いますが、乳児の頃に各地の民謡を聞いた体験は、後に歌詞の意味を考えたり地方の人々の生活を理解したりして、その後の私の人生の世界を広げる事になりました。

四　東京行進曲　　西條八十

一　昔恋しい銀座の柳
　　仇な年増を誰が知ろ
　　ジャズで踊ってリキュルで更けて
　　あけりゃダンサーの涙雨

二　恋の丸ビルあの窓あたり
　　泣いて文書く人もある
　　ラッシュアワーに拾ったバラを
　　せめてあの娘の思い出に

三　広い東京恋ゆえせまい
　　いきな浅草忍び逢い
　　あなた地下鉄私はバスよ
　　恋のストップままならぬ

四　シネマ見ましょかお茶のみましょか
　　いっそ小田急で逃げましょか
　　変る新宿あの武蔵野の
　　月もデパートの屋根に出る

（作曲　中山晋平）

菊池寛の小説「東京行進曲」が映画化され、その主題歌として昭和四年に作られたこの歌は、流行歌として一世を風靡しました。幼い私が初めて流行歌を耳にしたのはこの歌ではなかったかと思います。家の中で聞いた覚えはありませんから誰かが歌っているのを聞いて覚えたものでしょう。

当時の都会生活を謳歌した青春ソングともいうべきこの歌は、外来語を多用してハイカラな歌詞ですのでこの歌から東京に憧れた人も多かったのではないでしょうか。その頃は「銀ぶら」という言葉が流行し、私の伯母などは毎晩銀ぶらをしなければ眠れないなどと言っていたそうです。

さて、「東京行進曲」は四番の歌詞が最初は冒頭の歌詞とは違っていました。

四　長い髪してマルクスボーイ
　　今日もかかえる赤い恋
　　プロの新宿あのムサシノの
　　月もシネマの屋根に出る

昭和三年と四年には社会主義者大検挙が有りましたので、先ずマルクスという語が当局に引っ掛かると考えられます。次に赤い恋。

『赤い恋』はコロンタイの小説です。

コロンタイ（一八七二〜一九五二）はソヴィエトの女流革命政治家で外交官でした。

この小説は題名が好奇心を刺激したのか、日本では当時のベストセラーになり、昭和二年初版、三年に十五版となっています。

「赤」という語はロシヤでは美しいという意味を持ち、「赤いサラファン」は美しい花嫁衣裳というとのことです。先年モスクワの赤の広場を訪れましたが、お伽の国のように美しい広場だったので、今まで抱いていた厳しく恐ろしいという概念が嘘のようでした。この小説の題名もさしずめ『美しい恋』という意味ではないかと思っています。

プロの語も当時プロレタリア運動が激しく、プロレタリア文学が盛んで、『海に生くる人々』『セメント樽の中の手紙』（葉山嘉樹）『施療室にて』（平林たい子）など、昭和四年には『蟹工船』（小林多喜二）『太陽のない街』（徳永直）が出ています。プロも当局を刺激する言葉として、流行歌に相応しくないと自粛する動きがあったのでしょうか。

こうして四番の歌詞は書き換えられて、冒頭の歌詞のようになり世に出ました。

中原中也の「正午　丸ビル風景」を教えた時、詩の批評精神について考えさせる為に、西條八十の「東京行進曲」の二番の歌詞と比べさせる授業をした時に教えたおぼえがあります。

後年小樽の小高い丘の上にある小林多喜二の記念碑を訪れて私は深い衝撃を受けました。

新宿に武蔵野館という映画館がありました。今も同じところにビルがあり、その二階に映画館がありますが、昔とは様異なり、「シネマ見ましょか」の雰囲気はありません。

小田急線の開通は昭和二年、この歌の流行によって小田急に乗って見たいという地方の若い方が多かったと聞いています。まさにコマーシャルソングのはしりと言うべきでしょう。

昭和二十一年四月、大阪の女学校に転校した私は「あんた東京からきはったん、うち小田急に乗ってみたいんやけど」と友達に言われて、この昔の歌の威力に驚きました。

ちなみに京王線の新宿〜府中間の開通は大正四年。

デパートはほてい屋というデパートが現在の伊勢丹の所にあり、その後伊勢丹がその店舗を買収して開店したのが昭和八年。

新宿三越は大正十四年から今のアルタの場所で新宿分店、昭和四年に同所で新宿支店、昭和五年九月に現在地で開業しています。この歌詞の作られた頃には新宿三越はまさに建設中だったのでしょう。

場末の街新宿は校外電車の起点として駅は乗降客も増え、武蔵野の面影を残していた街は新しく変容しつつありました。「変わる新宿あの武蔵野の」の歌詞そのままだったと思われます。

同じ「ムサシノ」でも改作前は映画の武蔵野館、改作後は街の様子になっています。

昭和四年はこの歌の他にも長く人々に親しまれた流行歌が多く世に出た年で「浪花小唄」「紅屋の娘」「洒落男」「愛して頂戴」「沓掛小唄」「君恋し」等、今に至るまで懐かしのメロディーとして覚えていらっしゃる方も多いでしょう。

戦後の長い窮乏生活の頃、母は当時を懐かしがって「あなたがおなかにいた頃は毎晩麻雀をして楽しかったわ。『宵やみせまれば…ポン』『悩みは果なし…チー』なんて言って、暢気な時代だったわね」などと言いました。それを聞くと私は「お母さんのように最高学府で学んだ女性が何もしなかったから戦争になったのよ」と母に言いました。

昭和二年の金融恐慌に始まった不況の中で国民生活は窮乏のどん底に陥り、「大学は出たけれど」が流行語になるほど失業者があふれ、農村では娘の身売りが行われ、多くの国民は生活苦に喘いでいました。

一方、治安維持法の改正、社会運動の弾圧、ファシズムの台頭と国は軍国主義への道をひた走りに進んで行きつつありました。

母はそのような社会の状況を知らない訳ではなく、伯母たちと嘆いていました。しかしだんだん国民が自由に物が言えなくなり、その挙げ句我々の上に爆弾が投下され、戦災で無一物になる日が来ようとは、その当時の母たちは思ってもみなかったのではないでしょうか。艦載機による連日の機銃掃射・艦砲射撃・焼夷弾による戦災・難民さながらの姿での疎開、そして戦争が終わりました。

戦争が終わった時母は「今度こそ婦人参政権を得られるわね。この戦争で苦労したのは女性ですもの」と言いました。婦人参政権の獲得に努力し、戦争に於ける女性の悲しみ苦しみを知っていた母、そんな母たちが国が戦争への道に進む時にどうして何もしなかったのかと、当時少女だった私には歯痒く思われてなりませんでした。

戦争は急に始まる訳ではありません。人々が黙っている間に気が付いたら物言えぬ世の中になり、そうして戦争への道を進むのです。

ですから母を責める言葉を言う度に私は婦人参政権を得た今、将来自分の子供からはそう言われないように、戦争のない社会を築いて行くために努力していこうと思いました。
何時か来た道を再び辿りつつあるようなこの国の昨今の状況に、現在私は何を為すべきかと思って居ます。

君恋し　　時雨音羽

一　宵やみせまれば悩みは果てなし
乱るる心にうつるは誰が影
君恋しくちびるあせねど
涙はあふれて今宵も更けゆく
二　歌ごえすぎゆき足音響けど
いずこに尋ねん心の面影
君恋し思いはみだれて
苦しき幾夜を誰が為忍ばん
三　去り行くあの影消え行くあの影
誰が為支えんつかれし心よ
君恋し
君恋し灯うすれて
臙脂の紅帯ゆるむもさびしや
（作曲　佐々紅華）

今なお歌われている歌ですが、私は母の胎内にいる時に聞かされたという故か懐かしい。

『万葉集』巻十二に

瑞垣の久しき時ゆ恋すればわが帯ゆるぶ朝夕ごとに　（三二六二）

二つなき恋をしすれば常の帯を三重結ぶべくわが身はなりぬ　（三二七三）

があります。こんな歌を講義する度に「君恋し」の一節を思い出します。

巻四の大伴家持が大伴大嬢に贈った歌

一重のみ妹が結ばむ帯をすら三重結ぶべくわが身はなりぬ　（七四二）

美空ひばりが「春は二重に巻いた帯／三重に巻いても余る秋」と「みだれ髪」を歌うのを聞く度に家持のこの歌を思いました。

話はそれますが、戦災で遊び道具をすべて失った私たちは母と妹弟で麻雀を手作りしました。はじめはボール紙で作りましたが、これは牌を立てることが出来ないので筆箱に立て掛けたのですが、笑うと牌が軽いので飛び散ってしまいます。そこで建具屋さんからいらなくなった古い障子の桟を貰ってきて、麻雀牌の形のように切り揃えて記憶を辿って絵や文字を書いて作りました。幼い頃から兄弟三人で麻雀の真似事をして遊んでいた私たちでしたから、手作り牌でも楽しく、敗戦の年の暮れの事でした。

私は麻雀でよい牌をつもると「待てば海路の日和あり」と歌う癖があります。「月給月給ととんがらかるな／待てば海路の日和あり／僕が社長に出世したら／秘書に／とこ　はりきれはりきれ　ほいほい／してやるぞ／とこ　はりきれ　ほい」という歌を何時何処で誰が歌っているのを聞いて覚えたのでしょう。後年子供達と麻雀をしていてこの歌を歌うと、息子が「ママがいいのをツモッたのよ」と言っていました。

ついでながら小田急デパートが開業したのは昭和三十七年。現在の場所になったのは昭和四十一年。京王デパートの開店は昭和三十九年十一月一日です。その日私は何かの用事で新宿駅を通り、閉店近くの京王デパートに入り、その時買った品物を今も使っています。

昭和四十年前後から今に至る新宿の街の変貌は、昭和二十年代の学生時代に新宿の帝都名画座に通っていた私には驚くばかりです。

新宿駅東口の前の通りに馬の水飲み場があったのを知っておられる方はあるでしょうか。

五　出船　　勝田香月

一　今宵出船かお名残り惜しや
　　暗い浪間に雪が散る
　　船は見えねど別れの小唄に
　　沖じゃ千鳥も泣くぞいな

二　いま鳴る汽笛は出船の合図
　　無事で着いたら便りをくりゃれ
　　暗いさみしい灯影のもとで
　　涙ながらに読もうもの

祖山に居た頃我が家に若い社員さん達が集って麻雀をすることがよくありました。ですから麻雀の牌が幾組かありました。特に父の麻雀大会での優勝賞品という麻雀の牌は大きくて立派でした。当時は秘境と言われた山奥の村では遊びに行く場所も無く、時々息抜きの場所として我が家を提供したのでしょうか。麻雀の時は麻雀好きの母もメンバーに加わるので、お守のおねえさんが私の世話に泊まります。

麻雀が佳境に入るとおじさん達は「出船」「波浮の港」「鉾をおさめて」「出船の港」などを歌ったりします。流行歌は歌わない謹厳な家庭に育てられたであろう大学出の若い人々が少し自由な気分になったのでしょうか。これらの歌の歌手は藤原義江です。

世界的な歌手カルーソーの声を好んだ母専用のレコードケースには藤原義江のレコードも入っていたのでしょう。乳幼児の私は麻雀をする時はこのような歌を歌うものだと思っていたのでしょうか。

　こんな集りは徳島の祖谷山村でも続けられました。子守さんが妹を寝かせている間に私はおじさん達の麻雀を覗きに行き些かルールを覚えました。四歳位でしたが、まだメンツが揃わない時間には早くいらしたおじさん達に麻雀で遊んで頂きました。いっぱしポン・チー等と言いながら「娘十六ほいのころ（恋心）」（島娘）を歌ってたそうで、母が「何でもすぐ覚えて」と笑っていました。でも私はそんな歌は他では歌いませんでした。幼な心にも時と場所は心得ていたのでしょう。

　その頃世間では「皇太子さまお生まれになった」「東京音頭」が盛んに歌われていましたが、その陰での小林多喜二の警察での拷問による死亡の事は父母のひそひそ話から耳にしました。しかし満州事変・上海事変の事も爆弾三勇士の「廟行鎮（びょうこうちん）の敵の陣」の歌も知らず。

　私が戦争や軍歌に直面するのは小学校一年生の時に始まった日支事変（あえてこう表記す）でした。その年から町に住むようになった我が家が蓄音機を買い換えたので、その時チコンキ屋さんがサービスにレコードを下さり、その一枚が「上海便り」もう一枚が「日本陸軍」でその裏面が「露営の歌」でした。当時これらの歌は大層流行って盛んに歌われました。小学一年の私が学校帰りの麦秋の道を「不義を討つとは何かしら麦ではないし」と考えながら歩いたのを覚えています。

　先日大学の一年後輩の方から「お近くにいらしたら『天井に金槌釘打って』等と御一緒に歌うのを

楽しみにしていましたのに外出出来なくなって残念」とのお便り。軍歌の難しい言葉を子供なりに解釈していたのですね。

その後チコンキ屋さんは新曲の童謡と一緒に軍歌のレコードが出る度に届けて下さいましたが次第に童謡は少なくなり軍歌が多くなりました。

世を挙げて軍歌花盛りの社会になり、母が選ばなかったレコードの歌も世間では歌っていますから、私の暇な頭はそれらの歌詞を全て吸収しました。（今でも私は大抵の軍歌は一節だけでなく全部歌えます。自慢じゃないけど）そして軍歌の歌詞の意味を考えました。「露営の歌」は二番から終りまで全部死ぬ歌詞ですから、聞きながら戦争とは知らない土地で死ぬ事と思って恐ろしく。

小学二年の運動会のお遊戯は「母の背中にちさい手で振ったあの日の日の丸の」（日の丸行進曲）と両手に日の丸の旗を持って踊りました。「東洋平和の為」と歌い聖戦と教えられ、後に「日本よい国。世界で一つの神の国」と教科書にありましたから、まさに一億総洗脳。（今だにそう言う政治家がいます）

軍歌は戦争応援歌です。「この一戦に勝たざれば祖国の行く手いかならん」と思って命を国に捧げた若人も多くおられますし、戦争の末期には「勝ち抜く僕等国民／天皇陛下の御為に／死ねと教えた父母の」と小学生に歌わせています。敗戦後軍歌は消えました。

小沢昭一氏が「僕達おじさんに歌は無い」と言われましたが「私達おばさんにも歌はありません」感受性の強い思春期に少女らしい柔かな感性に響く歌は無かったのですから。「命一つとかけがえに百人千人斬ってやる」という殺伐とした歌が巷に溢れている中で育った少女達は人間としての成長期に何か大切な物を奪われて成長したのではないか。戦後今にいたるまで私はそんな疑問を持って生きています。

けれども翻って戦後の日々を思う時、少女達が少女らしい感性を育むような歌を社会を私達は作り得たでしょうか。女性の社会進出の土台作りのために私達は精一杯でした。

先年私は「昭和十年から二十年までの歌について」という講演をしました。如何に戦争歌が童謡その他の歌を圧迫して行ったか。歌の変遷と歌詞の変遷について語りました。その時お配りした一覧表を見て「何処かに発表なさらないの。勿体ない」と皆さんに言われましたが、未だお蔵入りのまま。

「波浮の港」

磯の鵜の鳥ゃ日暮れにゃ帰る
波浮の港は夕焼け小焼け
明日の日和は　ヤレホンニサなぎるやら
（後略）

高校一年生のHR合宿の引率で大島に行った時にクラスの生徒と波浮の港まで散策しました。道すがら小学生の頃の雑誌に「波浮の港には鵜の鳥はいない」「波浮からは地形的に夕焼けは見えない」「作詞者野口雨情は現地に行っていない」と書かれていたのを思い出しました。雨情の故郷の北茨城磯原の海岸には海鵜が多く、捉えて岐阜の長良川の鵜飼の鵜とすると聞きました。雨情は海辺には何処にも鵜がいると思っていたのでしょうか。波浮の海鵜の存在の真偽の程は分りませんが。

港を見下ろす石段の上で生徒達に「波浮の港は大昔火口湖でそれが時を経て海水が入るようになり、港になったものでしょう。これは私の憶測ですが、私はここに初めて来たのは琉球の人ではないかと思うの。この辺りには毒蛇が多くいると聞きますから、その人々が『ハブ』の港と呼び慣わしていたのが、いつしか『波浮』と優雅に文字に書かれるようになったのではないかしら。では」と話し終った途端にキャーと女生徒の悲鳴。同時に私の体が強く後に引き寄せられました。見ると私が肘をついていた石段の石の手摺の先に蛇が首を持ち上げていました。石段のあちこちにいる蛇に注意して港へ下りました。

昭和三十年に私が都の教員組合の研究会で訪れた時に旅館港屋に泊まりました。砂浜にはクサヤを作っているという天水桶の丈高く大きくしたような桶が幾つかあり、辺り一面は強烈な臭いでしたが、現在は港屋は廃屋となり、浜辺には桶はありません。世の移ろいの速い事。

六　秋の夕暮

　　村雨の露もまだ干ぬ槙の葉に霧立ちのぼる秋の夕暮　（寂蓮法師）

　幼い頃のお正月の夜は、大人たちが歌留多を楽しんでいました。不断から子どもたちは夜は八時になると寝かされてしまいます。お正月とて例外ではありません。寝付きの悪い私は、そっと起きて歌留多取りをしている親たちの後に座って見ていました。

　ほとんどの歌の意味は難しくて分かりませんでしたが、最初に覚えたのが寂蓮法師のこの歌でした。聞いているとその情景が目に浮かぶような思いがして好きになりました。

　次に私が好きになったのは左の歌でした。

　　山川に風のかけたるしがらみはながれもあへぬ紅葉なりけり　（春道列樹）

『古今和歌集』の詞書に「滋賀の山越えにて詠める」とあるこの歌は、水面や水中に散り落ちている紅葉を柵と見立てた所に趣向があり、「けり」にははじめて気づいて驚いた感動が表されています。

こうしてこの二首を今改めて読むと、幼い私は絵のような美しい歌が好きだったようです。

「む」で始まる歌は一首だけ、「山川」「山里」「やすらはで」「八重葎（やえむぐら）」の最初の「や」の発音は微妙に違いますので、私は読み手がこの二首の最初の音を言うやいなやさっと手を伸ばして、いち早く大人の膝元にある札を取りました。かくして私は歌留多の仲間に加わることを黙認され、この二首は私の十八番になりました。そのうち私は「秋の夕暮」がもう一首あることに気が付きました。

さびしさに宿を立ち出でてながむればいづこも同じ秋の夕暮　（良暹（りょうせん）法師）

『後拾遺和歌集』に収められているこの歌は、寂蓮法師の絵のような歌とは違って、作者の物寂しい心が伝わってくるようでした。

私が「秋の夕暮」とばかり言うので、祖母が「三夕の歌」を教えて下さいました。

寂しさはその色としもなかりけり槙立つ山の秋の夕暮　（寂蓮法師）
心なき身にもあはれは知られけり鴫立つ沢の秋の夕暮　（西行法師）
見わたせば花も紅葉もなかりけり浦の苫屋の秋の夕暮　（藤原定家朝臣）

『新古今和歌集』秋歌上に並んで載っているこの三首は、古来「三夕の歌」として人口に膾炙されていますが、子どもの私には寂蓮の歌は「村雨の」の方がよいように思われて、どうして「村雨の」が「三夕」に入らないのかと不思議に思われました。

歌舞伎の『青砥稿花紅彩画（あおとぞうしはなのにしきえ）』の稲瀬川勢揃いの場での、南郷力丸の科白に「（前略）どうで仕舞は木の空と覚悟はかねて鴫立沢（しぎたつさわ）しかし哀れは身に知らぬ念仏嫌えな南郷力丸」とありますが、この科白は西行の「心なき」の歌を引いているのかと納得しました。

昭和二十二年の歳暮、新橋の闇市で母が百人一首を買って来ました。妹と私はもう夢中。

年が明ければ私には上級学校の入学試験が迫っています。でも女学校五年の間に五回も転校した私には合格する見込みがあるとは思えません。級友は研数とか津田とか旧制一高の講習に通って着々と受験勉強をされているようでしたが、私には勉強の遅れを取り戻す術も分かりません。新制の高校三年に残って数学と英語を勉強し直すか、乾坤一擲当たって砕けるか。悩み多き日々なのに。

父の会社に歌留多の上手な若い方がおられ、妹と二人でかかりましたが敢え無く惨敗。それから精進して一対一でその方と対戦しても負けない程に短期間で腕を上げました。

学生時代は随分武者修行をし、何度も一騎打ちをして腕を磨きました。詠者の名を聞いただけで取り札を即座にとる特技も。

『新古今和歌集』の「三夕の歌」の次には

たへてやは思ひありともいかがせん葎の宿の秋の夕暮　（藤原雅経）

の歌も並んで載っており、『新古今和歌集』には結句が「秋の夕暮」の歌が十六首あります。次に前掲以外の歌を幾首か挙げます。

ながむれば衣手涼しひさかたの天の河原の秋の夕暮　（式子内親王）
小倉山麓の野べの花薄ほのかに見ゆる秋の夕暮　（読人しらず）
もの思はでかかる露やは袖に置くながめてけりな秋の夕暮　（摂政太政大臣）
われならぬ人もあはれやまさるらん鹿鳴く山の秋の夕暮　（土御門内大臣）
別路はいつも嘆きの絶えせぬにいとど悲しき秋の夕暮　（中納言隆家）

さて「秋の夕暮」が結句の歌は万葉集には一首も載っていません。勅撰集の『古今和歌集』『後撰和歌集』『拾遺和歌集』にも載っていません。『後拾遺和歌集』になって初めて前掲の良暹法師の歌等五首が載っています。

おもひやる心さへこそさびしけれおほはらやまの秋の夕暮　（藤原国房）

「良暹法師の許に遣しける」の題詞があるこの歌は、良暹法師の「いづこもおなじ」への返歌ではないようですが。

『後拾遺和歌集』には平安王朝の文化華やかなりし頃の作者の歌が多く採られています。この集から結句が「秋の夕暮」の歌が載っているのは、『枕草子』の「秋は夕暮」の影響による美意識の浸透にあったのではないでしょうか。「秋は夕暮」が趣深いという美意識から、時代が下るに従って「秋の夕暮」はものの哀れをしみじみと感ずるというように変わっていったものと思われます。『新古今和歌集』以降には「秋の夕暮」と詠んだだけで哀れ深い趣の風情が読む人に伝わるようになっていったものでしょう。次に各勅撰集より一首ずつ。

『金葉和歌集』
うづらなくまののいりえのはまかぜにをばななみよる秋のゆふぐれ　（源俊頼朝臣）

『詞花和歌集』
ひとりゐてながむるやどの荻の葉にかぜこそわたれあきのゆふぐれ　（源道済）

『千載和歌集』
まつとてもかばかりこそはあらましかおもひもかけぬ秋の夕ぐれ　（和泉式部）

寂蓮法師は俗名藤原定長。伯父俊成の養子となったが、俊成に定家が生まれると出家して寂蓮と号した。新古今歌壇で活躍し『新古今和歌集』の撰者の一人に任命されたが完成以前に没しました。『寂蓮法師集』があります。『新古今和歌集』には三十五首載っています。

暮れてゆく春のみなとは知らねども霞に落つる宇治の柴舟
葛城や高間の桜咲きにけり立田の奥にかかる白雲

思ひ立つ鳥は古巣を頼むらんなれぬる花の跡の夕暮

たえだえに里分く月の光かな時雨を送る夜半の村雲

思ひあれば袖に蛍をつつみてもいはばやものを問ふ人はなし

背きてもなほ憂きものは世なりけり身を離れたる心ならねば

七　式子内親王の御歌

玉の緒よ絶えなば絶えねながらへば忍ぶることのよはりもぞする　（式子内親王）

お正月に東京の家で叔父やその友達、親戚の人、近所の方が集まっての百人一首の「かるた会」は源平合戦で、朴の木の薄い板で出来た取り札は風を切って舞いあがる熱戦でした。取り札が火鉢に飛び込んだりするので、お蜜柑等を運ぶお手伝いさんも忙しそうで、『金色夜叉』の「かるた会」の場面もかくやと推察されました。

父の勤務先の山奥の新年会で水力発電所の工事の親方衆のする「かるた」は「ちらし」で、お嬢ちゃんにと私の前に数枚置いて声自慢の親方がほろ酔い機嫌で読み上げる歌は、

○「しのぶるぶるぶる蒟蒻のお化け（しのぶることのよはりもぞする）」

○「つらんとんたまげたり（つらぬきとめぬ玉ぞ散りける）」

○「山の奥さん鹿に食はれん（山の奥にも鹿ぞ鳴くなる）」

○「かこち坊主の面の憎さよ（かこち顔なるわが涙かな）」

○「あしのまるやけ火傷の薬（葦のまろ屋に秋風ぞ吹く）」

○「はげてくれとは祈らんものを（はげしかれとは祈らぬものを）」

という読み方で中には

○「まだふんでもみん親の○○（まだふみもみず天橋立）」

というような、祖母達が聞いたらすぐに私を連れて奥に引っ込んでしまうような品の悪いものもありましたが、父も母も私がその場にいても平気でした。私は小父さん達は面白いことを言うなあと思って聞いていました。

こんな言い方は他所でもしていたらしく、後年勤労動員の本を仲間と作っていました時の雑談で「愛国百人一首」の話から「小倉百人一首」に及んだ時「山の奥さん鹿に食われん、なんて言ったわね」と仰った方がいました。ご両親とも学校の先生のご家庭の方でしたから多分あちこちで言われていたのだと思います。それだけ『小倉百人一首』の歌は人口に膾炙していた事と改めて思いました。工事の親方から聞いて六十年近く経て。

「玉の緒よ」は女性に人気のある歌だったらしく、ご婦人方でこの歌を十八番にしている方が多くおられましたが、幼かった私には意味は解らず、私は情景が目に浮かぶような歌が好きでした。

式子内親王のこの御歌は『新古今和歌集』巻第十一恋歌一に「百首の歌の中に忍恋を」として載っています。

「私の命よ、絶えるものならば絶えてしまえ。生き永らえていると私の耐える心が弱まって、秘め忍んでいる恋の思いが秘めきれなくなるといけないから」

この歌は題詠かとも言われますが、痛切な思いが詠まれていると読めるので、古来内親王の想われ人は誰かと詮索する人も多くおられます。謡曲『定家』までもあるように想われ人定家説が有力でしたが、下級貴族の藤原定家は式子内親王家の雑用もする家司であり、それ故に内親王の邸に伺候することも多かったでしょうがとても身分から考えても、忍ぶ恋の相手とは思われません。近年になっては馬場あき子氏・竹西寛子氏等の否定的な見解が出ています。

天皇家の皇位継承争い、摂関家の父子争い、源平争乱の世にあって定家は「こんな時代には旗色鮮明に、どちらかの側につくということは絶対に避けねばならぬのに」(明月記)と、保身の為にしたたかに生きた人で、その和歌は美しく詠まれていますが、心の深みにともしく、父の俊成の和歌の幽玄もないように思われますから、式子内親王の想われ人とは私も思われないのです。

先年『式子内親王伝　面影びとは法然』という石丸晶子氏の研究書が刊行されました。力作で面白く読みましたが、式子内親王の他の多くの御歌の内容から考察しますと少し違うような気がするのです。

次の式子内親王の歌を幾つか挙げます。

山深み春とも知らぬ松の戸にたえだえかかる雪の玉水
ながめつる今日は昔になりぬとも軒端の梅はわれを忘るな

はかなくて過ぎにしかたをかぞふれば花にも思ふ春ぞ経にける
忘れめや葵を草にひき結び仮寝の野べの露のあけぼの
かへり来ぬ昔を今と思ひ寝の夢の枕ににほふ橘
窓近き竹の葉すさぶ風の音にいとど短きうたた寝の夢
千たび打つ砧の音に夢さめてもの思ふ袖の露のくだくる
桐の葉も踏み分けがたくなりにけりかならず人を待つとなけれど
君待つと閨へも入らぬ槙の戸にいたくな更けそ山の端の月
さりともと待ちし月日ぞ移りゆく心の花の色にまかせて
生きてよも明日まで人はつらからじこの夕暮を訪はば訪へかし
あはれあはれ思へば悲しつひの果忍ぶべき人誰となき身を

式子内親王は後白河法皇の第三皇女。幼くして賀茂の斎院に卜定（ぼくてい）され、十年余を斎院として過ごされましたから、世事には関わることとない歳月を過ごされたように思われます。どのような人生を送られたのでしょうか。

同母の姉の殷富門院（いんぷもんいん）は斎宮、同母の兄二人の中一人は仁和寺の守覚法親王（しゅかくほうしんのう）、もう一人の兄以仁王（もちひとおう）も出家の為に園城寺へ。しかし僧になるのを嫌った以仁王は寺をでます。天皇の皇子は誰でも親王になれるわけではなく親王宣下がなければなれません。弟が高倉天皇となって皇位につかれその皇子が安徳天皇になった今、三十歳になっても親王宣下すらなかった以仁王はどんな心境だったのか。

平家追討の令旨を出された御心の内は。源頼政と兵を挙げられた時に、以仁王が頼られたのが園城寺だった理由も納得出来ます。

ちなみに親王は天皇の皇子で親王宣下を受けられた方のみの尊称で、長屋王（高市皇子の子・天武天皇の孫）白壁王（志貴皇子の子・天智天皇の孫）の例のように、天皇の孫は王・女王となります。

以仁王挙兵当時同じ高倉第の邸に住んでおられたという式子内親王のお立場は如何だったでしょうか。源氏の世になっても以仁王の功績は認められず過ぎました。

式子内親王の恋のお歌は唯の絵空事とは思えぬ実体験からの痛切さが読みとれます。お歌を詠まれた時に誰方を思い浮かべられたのでしょうか。争乱の世に生きられたその御生涯は如何であったかと知らまほしく。

八　不壊（ふえ）の白珠　　西條八十

一　やさしき母の　子守唄
　　ふたりできいて　寝た夜の
　　思い出故に　妹よ
　　あなたに恋を　ゆずるのよ

二　あなたは赤く　咲く花よ
　　わたしは冷い　石の墓
　　墓のおもてに　きざまれた
　　姉という字の　さびしさよ

三　にがく苦しい　恋の実を
　　甘いと誰が　言いそめた
　　あなたにあげた　あの人の
　　うしろ姿が　なぜ悲し

四　晴れの振袖　高島田
　　もれるうたげの　赤い灯に
　　このくちびるを　こう噛んで
　　恋はあなたに　ゆずるのよ

『不壊の白珠』は昭和四年に発表された菊池寛の小説です。同年十月に松竹によって同名で映画化され、この歌はその映画の主題歌です。中山晋平作曲で四家文子によって歌われ、大いに流行したということです。

菊池寛には戯曲『父帰る』『屋上の狂人』や小説『無名作家の日記』『恩讐の彼方に』『忠直卿行状

記』などの有名な作品があります。これらの作品は当時の封建的思想を批判し、それもあからさまな描き方でなく、主人公に語らせているところに、当時の読者に共感をもって受け入れられたのでしょう。

その後『真珠夫人』を新聞に連載し、これは評判が高く有名な作品でした。『第二の接吻』（発売禁止となり、伏字して出版されました）『明眸禍』『東京行進曲』等多くの長編恋愛小説を書き、流行作家となりました。

初期の作品に比べて、これらの作品は通俗小説として文壇では純文学より低く見られましたが、当時は文芸作品とは縁のなかった多くの人々に読まれ、読書の楽しみを知らせた功績は大きかったと私は思います。そこから純文学作品や他の分野の本を読むきっかけにもなり、目を開いていった人も大勢いたのではないでしょうか。現在はこれらの作品はすっかり忘れ去られてしまいましたが。

私はこれらの小説を女学校の頃お友達にお借りして読みました。先生や親に見つかったら大変ですから、内緒で読むのに苦労しました。

『真珠夫人』には当時の女三従の教えの世の中に於いて、ヒロインの言葉として男性本位社会を批判させていますので、女性読者に共感され、広く評判になったものと改めて納得しました。菊池寛が流行作家となった所以でしょう。

この文を書くに当たって『不壊の白珠』を読み返しました。（もう菊池寛の恋愛小説を読む人はあまりいないらしく、図書館の保存庫にあるのを検索機で見つけました）。

芥川龍之介に『秋』という短編小説があります。「不壊の白珠」を歌うと、なぜかこの小説が思い出されました。

この歌の歌詞はどちらかというと『不壊の白珠』よりも『秋』に相応しい歌のように思います。この二つの作品の趣は異なりますが、一口にいうと『秋』は姉が妹の恋心を知って、妹に恋人を譲る話、『不壊の白珠』は内気な姉が言い出せない内に、妹に思い人を取られる話です。どのように映画化されたか分かりませんが、この歌は『不壊の白珠』の内容には相応しくないように私には思われました。『秋』は大正九年四月に中央公論に発表された作品。『不壊の白珠』は昭和四年の作品です。この二つの作品を読んで、私が大胆な推測をしますと、菊池寛は『秋』からヒントを得て『不壊の白珠』を大衆向きに書いたのではないかと思われるのです。

流行歌は厳禁の我が家でこの歌だけは歌われていました。母方の伯母の好きな歌ということで母がよく歌っていました。

母は戸籍上では嫡出子ですが一人子の母には十三歳年上の異母姉がいます。若いころの祖父と芸者さんとの間の子で、芸者さんは赤ちゃんとともに故郷に帰りました。祖母がその子の存在を知ったのは結婚後数年経ってからの事で、調べさせると、その母親は早くに亡くなり、その祖母に育てられていて、当時の高等小学校に通っているということでした。祖母は身重な体で新潟の田舎まで尋ねてゆき、その子を引き取って女学校に進学させました。

伯母は異母妹である私の母が生まれると、とても可愛がったそうで、母もずっと姉さん姉さんと頼りにしていました。愛情薄いその父とその正妻である異母との間にあった十三歳の伯母が、赤ん坊の妹をただ一人の血縁と思ったのかと思うと涙のこぼれるように思います。

早くから教会に通いカナダ人の女性宣教師たちと親しかった伯母は、長崎の活水女専に進学し、卒業すると幼稚園の保母になり、園長として手腕を発揮し、自活の道に進みました。職業婦人と当時呼ばれていた道を選んだ伯母は、また当時の「新しい女」でもありました。男女同権・婦人参政権・産児制限などの言葉を幼い頃から私が聞き覚えたのは、そして朧げながらそれらを理解したのは、伯母や母や祖母たちの会話からでした。伯母は平塚らいてうと同世代で、結核で茅ヶ崎の南湖院に入院していたのは、平塚らいてうと同じ頃でした。生涯独身でしたが、年若い恋人がいたということでした。才気と度胸と行動力のあった人と聞いています。

明治の青年客気の風のあった祖父は「酔うて枕す美人の膝、醒めては握る天下の権」という人だったそうで、祖母の結婚生活も意に添わぬこともあったことでしょう。中央政界に踏み出してすぐに祖父は亡くなりました。死の床で祖父は祖母の手を握り「やはり女は教養がなくてはならぬ。お前は貞女の鑑だ」と言ったそうで、それを聞いて祖母が「心がすっきりした。胸のつかえが取れた」と言うのを聞いた伯母は「おっ母さんは駄目だ。だから男はつけあがる」と怒ったそうです。

伯母はハイカラでお洒落で贅沢な人でした。姪である私の幼い頃の洋服も、折に触れて三越や高島屋から誂えて送られてきました。白い毛糸のオーバーや白いボイルの夏服等など、伯母から送られた狐の毛皮の襟の付いた赤いオーバーを、四年生の頃に着ていた記憶がありますので、伯母の逝去はその頃とずっと思っていました。昨年お寺の過去帳を調べましたら、「昭和十一年六月没　享年四十二歳」とありました。改めてその若すぎた死を悼みました。

伯母は教会でのお葬式で、その生前好きだった讃美歌「清き岸辺に」に送られました。

清き岸辺に　　永生天国

清き岸辺にやがて着きて
天つみ国についに昇らん
その日数えて玉のみかどに
友もうからも我を待つらん
やがて会いなん愛でにしものと
やがて会いなん

（後略）

九　パイノパイノパイ

東京節（パイノパイ）　　詞　添田さつき

東京の中枢は丸の内
日比谷公園国会議事堂
いきな構えの帝劇に
いかめし館は警視庁
諸官省ずらりと馬場先門
海上ビルディング東京駅
ポッポと出る汽車どこへ行く
ラメチャンタラ

世界で長いもの何でしょう
シベリヤ鉄道に象の鼻
芸者のお化粧に女郎の文
万里の長城に鶴のくび
火事　火事　喧嘩騒ぎ
篦棒でコン畜生をやっつけろ
五月は鯉の吹き流し
ラメチャンタラギッチョンチョンチョンデ
パイノパイノパイ
パリオトバナナデフライフライフライ

（以下省略）

発電所の工事に来ている各組の親方衆には芸達者な人が多く、初めはいい声で民謡を歌っていますが、宴が酣になると流行唄（はやり）やはやり小唄・俗謡となり、しまいにはそれらの替え歌が歌われます。台所仕事は女衆がしていますので、奥の部屋で私を寝かせつけている母は、歌が始まると私が寝入ったのを確かめてから皆の歌を聞きにいきました。

ですから小父さんたちが歌を歌い出すと私は静かに寝たふりをして母の行くのを待ちました。母が行ってしまうと宴会をしている部屋の（それはいつも台所に続く板の間でしたが）障子の側まで行って聞いていました。時々母が私の様子を見に来ますから、事前にそれを察知して蒲団の中に入って寝たふりをするというスリルも味わいました。

冒頭の歌はパイノパイ節の替え歌。下段はもと歌で、もと歌そのものもふざけた歌詞で五番まであリますが、どこまでが本人の作詞した歌か、多分人々に歌われているうちに、次々に付け加えられていったものと思われます。

ミカン　キンカン　さけのカン
親のセッカン　子はキカン
子供に羊羹やりゃ泣カン
かどのみっちゃん気がキカン
ストトン　ストトン

これはストトン節の替え歌。私の記憶も少しあやしい所もありますので、ある時母に訊ねました。当時もう寝たきりで食事も満足にとれなくなっていた母でしたが、枕元で話のついでに訊ねると「そこは『子どもに羊羹』よ」と教えました。それからあの頃聞いた歌を二人で次々歌いました。それこそ何十年か振りに。母は若かった当時を思い起こし懐かしんでいるようでした。いい声で歌を歌っていた誰彼の名を口にしながら。

母が亡くなってからも私は昔の歌で忘れた歌詞がありますと、ふと電話の前に立つことがあります。ダイヤルを回そうとして電話の向こうに母はもういないのだと改めて思うことが今でも時々あります。母が生きている間に確かめておけばよかったと思うことの何と多いことか。「なくてぞ人の」と詠んだ古の人の心がしみじみと分かります。

後年米国映画「風と共に去りぬ」を見ていましたら、この歌の曲が流れました。東京節（パイノパイ）の曲は古いアメリカの曲ではないかと思いました。

ストトン節　　詞　添田さつき

一　ストトン　ストトンと通わせて
　　今更厭とは胴欲な
　　厭なら厭と最初から
　　言えばストトンで通やせぬ
　　ストトン　ストトン

二　ストトン　ストトンと戸をたたく
　　主さん来たかと出て見れば
　　空吹く風に騙されて
　　月に見られて恥ずかしや
　　ストトン　ストトン

（以下省略）

私の手許にある何冊かの流行唄集に載っているストトン節はそれぞれ六番ぐらいまでありますが、一番以外はみんな歌詞が異なっています。多くの人々に歌われていくうちにいろいろな歌詞が付け加えられたものと思われます。歌とはこうして少しずつ歌詞を変えながら、伝播し伝承されていったのでしょう。万葉集の中にも似通った歌が多く見られます。人々の間に歌われているうちに語句が少しずつ変化していった民謡的な歌と思われます。

ここに挙げたストトン節の二番の歌詞は流行唄集には載っていなかったのですが、当時歌われていたのを思い出して書きました。

添田さつきは添田唖蝉坊の息子。ともに演歌師として有名で社会や世相を風刺した歌が多いので、人々に共感され流行したものと思います。

唖蝉坊には「ああ金の世や金の世や／地獄の沙汰も金次第」や「ああわからないわからない／今の浮世はわからない／文明開化というけれど」などという歌があります。

嬶(かかあ)はいやいや嬶はいや
嬶は駄菓子屋の塩煎餅
やいてふくれて味がない
嬶はいやいや嬶はいや

これは「笹や笹笹」の替え歌。もと歌は（奈良丸くずし）の

笹や笹笹　笹や笹
笹はいらぬか煤竹は
大高源吾は橋の上
あした待たるる宝船

ご存じ「忠臣蔵」の四十七士の一人大高源吾が、吉良上野介の在宅を確かめるために、笹竹売りに身をやつして、師走の町の雪の降る中を吉良邸を探る場面を歌ったものです。

こんな歌を今に至るまで覚えているとは、幼い私の頭はよほど暇だったのでしょうね。山奥暮らしですからお稽古事の先生もおられず幼稚園もなく、ただ遊んで過ごした幼児期でした。外で遊んでいるとニッカーボッカーをはいた親方がにこにこしながら、「お嬢ちゃんお元気でお遊びだね」などと私に声を掛け、昨夜「擂鉢を伏せて眺めりゃ三国一の／味噌をするがの富士の山スッチャンマンマン」なんて歌ったり踊ったりしたという様子も見せず、若い衆を引き連れて颯爽と通りました。

次に替え歌ではないのですが、幼い頃母から聞いて覚え、面白半分に歌った歌をご披露致します。歌の意味も何も何語かも分からないので、家人も禁止せず、父などはうろ覚えで「『しっかり　かま

たけ』なんて変な歌」と言っていました。私の家以外では聞いた事がないこの歌を母は何時何処で覚えたのでしょうか。

ジンジロゲヤ　ジンジロゲ
ドレドンガラガッタノ
ホウレツラッパノスーイスイ
マーガリンマーガリンガジョウジョウ
シッカイカマタリツーイワイ
シッカイカマタリツーイワイ
ピラミナパニラジョイナラリーヤ
ジョイナラリーヤァ　ジョイナラリーヤ
アングロナッチ　カングロナッチ
ナッチゴルタルカーナ
ウーブルセットネーブルパニヤ
パーパルチルカーナ

とんだ御無礼を。

十　狂歌・落首

泰平の眠りを覚ます蒸気船たった四はいで夜も眠れず

幕末の黒船来航の時の落首です。一八五三年、米国の遣日特派大使ペリーが軍艦四隻を率いて浦賀に来航し、通商開始を要求したので、幕府はてんやわんやの状態となりました。その時の様子を詠んだものです。「日本を茶にして来たか蒸気船」とも伝えられています。

「蒸気船」は「上喜撰」の掛詞になっています。「上喜撰」とは上質のお茶のこと、高価な宇治茶のことで、四杯も飲むと夜も眠れないという意です。お茶を喜撰というのは、

　我が庵は都のたつみしかぞすむ世をうぢ山と人はいふなり　（喜撰法師）

の歌からとったと言われ、宇治は有名なお茶の産地なのでそのように呼ばれています。

幼い頃お茶屋さんの暖簾に「喜撰」と書いてあるのが気になっていましたがそれで納得。歌舞伎の舞踊劇「六歌仙容彩（ろっかせんすがたのいろどり）」（うたあはせすがたのいろどり）の「喜撰」で喜撰法師が祇園の花見にいって茶汲み女と踊るのは、喜撰と宇治茶の関係からと思います。

喜撰法師は六歌仙の一人として有名ですが、確実に伝えられる歌は古今和歌集や百人一首に採られているこの歌のみと言われています。わずかに玉葉和歌集に次の歌が載っています。確実に喜撰の歌かどうか疑問ですが。

樹の間より見ゆるは谷の蛍かもいさりに海人の海へ行くかも　（喜撰法師）

「四はい」は軍艦四杯とお茶四杯の掛詞になっています。杯は舟を数える助数詞です。

太閤が一石米が買えなくて今日も五斗買い明日も五斗買い

朝鮮出兵の為に九州の名護屋城にいた太閤秀吉が、明日は朝鮮に渡海すると言いながらなかなか渡海しないのでこんな落首が流れました。「五斗買い」は「御渡海」とのかけことば。

余談ですが秀吉の御伽衆に曾呂利新左衛門という頓知のある人がおり、ある時秀吉が人々に大きい歌と小さい歌を作れと言いました。

先ず小さい歌をとある人が作りました。

芥子粒の中くりぬいて堂立てて朝な夕なに経読ましけり

と曾呂利新左衛門が

蚊のこぼす涙の中の浮き島に海人集まりて地引き引きけり

と詠み新左衛門の勝ち。

次に大きい歌をとある人が、

天と地と団子に丸め一口にぐっと呑めども喉に触らず

そこで新左衛門、

天と地と団子に丸め呑む人を鼻毛の先で吹き飛ばしけり

と詠んで秀吉のお褒めにあずかりましたと。幼い頃祖母から聞いたお話です。

世の中に蚊ほどうるさきものはなしぶんぶといふて夜もねられず

老中松平定信は風俗の弛緩を引き締める為に、文・武・奨励のお触れを出した。それに対してこんな落首が作られました。作者は太田蜀山人といわれ、そのため筆禍を受けたとの話もあるが真偽のほどは定かではありません。

歌よみは下手こそよけれあめつちのうごき出してはたまるものかは　（宿屋飯盛）

『古今和歌集』の仮名序を茶化した狂歌。

吉原の夜見せをはるの夕ぐれは入相の鐘に花やさくらむ　（四方赤良）

右は能因法師の「山里の春の夕暮来てみれば入相の鐘に花ぞ散りける」が本歌の狂歌。

ひとつとりふたつとりては焼いて食ふ鶉なくなる深草の里　（四方赤良）

本歌は藤原俊成の「夕されば野辺の秋風身にしみて鶉鳴くなる深草の里」です。四方赤良は太田蜀山人（南畝）の筆名です。

狂歌には主として本歌取りのものが多く、宿屋飯盛や四方赤良などが有名です。落首は主として政治批判や社会風刺をしたものです。その内容から考えると必然的に匿名でしょう。時の政治を批判する歌は古くから童謡などという形で歌われたと日本書紀などあります。落首・落書は昔からあり、特に江戸時代に多く、これは江戸時代の治世が特に悪かった為ではなく、落首や落書が出来るほど庶民は字を書き、古い歌などの素養もあったと思いますし、発言もしやすかったのではないかと思われます。

翻って先の昭和の大戦の頃は人々に落首が出来るような社会状況ではありませんでした。戦争の道をひた走る政治に国民の批判は許されませんでした。一億一心総力を挙げてでしたから、隣組はお互いの監視体制です。

警視庁特捜課が募集した標語の入選作品は○飛ぶデマへ一人一人が監視哨　○隣組ガッチリ組んでデマ防止（参考『原爆投下前夜』）とあり、うっかり隣人に愚痴も漏らせません。

その頃発表された短歌も戦意昂揚や戦勝万歳の作品が多く、斎藤茂吉にも多くあります。後になって茂吉は「死骸の如き歌累々とよこたはるいたしかたなく作れるものぞ」と詠んだが一度社会に出したものを何としょう。

国家の戦争体制を批判出来なかった人々は替え歌を作って鬱憤を晴らすしかなかった。それらの歌は小学生が主に歌いました。

見よ　とうちゃんのはげあたま／テカテカテントに照らされて　（愛国行進曲）

金鵄（きんし）上がって拾五銭／栄えある光三拾銭／今こそ来るこの値上げ／紀元は二千六百年あゝ一億の民は泣く　（紀元二千六百年）

金鵄も光もタバコの名、昭和十八年に公定価格が値上げされました。この歌が発表された紀元二千六百年が昭和十五年ですから、替え歌は三年後のものでしょう「元寇（げんこう）」の歌は

四百余人の乞食椀持って門に立つ／をじさん飯おくれ／呉れなきゃパンチ食らわすぞ

食糧もろくにない戦争末期に遠隔地に学徒勤労動員された中学生たちは、早稲田大学校歌の替え歌を作って歌ったとのこと。

都の東北造兵廠の森に／そびゆるトタン屋根我等が職場／我らが日毎の食事を見よや／一膳の高梁飯にナッパのお汁（一部未詳）ヤセタ　ヤセタ　ヤセタ　ヤセタ　ヤセタ

『勤労動員の記録』に紹介しましたら、各地の元中学生から同じような早稲田大学校歌の替え歌を

それぞれに作り歌ったとお便りを戴きました。

敗戦直後の焼け野原に残った三和土で焼けバケツに焼けこげ筵を被せて、小学三・四年の男の子たちが次のような歌を歌いながら、べーゴマをしているのを悲しい思いで見ました。

昨日生まれた豚の子が／蜂に刺されて名誉の戦死／豚の遺骨は何時還る／四月八日の朝還る／豚の母ちゃん悲しかろ
（湖畔の宿）

戦時中・敗戦直後の校舎も教科書もろくに無い小学校で彼等はどんな教育を受け得たであろう。敗戦後の校舎もない新制中学校の鮨詰め教室でどんな教育を彼等は受け得たか。それはその後の彼等の成長過程にそして人生の生き方にどんな影響を与えたであろうか。

現在の社会の様相の根源はあの戦争にあったのではないか。それを考えると戦争とは一過性のものではなく、長く社会に悪い影響を与え続けてきていると私は確信します。

十一　覗きからくり

武男は軍人であるからに《パタンパタン》
行き交う汽車の窓と窓
互いに見かわす顔と顔《パタンパタン》
浪子はハンカチ振りながら
武男さん早く帰って頂戴な《パタンパタン》

「覗きからくり」の『不如帰』の語り詞の一節です。実際に私が見たのではありませんのでうろ覚えなのはご容赦を。

かつて「覗きからくり」というものがありました（母は穴覗きと言っていましたが）。

縁日等に出ていて丸い覗き窓からお話の絵を見せる仕掛けになっていて、絵を変える時に鞭で台を叩き《パタンパタン》はその鞭の音です。母が子供の頃にお祭りの縁日などに出ていてお金を払うと覗けたとの事でしたがお小遣いをもらっていない母は見る事が出来ません。昔はお金の価値が分からない子供にお金を持たせる事を憚ったのでしょうか、母はお小遣いは勿論お年玉もお駄賃も与えられていなかったとの事。我が家には子供にお金でお年玉を与える慣わしはなかったらしく、私もお年玉は勿論お小遣いも与えられませんでした。

私の子供達が小学生だった頃にはお年玉の金額を先生が教室で訊ねられたり、小学生のお年玉の平均額を調べた記事が新聞に載っていたりしましたので、厭だなと思っていましたが何時の間にか載らなくなりました。

さて覗きからくりを見る事の出来ない小学校低学年の母は、その傍に立って聞いていて語り詞を覚えたそうです。『不如帰』（徳富蘆花著）や『己が罪』（菊池幽芳著）が主だったとのことでした。

覗きからくりは江戸時代から大正にかけてあったとのことですが、私達の子供の頃はもうありませんでした。何年か前に絵解き学会の主催で大道芸学会の実演会を見ました。その時新潟の地方の町に保存されて残っていた覗きからくりの道具を役場の若い人たちが修理して持ってこられたのを見ました。道具は辛くも有りましたが、絵の語りを知る人を探すのに苦労されたとのことでした。失われたものを再現するのは難しいと、母の語りを思い出しつつ聞きました。

お豊は島田に　黄楊の櫛
浪さん元禄　伊達姿
如何にお豊が　やつしても
僕の思いは　浪一人

縁日には演歌師も出ていて、これも『不如帰』の一節で、「熱海の海岸散歩する貫一お宮の」の『金色夜叉』と同じ節で歌います。

ああ　世は夢か幻か　獄屋に一人想い寝の　夢より覚めて見渡せば　辺りは静かに　夜は更けて
（夜半の追憶）野口男三郎の話

これは「美しき天然」の曲で。このような演歌も流行ったとのことでした。母はそれらを覚えても歌う機会はなかったものと思われます。

私達が小学生の頃、出張の多い父のいない夜にお手伝いさんが部屋に引っ込むと、母はこれらの台詞や歌を私達に聞かせました。

謡曲の羽衣・橋弁慶・鞍馬天狗等を教えるついでに『増鏡』や『太平記』の一節、歌舞伎の声色も共に聞かせます。ですから私達兄弟はそれらいろいろな分野の歌や文章を意味も分からずに覚えてしまいました。

けれども私は私の子供達にそれらを歌って聞かせる機会はありませんでした。私の子育ての頃はテレビがありましたから。こうして伝承は忘れ去られていくのでしょう。

敗戦後母方の祖母は大山公爵の西那須野の別荘に身を寄せていました。戦災で家も家財も焼け失った祖母は、戦後の物凄い食糧難とインフレと銀行の預金封鎖にあい、自由に貯金を下ろすことも出来なくなりました。そんな祖母に「先生、世の中の落ち着くまで私の所にいらして下さい」と大山公爵柏氏夫人武子さんが誘って下さったとの事でした。

昭和二十二年の冬休みを私は西那須野の大山邸の祖母の許で過ごしました。小さいバラック建ての家では受験勉強も出来ないだろうからと言うのは表向きの理由で、実際には食糧難の東京に成長盛りの私を置いておくのが可哀想だとの大人達の配慮だったようです。

「お孫さまの勉強部屋に」と用意して下さった書斎の壁に、美しい女人の写真が掛っていました。この方が『不如帰』の浪子さんのモデルの方よと誰かが教えて下さいました。

勉強机から目を上げるとその写真に会います。受験勉強といっても参考書もろくに持っていない私は、その写真の下でお裁縫の宿題をしたり、本を読んだりして過ごしました。飽きると廊下のガラス棚に並べてある石器を見ていました。大山柏氏がその当時の旧石器研究の権威とはその頃私はつゆ知らず。「お嬢ちゃん、こういう物お好きですか」と柏氏に訊かれました。

『不如帰』では浪子さんの母は非情な継母の如くに書かれていますが、大山元帥の後妻の大山捨松夫人をよく知る祖母は「捨松さんは開明的で立派な方」と尊敬していて、「捨松さんが継娘苛めをなさる筈がない。あの小説でどんなに嫌な思いをされたか」と言いました。

随分以前の事ですが、房総の野島崎灯台へドライブしました。白浜辺りの海岸の砂山に高い木の柱が立っていてその上の方に墨の色も濃く『己が罪』と書いてありました。

『己が罪』の女主人公箕輪環は東京に遊学中の美人の女学生。医学生に欺かれて妊娠して棄てられ、産んだ子は周りの配慮で彼女には知らされず里子に出されます。その後彼女は子爵夫人となり一人の息子を産み、幼い息子と白浜に避暑に行きました。ある日息子は海に溺れました。その時漁師の子の少年が助けに行き二人とも溺れてしまいます。その漁師の少年こそ若き日の彼女が秘かに産み周りの手で里子に出された子供であった事を、彼女は初めて知るというのが小説の粗筋です。環を欺いた品行の悪い医学生のモデルが、後の有名な医学研究者だという噂を大人たちに聞きました。

紀州の道成寺に行きました時の事です。入り口を入ってすぐの左手に広間があり二十人程の男女が坐っていたので何かなと立っていますと巻物を手に和尚さんが来られて、絵巻を見せながらお話を始められました。道成寺縁起のようで中に安珍清姫のお話がありました。鐘の中に匿われた安珍。大蛇になった清姫が鐘に巻きつき火のように燃えます。後で鐘を倒すと中の安珍が黒焦げで骨になっていて「これが骨まで愛してです」と和尚さんの語り。私が絵巻きに出会った初めです。絵解きの語りもその時代の流行語を取り入れて変わっていくものと思いつつ聞きました。

その後あちこちのお寺で絵解きを見ました。絵解きには巻物や掛図を床に広げて見せる物等あります。長野の刈萱堂（かるかやどう）（西光寺）や往生寺での刈萱上人と石童丸の話や地獄極楽の絵解きは掛図でした。先年万葉会で山の辺の道を歩いた時に長岳寺で地獄極楽の絵解きを見ました。これは床に広げた絵図でした。一時は廃れた絵解きも近年になって始めた所も多いようです。覗きからくりには地獄極楽のお話もあったとの事です。

十二　向こう横丁

向こう横丁のお稲荷さんへ　壱銭上げて
ちゃっと拝んで　お仙の茶屋へ
腰をかけたら　しぶ茶を出して
しぶ茶よこよこ　横目で見たら
米の団子か　土の団子か
おだんご　だぁんご
この団子
犬にやろうか　猫にやろうか
とうとう鳶に　さらわれた

江戸時代のわらべ歌と伝えられるこの歌を私は何時、誰に聞いたか、定かではないのですが。

後に学生の頃、付属小学校の校舎から聞こえてきたのを聞いた覚えもあります。本居長世の編作曲がありますから、戦後には小学校の教科書に載っていたのでしょうか。

この歌を歌った頃より少し大きくなった頃、笠森お仙の話を聞きました。お仙は江戸谷中の笠森稲荷の水茶屋の茶汲み女で、江戸明和期の三美人の一人と言われるほどで、そのためこの水茶屋は大繁盛したと伝えられています。従ってこの歌の茶屋は笠森稲荷の水茶屋、お仙は笠森お仙の事と知りました。

先夜、夜半に目覚めてどうにも目が冴えて眠れぬままに、以前に買ったまま時々拾い読みするに留まっていた枕許の本を開きました。

偶然開いた所に笠森稲荷の事が書いてありました。「谷中感応寺の笠森稲荷は性病治療に効験があり、性病治癒の祈願をかける者は土の団子を上げ、満願の日に効験があれば、米の団子にかえて上げ直した。笠森と瘡（かさ）守とがかけられて人々の心理に作用したのであろう」（『日本語のしゃれ』鈴木棠三著）

土の団子というと子供の泥団子遊びの事のように思っていましたので、無邪気なわらべ歌とのみ思っていましたが、この歌にこんな謂れがあったとは知りませんでした。

ずいずいずっころばし　ごまみそずい
ちゃつぼにおわれて　とっぴんしゃん
ぬけたら　どんどこしょ
たわらのねずみが　こめくってチュウ
チュウ　チュウ　チュウ
おっとさんが　よんでも
おっかさんが　よんでも
いきっこなしよ
いどのまわりで　おちゃわんかいたの
だぁーれ

若い頃職場の同僚から「ちゃつぼに　おわれて　とっぴんしゃん　ぬけたら　どんどこしょ」の意味を尋ねられて、お茶壺道中の説明をしたことがあります。

江戸時代に将軍様に宇治からお茶を献上しました。そのお茶はお茶壺に入れられていかめしく行列を仕立てて運んだとのこと。下にい、下にい、のお茶壺道中の行列に沿道の庶民は粗相があってはならないと、戸を閉じ切って子供も静かに家に閉じこもって居て、無事に行列が通り過ぎた後は騒ぎ放題になったという話を祖母から聞きました。

私は女性史の仕事もしていますのでお年を召した方から（私自身の語る事も十分に「古老の云へらく」の歳ですが）古いお話を伺っています。戦前から戦後への人々の暮らしの、また社会の在り方の大きな変化、戦後から現在に至る大きな変化で、古い事は忘れられつつあるのを少しでも書き留めて置きたい気持ちからですが、伺っていて時々思いがけない事に気が付く事があります。

おお坂さかさか坂やでドン　四谷でドン
四谷　赤坂　麹町
サラサラ流れる　お茶の水
お茶とお水の　真ん中で
十七島田の　ねえさんが
お駕籠に乗ろうと　まごついて
これでいっかん　かしました

これは手鞠歌ですが、「じゅうしちしまだのねえさん」のところが、左の歌の一かけ二かけて三かけて／四かけて五かけて橋をかけ／橋の欄干腰おろし／遙か向こうを眺むれば／十七八のねえさんが／花と線香を手に持って／ねえさんねえさんどこへ行く／わたしは九州鹿児島の／西郷隆盛娘です／明治十年戦争で／討ち死になされた父上の／お墓を参りに参ります／お墓の前で手を合わせ／南無阿弥陀仏と／拝みます／そこにはお化けがゆらゆらと／ジャンケンポン

の「十七八のねえさん」と紛らわしくて歌詞がはっきりしなかったのですが、ある時、私より少し年上の世田谷の在の方にお話を伺っていましたら、「十七歳の時に十七島田を結うようにと父親に勧められたけど恥ずかしかったから結わなかったの。今考えると結っとけばよかったと思うの。十七は人生で一度しかなかったのにね」とおっしゃったので、十七歳で初めて島田を結う風習があった事を知り、この歌詞は初めて島田を結った娘さんが、お駕籠に髷がつかえて乗りにくい様子を歌ったものと分かりました。十七島田とは女性の成人になった証しを表したことだったのでしょうか。

先日テレビの推理ドラマを見ていましたらドラマの中で「ふるさと　もとめて　花いちもんめ」と歌っていました。たしか私の記憶では「ふるさと　まとめて」と歌って遊んだ覚えがありますので、古典の講義の合間に皆さんに伺いましたら、どの方も「ふるさと　まとめて」と歌ったとおっしゃいました。

念の為に図書館で調べたら、新しい本には「ふるさと　もとめて」とあります。

わらべ歌は地方によって伝承が変わりますが、歌い継がれている中に元の意味は忘れられ言葉は変ってしまいます。そのテレビドラマでは「花一匁」は紅花一匁は金一匁に相当する程高価だったといっていましたが、そうすると「ふるさともとめて」と「花一匁」とはどう繋がるのでしょうか。

暫くして「古典の会」の年配の方がお調べになったと、次のお話をして下さいました。

「花一匁」とは一説に、女郎の花代が一匁だったのを指すことをいうらしい。「買って嬉しい花一匁」と客、「まけて（値切られて）悔しい花一匁」と女郎、ふるさとをまとめて（たたんで引き払って）花一匁の女郎の身に堕ちた女郎と買客の遣り取りとの説。

また、飢饉や不作で小作料を収められなくて、その地に住んでいられなくなった小作人が、娘を人買いに売る交渉の様子を描いたもので、娘を花代一匁の女郎に売り渡す状況を描いたという説もあります。「あの子が欲しい」「この子が欲しい」の歌の陰にはこんな悲しくも恐ろしい現実が潜んでいるという事です。

この歌は子取り遊び歌です。小学校の休み時間にみんなで手をつないで「花いちもんめ」をしましたが、無邪気に歌われているわらべ歌の裏面には多くこんな悲しい現実があります。今はもう元の意味は忘れられて、その道の権威といわれる人の本もうっかり信じられません。

十三　春の海ひねもすのたりのたりかな　与謝蕪村

「そのう、ひねもすってえのはなんだね」

「もすのひねたやつさ」

「のたりのたりってえのは」

「春の海があんまりのんびりしているから、もすのひねたのがのたったんだ。で、あんまりのたり心地がよかったから、もう一度のたったんだ」

「それで、かなはなんだ」

「かなはサービスだ」

「千早という芸者に振られ、神代という遊女も言うことを聞かず、竜田川という名の相撲取りが、おからも貰えないので世をはかなんで水に飛び込んだ」（千早振る）のパロディ
（ちはやぶる神代もきかず龍田川からくれなゐに水くゝるとは）

小学校に入学する前の頃、ラジオでこんな落語を聞きました。その頃はもう「ひねもす」「たそが

れ」「かはたれ」などの意味や、百人一首の在原業平の歌の意は祖母たちから聞いたり本で読んだりして知っていましたので、落語とは面白いことを言うのだなあと思いながら聞きました。

母が幼い頃、「海の彼方に薄霞む／山は上総か房州か」（鉄道唱歌）を「ウスが住む」と思いウスとは何かしらと思って歌っていたと話していました。「家の書生さんたちが『汽笛一銭五厘芋買うて／帰っておっかちゃんに叱られて／沢庵のしっぽで泣き止んだ』と替え歌を作って歌っていたけど、お母さんの前で歌うと叱られるから歌ったことはなかった」と言いながら子供の私には歌って聞かせました。母の鉄道唱歌は新橋を発車して神戸へ、そして当時の山陽線の終着駅「出船入船絶え間なき／商業繁華の三田尻は／山陽線路のをはりにて／馬関に延ばす汽車の旅」まで続き、子守唄がわりにきかされ私も覚えました。

余談ですが、先日テレビで鉄道唱歌を聞いていたら、「急げよ電気の道すぐに」と歌っていました。私は「急げよ鉄軌の道直ぐに」と覚えていたので不思議です。まだ電車ではないのに。

大学の十八史略の授業の時でした。越王勾践（こうせん）の話の所で隣席の友達が「勾銭て人の名前だったのね。小学校の唱歌の時、天保銭のミスプリントかと思って先生が早く気が付かないかしらと殊更大きい声でこの所を歌ったのよ」と言いました。「船坂山や杉坂と／御あと慕いて院の庄／微衷をいかで聞こえんと／桜の幹に十字の詩・『天勾践を空しゅうする莫れ。時に范蠡（はんれい）無きにしも非ず』」（児島高徳）の歌です。夫たちは近くに鉄鉱泉があったので「鉄鉱泉を」と歌っていたとのことでした。

そういえば、この歌の歌詞は、小学五年生に教えるには難しすぎる。唱歌の教科書は勿論ありましたが、あの頃の先生は歌詞の解釈はなさらなかったので、児童は勝手に解釈して歌っていたのでしょう。友達に言われて私も「微衷」を「備中」と思って歌っていたことに気づきました。児島高徳は備前の人と伝えられるのに変なのと思いながら。

ともあれ南北朝時代の話や太平記の世界も懐かしく、院庄を訪ねたことがあります。何代目かの若い桜の枝にこの詩を書いた短冊がかかっていましたので、人一人居ない院庄跡でこの歌を大きい声で歌いました。

勤務先の職員室で音楽の先生が、幼稚園児の坊ちゃんが、その頃流行っていた「お富さん」を歌うので、どんな意味かと聞いたら「行きな、黒ベエ、神輿の松に、あだ名姿の笑い髪」と答えられたとのことで、子供ながら意味を考えているのだと思って歌うのを禁じえなかったと話しておられました。近年「徹子の部屋」で器楽奏者になられたその坊やを見ました。

「横浜の鳩ばかり船に乗って」と二歳の娘が夫とお風呂に入りながら歌っていました。

「波止場からよ」との夫の訂正に「パパ知らないの。横浜には鳩がいっぱいいるでしょ」と娘。波止場と理解したのは何歳の頃かしら。

その頃娘を連れて真鶴の崖の上を歩いていましたら「ママここには大きい蟹がいるのね。気を付けないと」と恐ろしそうに言いました。真鶴には初めて連れて来たので、どうして知っているのと聞きましたら、あそこに書いてあると指差す看板に、「あぶない。静かに歩いて」とありました。そういえばこの頃お使いに連れていくと「にらないでさい」と言いながら歩くので、保育園で流行っている呪文かなと気にも止めませんでしたが、家の周りの芝生のあちこちに「芝生に入らないで下さい」と小さな立札が立っていました。平仮名の読めるようになった娘はその部分だけ読んで考えていたのだと納得。

子供が赤ん坊の頃から、私は子供がどのように言葉を習得していくのか育児日記に記録していましたが、何事も中途半端な私は纏めることもせず、書庫の何処かに眠っています。

東北の小さな漁村小子内を六年後に「あんまりなつかしい。ちょっとあの橋のたもとまで行ってみよう」と訪れた柳田國男が、「浦島の子の昔の心持の、いたって小さいようなものが、腹の底からこみ上げて来て、ひとりならば泣きたいようであった」とその漁村の六年間の変化に驚きます。「浦島の子の昔の心持」の説明をするために「帰りて見ればこは如何に／元居た家も村も無く／路に行きあう人々は／顔も知らない者ばかり」と歌いつつ教えました。小子内の村の変化は八戸線の「陸中八木」までの開通の影響によります。

鉄道の開通によって貧しい漁村のたった一軒の旅館清光館は没落し無くなり、村人の心も変わり連帯もうすれ、村の女たちの心の変化や盆踊りの歌の意味も忘れられていく、日本の近代化の抱える問題を「清光館哀史」と「浜の月夜」とを比べつつ考えさせました。

職員室に戻った私は、「生徒達は浦島太郎の歌を知らないのよ。調子に乗って桃太郎・金太郎・一寸法師の歌まで歌って聞かせて疲れた」と言いましたら、年配の先生が「僕は『こは如何に』を、「怖い蟹」と思って居た」とおっしゃいました。すると多くの方から「あおげば尊し」の「いと疾(と)し」を年と思ったので幾年と歌ったとか、「蛍の光」の四番「つとめよ我が背、恙なく」を、ツツとはどんな虫かと思いながら「ツツが鳴く」と歌ったとか、「負われて見たのはいつの日か」(赤とんぼ)を、蜻蛉が「追われてみたのはいつの日か」と思うのは変だと思いながら歌ったとか、お互いに間違いを披露しあって盛り上がりました。

先日「金襴長持間箪笥(けんだんす)」を書いて「間箪笥」の意味も分からず歌っていたことに気付いて、パソコンで家具屋を検索して、老舗そうな屋号の店の二・三軒に電話して訊ねました。どの店も年配の方が出ましたが、分からないとのこと。最後に「タンスの〇〇」という店に電話すると、若々しい男性の声。内心(こりゃ駄目だ)と思いつつ尋ねますと「幅が一間の箪笥です。この頃はそんな豪勢な婚礼支度もなくて。けんは一間の間です」とすぐに答えて下さいました。文字が分かりパソコンで見ると岩谷堂等あちこちで作られています。若い店主に心の中で失礼しましたと謝りながら、戦災で焼けてしまった母の桐の大きな箪笥を思い出していました。

十四　令女界の歌

せめて別れの悲しさに
あの高殿にのぼりましょう
高殿高く来たなれど
花は散る散る鳥は鳴く
真昼にゃ鐘がなるばかり

せめて別れの悲しさに
手に手を取って泣きましょう
手に手を取って泣いたれど
君の小指にちらちらと
光るルビーの色ばかり

命の綱は長くとも
今日別れては何時の日に
君と再び会ひましょう
暮れ行く春の悲しさに
涙流して別れましょう

若い女性同士の友情と別れの悲しみを描いた詩ではないかと思います。

『少女の友』『少女画報』少し遅れて『令女界』大正期は少女の存在が認められた時代でした。もっともこのような雑誌を買って貰い楽しむことができたのは、ほんの一握りの余裕のある家庭の少女たちだけだったのでしょうけれども。

少女雑誌の投稿少女だった吉屋信子が『花物語』を『少女画報』に連載しはじめたのは大正五年でした。「異常な好評」と言われ、多くの少女たちに読まれました。その吉屋信子の新聞連載小説『海の極みまで』の挿絵を描いたのが蕗谷虹児（ふきやこうじ）でした。この挿絵で蕗谷虹児は一躍有名になりました。

大正十一年四月に創刊された『令女界』は女学校高学年から結婚までの若い女性を対象にした雑誌で、特に蕗谷虹児の表紙や挿絵が好評だったそうです。

『令女界』には詩と絵と楽譜の付いた綴じ込み頁があり、母たちは放課後の教室で音楽室でまた校庭の木陰で、友達とそれらの歌を歌って楽しんだそうです。母は蕗谷虹児の絵が好きで家にはその詩画集がありました。

母たちの女学生時代はスポーツも盛んで、テニス・バレーボール・バスケットそれに福井市でしたからスキーも体操の時間に習ったとのことでお得意でした。

しかし仲のよい友との楽しい時をおくれたのもほんの少女時代の一時期のこと。それぞれが結婚するといろいろな制約や因習の中に閉じ込められて、自由に友とも会えなくなってしまいます。家庭に入った女性に自由がなかった時代はつい先頃までありました。

昭和四十年代の頃地方の女学校のクラス会に出席した時、「今日は主人と姑のお許しがでたのでクラス会に出席が出来まして」とおっしゃった方がいらして、驚いたことがあります。戦後に女学校を卒業した私の友人にさえそういう方がいらしたのです。

花嫁人形　　蕗谷虹児

きんらんどんすの帯しめながら
花嫁御寮はなぜ泣くのだろ

文金島田に髪結ひながら
花嫁御寮はなぜ泣くのだろ

（以下省略）

大正十二年に『令女界』に発表された「花嫁人形」の涙は少女たちの未来を暗示し、少女たちは再びは帰り来ぬ楽しかった少女時代への別れに涙したのではないでしょうか。それゆえに多くの少女に共感されたのではないかと思います。冒頭にあげた詩も単なる友との別れの悲しみだけではなく、少女時代への決別の悲しみが歌われているのでしょう。

一九九一年母校の女性学会で「『令女界』の歌の研究」の発表がありました。その歌曲のリストの中に母の歌っていた歌がいくつかありましたのでその歌詞の幾つかを母から聞いてお教えしましたが、先に挙げた曲はリストの中にありませんでした。『令女界』は雑誌そのものも残ってない巻も多く、また雑誌はあっても歌の部分が綴じ込みになっていたためかそこだけ欠落しているものが多いので調べられないとのことでした。私もいろいろと探して見ましたが、とうとうこの曲の題名も作詞者名も分かりませんでした。

そのリストの中に北原白秋作詞・中山晋平作曲の初めの二行しか分からない「あのころ」という題名の歌がありました。

その歌がその後、私たちが『記録―少女たちの勤労動員』を作りました時、動員中の愛唱歌を募集しましたら寄せられたお手紙の中にありました。古い歌もどこかで歌い継がれているのです。この冒頭の曲についてもご存じの方がおいでだと嬉しいのですが。

母は吉右衛門や六代目菊五郎や羽左衛門が贔屓だったので、若い頃「演芸画報」をよく見ていました。思いがけなく地方暮らしをせざるを得なかった母は青春時代を懐かしんでいたのでしょう。戦争が終って歌舞伎を見られるようになった頃には、母のご贔屓の役者の殆どが鬼籍に入られてしまったと寂しそうでした。

戦争中の事でした。警戒警報が出て真っ暗にしたある晩、退屈紛れに皆で謡をうなったことがありました。羽衣・鶴亀・橋弁慶と。翌日近所の方から、「昨夜はご法事でしたの、主人がお宅の前を通ったらお経が聞こえたと申しまして」と尋ねられたそうです。下手なお謡の合唱はお経。

女子大の頃、茅野蕭々氏・茅野雅子氏の教えを受けた母は、短歌もよく読み与謝野晶子の歌が好きで、母の作ったろうけつ染めの巾着などに、

下京や紅屋がかどをくぐりたるをとこかはゆき春の夜の月　晶子

夕暮れを籠に鳥呼ぶ妹の爪先濡らす海棠の雨　晶子

などが染め抜いてあります。また新古今集が好きで、特に定家と西行の歌を好みました。

駒止めて袖うち払う蔭もなし佐野の渡りの雪の夕暮れ　定家

西行の歌を好んだ母はその

ねがはくははなのしたにてはるしなむそのきさらぎのもちづきのころ

の歌のように今年（二〇〇一年）の如月半ばに逝きました。桜にはまだ早く梅の花が盛りでした。

葬儀の時、ハープの演奏がありましたので、「浜千鳥」など幾つかの曲をお願いしました。戦災に遭って戦後何十年、思いがけなく貧乏生活を余儀なくさせられた一人子の母の魂は「浜千鳥」のように今その父母の許に飛んで行きつつあるのだと、その曲を聞きながら遺影が霞みました。蕗谷虹児の碑の立つ新潟市の西堀通りのお寺に母は眠っています。母の詠んだ歌のノートが幾冊か残っています。

十五　ヴェニスの舟歌

後藤紫雲・高木青葉作詞

一　春はヴェニスの宵の夢
　　涙に夢も泣きぬれて
　　さざれの真珠となぞらふうたかたの
　　哀しき船出を慕ふらん

二　秋　錦繍の幕を張り
　　笛の音さへ冴えわたり
　　月光斜めに飛ぶ雁のあはれにて
　　いづこのねぐらに宿るらん

三　灯火やつれて春はゆき
　　櫓は小波にささやきぬ
　　たゆたふ小舟に迷へる悲歌をのせ
　　はかなき別れを偲ぶらん

四　棹さす小舟（ゴンドラ）のかぢをたえ
　　流れに砕くる月影は
　　千々にくだけて波間にただよひて
　　いづこの船路を辿るらん

映画「午後の遺言状」を見ていてはっとしました。映画の中で杉村春子の扮する年老いた女優と、その昔からの友人とがダンスをする場面でこの曲が流れたからです。懐かしい歌。遠い昔母が歌っていた記憶が今も心に残っている歌です。入院していた母とも何度か歌った曲でした。

私が若かった頃、職場の忘年会で珍しく校長が歌われたのがこの歌でした。懐かしかったので思わず終わりまで唱和しましたら「どうしてあなたがこんな歌を知っていらっしゃるの」とおっしゃいました。この方は私の卒業した女学校の先生でもいらしたので、どうしてこんな古い歌をと、と同時にどうして流行歌などを知っているのかという意味を込めて驚かれたのでしょう。この先生も母と同じ年頃の方でした。多分母の年代の人達にとって懐かしい青春の歌なのではないでしょうか。

先年、ヴェニスでゴンドラに乗ったとき、月が中天にかかっていて、ゴンドラを漕ぐ人が朗々といい声でカンツォーネを歌いロマンチックな情景でしたので、思わずこの歌をくちずさんで、しみじみと旅情に浸りました。

かつてキャサリン・ヘップバーン主演の映画「旅情」を見たころ、自分がヴェニスにきてゴンドラにのって波穏やかな海を行くことがあろうとは想像もしませんでした。

さて私の手許にある本には「ヴェニスの舟歌」の二節目がありません。

この頃の歌の本には途中の歌詞を飛ばしていることが多く、断り書きなく一節目から最後の節に飛んで記載されたりしています。歌詞の意味については考慮されていないのです。一節目と四節目とが、並ぶと全く別の事を歌った歌になってしまうこともあります。この語感覚の欠如は、もしかしたら戦後の教科書の墨塗りに起因しているのかなと思います。

昭和二十四年、東京女高師二年生の春でした。学校の講堂で「女の一生」の公演がありました。戦災で劇場が焼けてしまって、戦後のその頃は多くの劇団が公演する所が無くて、日本各地の都市の学校の講堂などで移動演劇をしていました。どういうことで私の学校で公演があったのか忘れましたが、切符を売ったり当日の受付をしたりしました。

演劇部員だった私は幕間になると楽屋にとんでいって、杉村春子さんの着替えを手伝いました。面白い襦袢がありましたので手に取って見ていると「あなたのお母様も夏にお使いにならない」とおっしゃって、「あなたお幾つ。私も結婚して普通に暮らしていたらあなたくらいの年頃の子供がいてもいい年なのね」と感慨深げにおっしゃったのをとても鮮明に覚えています。将来演劇関係の仕事、それも演出をしたいと思っていた私はその時の何回かの「女の一生」の舞台を一生懸命見ました。手許にある文学座の「女の一生」上演記録によると「第九回　東京女高師　一九四九年四月二三日～二四日　公演回数四回」とありますから四回も見たのですね。

学生時代私は随分多くの演劇を見ました。歌舞伎も新劇もそして文楽も、台詞を覚えるほど何度も。

子供が生まれた時私はお芝居を見るのを止めました。保育園もなかったころ仕事を続けて行こうと思っていた私は、母親の勝手で母親の懐恋しい赤ん坊が、その意に反して日中母親の許を離れて過ごさざるをえない状況におかれるのだから、私も大事なものを断とうと思いました。茶断ち塩断ちと言うけれど私は十二年間演劇断ちをしようと思いました。六年後に二人目の子供が生まれましたので実際はそれより長くなりましたが、見たいお芝居も沢山ありましたが、実際には子供が気がかりで放課後飛ぶように家に帰りましたから、劇を見る心の余裕も暇もありませんでした。

杉村さんが、一九七三年に「女の一生」の布引けいの役はもうなさらないと宣言なさった時は見たくてたまりませんでした。

仕事と子育てをしていると、もうお芝居を見てもいいかなと思えるような心のゆとりのある日はなかなか訪れませんでした。

下の子が高等学校に行くようになってから、一人で時たま見るようになりました。将来観劇を一緒にしてくださるお友達がいなくなっても寂しい思いをしないための練習に、などと考えたりして誰も誘わずに。そんな日が二・三年続いたでしょうか。私は病気になりまた中断しました。

一九八九年に、杉村さんが一九八三年からまた上演されるようになった「女の一生」を見に行きました。杉村春子さん以外の配役は大きく変わっていました。その後でお手紙を差し上げました。それからは公演先の地方からの絵葉書や年賀状を戴くようになりました。

いつでしたか「八十歳を過ぎてから芝居がますます面白くなりました」というお便りを戴いたことがあります。体の不快感にともすればめげそうになる私は、そのお便りを拝見して精神を強く持たねばと反省致しました。

「午後の遺言状」に出演された乙羽信子さんが亡くなり、その後杉村春子さんも逝かれました。

戦後、昭和二十一年四月に大阪の女学校に転校した私は友達に誘われてよく宝塚を見ました。春日野八千代の相手役の乙羽信子は可愛いお姫様役でお友達にはファンが沢山いました。私は越路吹雪が好きでした。その頃見た宝塚歌劇の歌はよく覚えていて、今も口ずさんだりしています。

私はこの頃一階の一等席で歌舞伎を見ています。三階席に駆け上がったり、一幕見の席に一日中いた若い頃の体力を懐かしく思いながら。すっかり顔触れの変わってしまった舞台を少し寂しく思いながら。

十六　金剛石

昭憲皇太后

一
金剛石も　みがかずば
珠もひかりは　そはざらむ
人もまなびて　後にこそ
まことの徳は　あらはるれ
時計の針の　たえまなく
めぐるが如く　ときのまも
日かげ惜しみて　励みなば
如何なる業か　ならざらむ

二
水はうつはに　したがひて
そのさまざまに　なりぬなり
人はまじはる　友により
よきにあしきに　うつるなり
おのれにまさる　よき友を
えらびもとめて　もろ共に
こころの駒に　むちうちて
まなびの道に　すすめかし

（明治二十年）

真っ白な髪をお茶筅にして、背筋を真っすぐに端然と座り、机に向かって本を読んでいるか、一弦琴を弾いていた父方の祖母の姿のみが目に浮かびますので、その姿からは赤ん坊を背負った姿は想像も出来ませんが、「金剛石」はその祖母の背中で聞いた歌なのです。

玻璃戸を通して柔らかな光のさす午後の縁側で、父方の祖母に背負われて聞く歌は何時もこの歌でした。

　磨かずば　玉も鏡も　なにかせん　学びの道も　かくこそありけれ

みがかずば　　　　昭憲皇太后（明治十一年）

時にはこの歌を歌いました。祖母は自分の在学した学校の校歌でもあるこの歌を懐かしみ歌ったのでしょうか。「金剛石」に似ていますので、何時も母の歌う歌とは違うなあと、神妙にしていなくてはいけないように赤ちゃん心にも思われて、おとなしく負んぶされていたように覚えています。

両歌とも尋常小学唱歌五に載っていて小学校の時にお習いしました。その時は後に私が「みがかずば」を我が校歌として歌うようになろうとは思いもしませんでした。

祖母は五歳の時から漢学塾に通い漢文をよく読みました。小学校を卒業した時女学校が出来て祖母はその一回生です。女子にも教育をという県の方針で出来た学校は女子中学校といいました。女子中学校を卒業して東京女高師に進学した祖母は物理学を学びました。

袴に編み上げ靴を履き、背表紙に金の横文字の入った本を抱えた写真があり、父がお祖母さまはハイカラ女学生だったのよと言っていました。結婚後も雇人が何人もいましたからほとんど家事はしなかったようで、厨仕事をしている姿は見たことはありませんでした。女が仕事を持つ事は許されない環境でしたが、教職が好きだったのか結婚してからも時々頼まれては色々な学校で教えたようでした。子供は勉強させると出来るようになるとの信念をもち、教育ママの走りの人でした。

私は祖母の人生を考えるともう少し後に生まれ、自由な家に生まれて、結婚せずに独身で研究者か職業婦人として生きた方が幸せだったのではないかと思います。

上級藩士のお嬢様として生まれ、その父を三歳の時に西南戦争の田原坂で失った事が祖母のその後に大きな影響を与えたものと思われます。私が幼かった頃「人に奉られて行かなくてもいい戦いに出陣して戦死するなんて、家族の事は考えなかったのかしら」と、その父親を評する言葉を祖母から聞きました。その時私は祖母には祖母の思うに任せなかった人生への嘆きのある事を知りました。

「聞くは一時の恥、聞かぬは末代の恥」。

「いろはがるた」で遊んでいた幼い頃「人のお話の中で知らない事があったらすぐにお尋ねしなさい。知っている振りをしてすまさないように。世の中には知らない事が沢山あるのですから」と言いました。

「人の話は鵜呑みにしないこと。必ず調べて自分で考える事」「筆禍という事があるが舌禍という事もある」「速く回る独楽は倒れやすい。ゆったり回る独楽はなかなか倒れない」とも言われました。お人よしでお喋りで落ち着きのない私への教えだったと思います。その頃は舌禍なんて分かりませんでしたが、「後からしみじみ思うもの」です。

私達は父方の祖母を「お祖母様(ばあさま)」母方の祖母を「おばば様」と呼んでいました。ご無礼とは存じますが、紛らわしいのでこの項では以下そのように書かせて頂きます。

私は母方の祖母が歌を歌ったのを聞いた事がありません。負んぶされて子守歌を聞いた覚えもありません。古歌に通じ、自身も御歌所系の歌人であったおばば様は何時もお習字か縫い物をしていました。歌合せの席で近衛篤麿公が「河崎は日本一の才女だ」と仰ったとききました。

昭和十七年四月十八日、ドゥリットルによる初めての米軍機の東京空襲がありました。お祖母様の友人の息子さんが中学校の校庭でその爆撃の犠牲になられたとの事で、それまで地方の県立女学校出では進学に差し支えると、強硬に東京の女学校への進学を勧めたお祖母様は、孫は預かれないと言い出し、その任がおばば様に回りました。

小学校六年の夏、女学校進学の為の女学校の下見に東京のおばば様の家へきました。暑い夏でしたから時々氷水等を飲みましたが、その度毎に胃腸薬を飲まされて閉口しました。

その時に近衛文麿公にお目にかかりました。この方のご幼少の頃おばば様は教育掛をしていました。文麿公は「河崎様ご秘蔵のお孫様ですね。お嬢ちゃまこれからもよくお勉強なさいね」とおっしゃいました。御後室さまが「お母様の女子大の頃も暫くお預かりした事がありましたのよ」とおっしゃいましたが、昭和十八年には戦況は憂慮される状況になり、私の東京の女学校行きは取り止めになりました。

ご幼少の頃の文麿公に《蝶々蜻蛉に鈴虫松虫螽斯(きりぎりす)のぎ飛蝗(ばった)に蟋蟀(こうろぎ)芋虫毛虫に舞々螺(まいまいつぶろ)に螻蛄(おけら)にへっ

ぷり虫挟虫》などとお教えしたと私にも教えました。

小学生の頃、私の通信簿を見ていたおばば様が「ゆめゆめ勉強の出来る馬鹿にはならないように」と言いました。現在の社会を見ると祖母のいう「勉強の出来る馬鹿」が多くいすぎます。

絵空事だと芝居も見ないおばば様が、女学校卒業後に気に染まぬ縁談を避けて恋人を追って上京し、その恋人は大学を卒業し結婚を前にして日露戦争で戦死したという祖母の悲恋のロマンスを聞いたのはその逝去後でした。

その方の「林学士」と立派なお墓の表に彫られた写真が私の手許にあります。

孫を溺愛したり甘やかしたりはしませんでしたが、礼儀作法に厳しく理非曲直を諭し、子供もその前に座ると自然に姿勢を正すような「おばあ様」の存在が、家庭の教育の一端を担っていた時代が、かつてありました。

第三章　小学生の頃に

一　赤い帽子白い帽子

武内俊子

赤い帽子白い帽子　仲よしさん
いつも通るよ　女の子
ランドセル　しょって
お手々を　ふって
いつも通るよ　仲よしさん。

赤い帽子白い帽子　仲よしさん
いつも駈けてく　草の道
おべんとう さげて
お手々を　くんで
いつも駈けてく　仲よしさん。

赤い帽子白い帽子　仲よしさん
いつもたのしい　笑い声
おひより　小みち
かげぼうし　ふんで
いつもたのしい　仲よしさん。

赤い帽子白い帽子　仲よしさん
いつも可愛い　歌い声
　黒い靴　はいて
赤い靴　はいて
いつも可愛い　仲よしさん。

（昭和十二年）

昭和十二年四月、私は小学校に入学しました。日立に移り住んで間もない私には知り合いはありませんでした。近所に住む直子ちゃんが唯一のお友達で、毎日一緒に手をつないで学校に行きました。直子ちゃんは白色の、私は臙脂色の、つばの広いフェルトの帽子を被り、ランドセルを背負って、母のお手製のお弁当袋と草履袋を持ち、直子ちゃんは黒の、私は臙脂色の靴を履いて通学しました。クラスが違ったのに帰りもどちらかが待っていて一緒に帰りました。

海岸の側の家から町を横断して山沿いの学校までは、子供の足で三十分以上はかかったので幼い私にとって通学は大変でした。いつも金曜日の朝は「明日一日我慢すると明後日はお休みよ」と母は言って送り出しました。

学校は岡の上の助川城の跡にありました。その頃から町の人口が急に増えたのか、一年生は十一学級もあり、校舎は建て増しを重ねた平屋が続いていました。町は企業の発展に伴って企業城下町となり、会社は戦争の拡大によって大きくなっていったようでした。

入学した年の七月七日に日中戦争が始まりましたが、私たちにとって戦争はまだ遠くにありました。麦畑の中に黒い穂があると、虫のついた穂だから取ってもいいと、折って麦笛を作り、ぴいぴい鳴らしながら帰りました。

その年の暮れ頃だったでしょうか。

「武内さんが、あなた達のことをお歌にして下さったみたいなお歌よ」と、母がいそいそとレコードを取り出して蓄音機にかけてくれたのが、「赤い帽子白い帽子」でした。

聞いていると私と直子ちゃんの登下校の様子そのままで、まるで私たちのことを見ていらしゃったようだと思いました。母が私達の登下校の様子を東京にきてお会いした時にお話したのでしょうか。

今もこの歌を聞くと昨日のことのようにあの頃のことが思い出されます。

先日、母とこの歌を歌ったら、母も口ずさみながら「あの頃のことが目に見えるようだわ」と懐かしそうに言い、「あの頃武内さんのお宅は坊ちゃまで、Nさんのお宅はまだ赤ちゃんだったし」などと話していました。

「武内俊子さんとはどういうお知り合いだったの」と、長い間疑問に思っていたので母に尋ねました。

「武内さんは中村さんの（母の女子大時代の同級生）広島の女学校時代のお友達なの。何時だったか若い頃、銀座でお茶とお菓子を御馳走になったことがあるの。『遠慮なく召し上がってね。このお金は私が仕事をして得たものので誰にも遠慮はいらないのよ』とあの方がおっしゃったので、Nさんと感心したのよ」と母は遠くを見るような目で言いました。

結婚するまでは親の、その後は夫のもとでの生活で、自分の力でお金を得ることなど、母たちは考えもしなかったのでしょう。母の年代の女性たちは、結婚してからは一人では勿論、お友達同士とでさえも喫茶店に入ってお茶を飲んだりはあまりしなかったように思います。

私は小さかった頃、たまにデパートに買い物に行く母に連れられて行った覚えがあります。買い物が終わるとデパートの食堂でアイスクリームを食べさせてもらいました。銀色の金属の脚のついた器に丸く盛られたアイスクリームの上にはウエファースが一枚のっていました。小さい私はそれが楽しみで退屈な買い物のお供にいそいそとついて行きました。後年、授業で、

匙なめてわらべたのしも夏氷　　山口誓子

を教えたときに、あの時の私の気持ちが思い出されました。小さかった頃、かき氷は食べさせてはもらえませんでしたが、「匙なめて」は、あの幼い日の思い出につながります。

あの頃、夏になるとあちこちに葦簾張りの氷屋さんがありました。しゃりしゃり氷を削る音、赤や黄や緑のシロップがかかった雪のようなかき氷、ガラス玉の暖簾、風に翻る「氷」の旗は夏そのものの光景でした。

暫くしてそれらは私たちの前から消えました。校庭に積もった雪を皆で湯飲み茶碗に入れて「女学生なのにはしたない」と先生に叱られました。―先生、あの頃私たちはそれほど甘い物や美しい物に飢えていたのです―

この頃、私は月に一度の通院の帰りに、一人喫茶店でお茶を飲みます。現代の医学では私の不快感の原因は分からないので、治療の方法もお薬もないのだと私自身承知しています。それなのに無意識にいくらか期待しているのでしょうか。この不快感が死ぬまで続くのかと改めて思われる病院の帰り道は、どっと疲れます。それで暫く休憩をして何げない風に明日を生きていくべく心をなだめます。

平日の午後四時頃の喫茶店にはいつも中年の女性のグループが幾組かいて、楽しそうに旅行や水泳などの話をしています。それを眺めながら、その年頃の時の私たちにもう少しゆとりがあったらとしみじみ思います。

私がその人達の年頃には、子育てと仕事に追われて家と勤務先をピストンのように行き来し、一方で共同保育から始めて保育園・学童保育を作り、育児休業の要求など、女性の働きやすい社会の実現のために、一生懸命努力をしながら働いていました。その頃私たちは友達と電話で「奥さんが欲しいわ」、「一日が二十五時間あったら」等と冗談を言い合ったものでした。

今も子育てと仕事を両立させている女性たちには喫茶店でお茶を飲んだり友達と語り合ったりする余裕はないようです。

武内俊子は昭和十年代の数少ない女性の童謡作詞家の一人です。その作品には、「かもめの水兵さん」（昭和十二年）「リンゴのひとりごと」（昭和十五年）「船頭さん」（昭和十六年）など、広く人々に愛唱された懐かしい歌があります。

二　大漁

金子みすゞ

朝焼小焼だ
大漁だ
大羽鰮(おほばいわし)の
大漁だ

浜は祭りの
やうだけど
海のなかでは
何万の
鰮のとむらひ
するだらう

家の庭には小さな池があり、金魚が泳いでいました。夜の間に猫が狙うのでしょうか、朝になると時々浮いているのがいました。小さな網で掬って庭に埋めました。浜辺から平べったい石を拾って来て、「キンギョノオハカ」と書いてその上に立てました。庭の隅の木々の下にそれが幾つも並びました。ひと夏も生きていないなんて可哀想にと思って、もう金魚を買ってもらうのはよそうかと考えたりしました。

家の前の小道を横切ると松林の崖で、太平洋を一望に見晴るかすことができました。崖の小径を降りると広い砂浜でした。茨城県助川町会瀬走折（現日立市）という地名で、土地の人は初崎と呼んでいました。

海を左手に砂浜を歩いていくと大きな岩の崖があり、そこを廻ると会瀬という小さな漁港がありました。ある日、岩の近くまで行くと賑やかな大きな声が聞こえて来たので突堤に上ってみると、浜は鯛の大漁とかで大賑わいで、漁師さんたちの大きな声が飛び交っていて、女の人達も総出でした。

幾つもの大きな桶には大きな鯛が飛び跳ねています。ピンク色にキラキラ輝く鱗をきらめかせて、勢いよく桶の中から飛び上がるお魚を、漁師さんが鉤のついた竿で叩くと、鯛は桶の中に落ちます。死んだのでしょうか。あんなに元気に生きているのにと、それは無残な光景で、お魚可哀想だなあと思って見ていました。いつも家にお魚をもってくる浜の小母さんが、突堤の上にいる私を見つけて「お嬢ちゃん。後でお宅に大きい鯛を届けるからね。おいしいよ」と大きな声で叫びました。

食物の好き嫌いが多いというより、卵と海苔とおかか以外は嫌いだった私は、その光景を見てからますますお魚もお肉も喉を通らなくなりました。

それからしばらくして母の手帳でこの詩を読みました。その手帳にはいろいろな詩が書いてありました。母が気に入った詩を書き写して置いたのでしょうか。

「大漁」を読んだとき、ああ、私と同じように感じている人がいるんだなと感動しました。「金子みすゞ」という作者の名も心に刻み込まれました。小学校一年生の頃のことでした。それ以来この詩を口ずさむと、あの日の浜の光景と私の気持がよみがえります。

三年生の時、港の近くの高台に新設校が出来て私もそこに通うことになりました。新設校は設備が悪いとか先生がどうとかとで、近所のお友達は今まで通りの学校に行きましたがどういうわけか私一人が新設校に通いました。その学校で四年生の時に私は熱心な先生に出会いました。それまで眠っていたような私はその先生との出会いで目が覚めたようでした。

三年・四年と同じクラスにKさんという仲のよいお友達がいました。五年生の時私は転居と共に転校し、女学校でまた一緒になりましたが、私たちの女学校生活は農家や鉱山への勤労奉仕の多い日々、そのあげくの勤労動員でゆっくりと語り合う時間はありませんでした。そして、戦火に追われて、さよならを告げる事も出来ずに散り散りとなり、戦後の混乱の中でお互いの消息を確かめる術もないままに、四十年余りの歳月が経ちました。

偶然、先生のご住所とご健在が分かりお手紙を差し上げますと、先生は誰方にお聞きになったのか私の進学先は御存知だったとのことで丁度先生も私の出身大学に私のことを問い合わされた時とかで、同じ頃Kさんからも先生にお便りがあったとのことでお互いの消息が分かりました。

久しぶりでお目にかかったKさんは、幼稚園の園長さんで、「金子みすゞ」の「わたしと小鳥とすずと」という詩が好きで、「みんなちがって、みんないい」をモットーとして園児たちに接しているとおっしゃいました。

私が「大漁」の思い出を話すと「小学生のあの頃にねぇ、さすがねぇ」といって「わたしと小鳥とすずと」を教えて下さいました。それを聞きながら小学校の教室の光景を思い出していました。

私のクラスに勉強の遅れている人がいて、隣の席のKさんは休み時間になると、優しく辛抱強く計算の仕方などを教えてあげていました。頼りきって習っていたその人の顔。Kさんはあの頃のまま成長され、いい幼稚園の先生におなりのことと思いました。

Kさんはお会いしたあとすぐに『金子みすゞ童謡集』（矢崎節夫選）を送って下さいました。青い表紙の小さな可愛い本でした。

「金子みすゞ」は明治三十六年（一九〇三）生。山口県長門市仙崎の人。西條八十に激賞され、将来を嘱望されたと伝えられるこの詩人は、幾つかの詩を発表されましたが、結婚後、夫に詩を投稿する事だけでなく詩作をすら禁じられたということです。離婚に際しては当時の父権を楯に幼いお子さんも取り上げられ、昭和五年（一九三〇）二十六歳で自死されたということです。ここにも戦前に生きた女性の悲劇が見られます。

この薄幸な詩人の死から五十余年を経て、近年、残された自筆の詩集三冊などが、矢崎節夫氏によって世に紹介され、多くの人に愛され、研究されています。

この詩人の詩が多くの人に読まれ、その真価が世に知られることは嬉しいことと思っています。けれども一方で私は金子みすゞの詩の取り上げられ方に同調しかねています。テレビのコマーシャルで「見えぬものでもあるんだよ」とそれもお説教的な口調で幾度も繰り返されると、私の心の中に拒否反応が出てきます。「金子みすゞ」にはもっと心にしみるよい詩があると思うのですが、どういうわけか今の世にとりあげられている詩は教訓調なのが多いのです。

幼い私が母の手帳で「大漁」を読んだ時の強い感銘と、小さな漁港であの光景を見た時の思いが失われるように思うのです。

三

ゆうやけこやけ

中村雨紅

ゆうやけこやけで　日が暮れて
山のお寺の　鐘が鳴る
お手々つないで　皆帰ろ
烏と一緒に　帰りましょ

　子供が帰った　後からは
　円い大きな　お月さま
　小鳥が夢を　見るころは
　空にはきらきら　金の星

（大正十二年）

毎日夕方六時に我が家の界隈ではこのメロディーが流れます。懐かしい歌。

子供の頃「夕方になると人さらいがくる」「曲馬団（サーカス）に売られる」と大人たちは言い、暗くなるまで外で遊んでいるのを禁じました。お友達に聞くと皆さん親に聞かされたとおっしゃいますから、これはどの地方でも言われたのでしょう。母たちは「角兵衛獅子に売られる」と言われたそうです。かつての大人達はこうして子供が逢魔（おうま）が時まで戸外で遊びとびれるのを戒めたのでしょうね。

作詞者中村雨紅(うこう)は都下恩方村の人。私が若い頃、担任していた生徒たちと一緒に三月、陣馬山の辺りを一年生のクラスのお別れハイキングしましたときにこの歌碑に出会い、みんなでこの歌を歌いながら歩いた思い出があります。

それから何年か後、都民の日と日曜日が連休になったとき、大学時代の同級生たちと志賀高原の発哺(ほっぽ)にある大学のヒュッテに遊びに行きました。みんな子育て真っ最中の頃のこと、前以て計画したわけでもなく、急に電話連絡しただけでしたのにクラスの半数位、十人程が集まりました。皆仕事と子育てとに追われていて息抜きが欲しかったのでしょうか。

志賀高原は燃えるような美しい紅葉の盛り。翌朝はさらに真っ赤な紅葉。「霜葉ハ二月ノ花ヨリ紅ナリ」などと堪能しました。

その帰り長野市の往生寺を訪ねました。この歌の作曲者草川信(しん)は長野のこの近くの生まれで、往生寺の鐘をモデルにして「ゆうやけこやけ」の曲を作曲されたということです。

往生寺からの帰り道に、林檎畑の中の道を通りました。折から赤く色づいた林檎がたわわに実り、その下道を「林檎畠の樹の下に／おのづからなる細道は／誰が踏みそめしかたみぞと／問ひたまふこそこひしけれ」と皆で口ずさみながら歩きました。

往生寺は石童丸の父苅萱(かるかや)上人の最後の修行地といわれるお寺。市内に苅萱堂もあります。

カラス　ヨ　イソゲ　　尋常小学国語読本巻二

ユフヤケ　コヤケ、
カラス　ガ　カヘル。
カラス　ヨ　イソゲ。
イソイデ　カヘレ。

オ宮　ノ　森モ、
オ寺　ノ　森モ、
ユフヤケ　コヤケ　デ、
マッカ　ニ　ヤケル。

オマヘ　ノ　ヤド　ガ、
マッカ　ニ　ヤケル。
カラス　ヨ　イソゲ。
イソイデ　カヘレ。

と小学校一年の国語でお習いしました頃、
夕焼け小焼けで　お山が焼ける
烏のかあさん　早よ早よ帰れ
おうちが焼けるぞ　子烏なくぞ
いかにも悪童連が歌いそうな右の歌を、戸外遊びの帰りに歌いました。
かあかあ烏　お山へ帰る
あの空赤い　夕焼けこやけ
あした天気になーれ
同じ頃歌った右の歌はお天気の下駄占いの歌。

夕日　　葛原しげる

ぎんぎんぎらぎら　夕日が沈む
ぎんぎんぎらぎら　日が沈む
まっかっかっか　空の雲
みんなのお顔も　まっかっか
ぎんぎんぎらぎら　日が沈む

ぎんぎんぎらぎら　夕日が沈む
ぎんぎんぎらぎら　日が沈む
烏よ　お日を追っかけて
まっかに染まって　舞って来い
ぎんぎんぎらぎら　日が沈む

（大正十年）

先年、シチリア島のエリチエのバリオ公園から地中海に沈む壮大な夕日を見ました。夕日が傾くに従って刻々に変わる雲の色の輝き、水平線に日が沈むにつれて移り行く空の色。その美しさに見とれている中にこの歌が口をついて出て来ました。そのうち皆で合唱になりました。年配の男性の方が子供の頃の遠足のようで楽しいですねとおっしゃいました。

さて、「夕日と烏」というと、かの有名な清少納言の枕草子の一節が思い出されます。
「秋は夕暮、夕日のさして山の端いと近うなりたるに、からすの寝どころへ行くとて、三つ四つ二つ三つなど、飛び急ぐさへあはれなり」

私はこの文の烏の数の並べ方が好きです。三三・五五などと安易な常套句を使わず、その情景がリアルに書かれているところに共感します。私が清少納言が好きなのは案外そんな所にあるのかもしれません。

時代は更に遡って、日本最古の漢詩集である『懐風藻』（七五一年）に収められている大津皇子の詩を次にご紹介します。

臨終　　大津皇子

金烏臨西舎　　金烏西舎ニ臨ミ　　（訳詞）日ははや西の山におち
鼓声催短命　　鼓声短命ヲ催（うなが）ス　　命をきざむ鼓の音
泉路無賓主　　泉路賓主ナク　　むかふる人のなしときく
此夕離家向　　コノ夕家ヲ離（さか）リテ向フ　　黄泉路へ急ぐこの夕べ

金烏とは太陽のことで、これは「太陽の中には三本足の烏がすむ」という伝説によっています。

『日本書紀』の神武天皇東遷の所に、神武天皇が熊野から大和に向かわれた時に非常に難渋されその時、「時に夜夢見らく、天照大神、天皇に訓へまつりて曰く『朕今頭八咫烏を遣す。もてくにのみちびきとしたまへ』とのたまふ」とあり、夢のお告げの通り八咫烏が現れて先導したとあります。

　熊野本宮大社の草創は神武天皇東遷以前だと伝えられていますが、熊野三山の御祭神の中の一柱には天照大神が祭られ、熊野牛王神璽には、三山とも沢山の烏が描かれてあり、熊野本宮大社では八咫烏神事が行われています。日の神（天照大神）と烏の関係にも何らかの意味があるのでしょう。

「球はてんてん　球はてんてん　夕闇せまる神宮球場　烏が一羽ねぐらをさして飛んでゆきます」

早慶戦のラジオ放送の一節をまねて言う母の声がふと聞こえました。

四　山ノ上

尋常小学国語読本　巻二

ムカフ　ノ　山　ニ　　ツヅク　タンボ　ノ　　小サイ　シラホ　ガ
ノボッタラ、　　ソノ　サキ　ハ、　　二ツ　三ツ、
山ノ　ムカフ　ハ、　　ヒロイ　ヒロイ　　青イ　ウミ　ニ
村　ダッタ。　　ウミ　ダッタ。　　ウイテ　ヰタ。
タンボ　ノ　ツヅク　　青イ、　青イ　　トホク　ノ　ハウ　ニ
村　ダッタ。　　ウミ　ダッタ。　　ウイテ　ヰタ。

学校を暫くお休みしていましたので、一人で繰り返し読み、海の向こうに何かがあるように思われて好きな詩でした。教科書の詩を真似て、自分でも詩のようなものを作っていましたが、みんな戦災で焼けて、二・三の詩以外は思い出すよすがもありません。

越中平村・阿波祖谷山村と山深き村々で幼き日日を過ごした私は、続く田圃や町々を通って海辺の町日立に移り住み、その地で小学校に入学しました。母は東京に戻れなかったので、がっかりしたことでしょうが「海岸だから空気がいいわよ」などと言っていました。

眼下の砂浜に荒波が打ち寄せ、太平洋の大海原を一望に出来る海辺の家からは、太陽も月も海の向こうの水平線から昇るのが眺められました。自然環境は美しい所でした。

日立に住んでから私はよく風邪を引くようになりました。十一月の始め頃から三十九度以上の熱が出て激しい咳が続きました。学校の身体検査ではいつも「扁桃腺ヒダイ」と言われました。「肥大」の意味が分からなかった私は、私の時にだけお医者さんが大きな声で「左」とおっしゃるので、皆の扁桃腺は右にあるのかしらと思っていました。

二年生の春休みに扁桃腺の摘出手術を受けました。にもかかわらず、その年も同じように十一月になると高い熱と激しい咳が続き、気管支炎の診断で学校はお休みしました。

冷たい風にあたると足にブツブツ赤い粒が出来、夜になると桃色の牡丹の花のように広がり寝る時には体一面に地図のようになって赤くはれあがり、そうして百日咳のようなはげしい咳が出ました。

十一月の夕方海から吹く冷たい風に当たると風邪を引くと母は思ったのか、四時になると戸外遊びから帰るようにと厳しく言い、お手伝いさんが迎えにきました。

三年生になると症状は更にひどくなり激しい咳が続くので、日立病院のお医者さんは百日咳と診断されました。四年生の時も同じ症状でまた百日咳と診断されました。百日咳は二度罹らないと聞いていましたから、訊ねると例外もあるのではないかとのことで、その治療注射を受けました。でも注射する度に症状は酷くなるように思いましたので、お話しすると若いお医者さんは首を傾げて「効き目無いですね」と注射をお止めになりました。年配のお医者さんは「お嬢ちゃんの咳は一生直らないでしょう」と母に告げられたそうです。そんな状態でしたので私は一年から四年まで、二学期末から三学期にかけて、殆ど学校はお休みし、一人で本を読んだり、レコードを聞いて過ごしました。

ツクシ　　尋常小学国語読本　巻二

ポカポカ　ト　　ドテ　ノ　土
アッタカイ　日　ニ、　ソット　アゲテ、
ツクシ　ノ　バウヤ　ハ、　ツクシ　ノ　バウヤ　ガ
目　ガ　サメタ。　ノゾイタラ、
ツクシ　ダレ　ノ　子、　外　ハ　ソヨソヨ
スギナ　ノ　子。　春　ノ　風。

五年生の五月、同じ町の山際の家に引っ越し、学校も一・二年の時の学校にもどりました。その年は晩秋になっても熱も咳も出ませんでした。その年無欠席、母も家族も病院のお医者さん方も私が成長したので体が丈夫になったのだと言い、そのように理解されてそのままになりました。私は風邪を引き易く、その後も気管支炎や肺炎になりましたが、あの激しい咳はぴたりと出なくなりました。

その頃、友達から、鉱山の煙突から出ている煙が二つに曲がると、悪い事があるので監視している

人がいるという話を聞きました。

昭和四十四年『ある町の高い煙突』（新田次郎著）が出版され、中身も確かめずに買いました。思った通り東洋一高いと言われていた日立鉱山の煙突に関する本でした。入四間村の農作物を煙害から守るべく取り組んだ若い名主関根氏と村の青年達と、鉱山の若い技師たちとの協力と研究によって、煙突はより高くなり、その後も観測所を作って煙の行方を監視し続け、煙害が防がれた作品です。

先に足尾銅山・別子銅山の煙害の例がありますから、村人も鉱山の会社側もそれを未然に防ぐべく努力をしたのでしょうが、中でも関根氏が一高（旧制）卒業後、大学進学を断念して、生涯を村の為に尽くされた事に心打たれました。

ただ煙突を高くしただけでは有害な煙の拡散に過ぎません。日立鉱山は海の側にあるので、高い煙突から出る煙は太平洋の空高く流れて行ってしまったでしょう。しかし夕刻山に向かって風が吹く時があるので、その為に観測所が多く設けられたとありました。

その本を読んだ頃、日立鉱山の煙突の煙から有害物質が全く取り除かれたという新聞の記事がありました。「それまで十一月頃からの夕方に海から吹く風によって、海岸べりに流れ降りていた煙の有害物質も完全に取り除かれた」との記事に目が釘付けになりました。

私が四年間毎年苦しまされていた高熱と激しい咳は、もしかしてあの高い煙突から出る煙のせいではなかったか。誰もそんなことは考えもしなかったけれども……。もしそうだったならばあの激しく長い咳と高熱に苦しんでいたのは私だけではあるまい。今となっては調べようもないけれども。煙害は入四間村の農作物だけではない、煙害による病気で苦しんでいた人は他にもおられたに違いない。

私は目の覚める思いで新聞の「海岸への微量の有害物質」という記事に見入り、知識も考える力もないのは恐ろしいと思いました。

水俣病でもイタイイタイ病にしても、公害病の最初の犠牲者は、見過ごされてしまうのではないだろうか。あの人は体が弱いのよなんて。何事も最初に気づき、原因を考え疑う事の出来る人は偉いとつくづく思います。

あれから遠く年月は過ぎ去って、日立鉱山は閉山となり、それと運命を共にするかのように、使命の終わった大煙突は、ある日突然折れ崩れてしまいました。

五　春の雨

尋常小学国語読本巻六

萌えて明かるい若草に、
しと〳〵、細い雨が降る。
雨はこぬかか、絲のやう。
こゝは川ばた、やなぎの芽、
ぬれて、しづくが落ちるたび、
廣がる波の輪が圓い。
春は春でも、まだ始、
村から町へ、ゆるやかに、
少しにごつて行く水よ。
卵のからを浮かべたり、
わらの切れはし浮かべたり、
えびや目高も、泳がせて。

新しい教科書を手にして、すっかりこの詩に魅せられました。小学三年の二学期。国語の授業中も度々この頁を開いて繰り返し読み、授業は上の空うっとりとしていました。どの句も心に沁みるようでした。特に最後の節のいいこと。

私たちのお習いした教科書は、いわゆる「サクラ読本」と呼ばれる昭和の軍国主義教育の教科書として悪名高い教科書です。しかし思い出してみると、このような心に沁みる抒情的な詩や「三日月の影」のようなお話も。繰り返し繰り返し読んだのでいまでも諳んじている作品も少なからずあります。戦後の小学校の国語の教科書を検証したわけではありませんが、私の子供や孫の教科書を見ると絵や本は美しくなっていますが、美しい文章や心に沁みる作品がなくなっているような気がします。

小さな漁港に面した高台にできた新設校の教室の窓からは広々とした太平洋が見渡され、漁船が行き来するのが見えました。そんな景色に見とれて授業時間を過ごしました。

私の隣の席の男の子は、クラスの腕白坊主の腰巾着で、放課後などにその腕白に唆されて「あっさりしんじめえ」(蜆売りの声に私の旧姓、進士をかけて)と囃し立てるので、嫌な子でした。並びたくなかった。

その学校ではお弁当の時にお味噌汁の給食があり、大抵は大根の葉のお味噌汁でした。その頃の私はおみおつけを飲むとおなかが痛くなり(家の朝食はパン)葉っぱは嫌いでしたから、とても飲むことが出来ません。「おめえ、味噌汁嫌か。おれ飲んでやる」といつもその子が飲んでくれました。たまにお豆腐の時は「今日は豆腐だから飲め、うめえぞ」と言ったりしました。

その頃、虫下しに「海人草(かいにんそう)」という薬湯を学校で飲ませられました。これがまた嫌な臭い。とても喉を通る代物ではありません。ぐずぐずしているといつものように「おれ飲んでやっから」と私の分も飲んでくれました。

その日家に帰ってからその話をしたら、母から叱られたのなんのって。

「お薬なんですから二人分飲ませたら大変です」母はすぐさまお手伝いさんを連れてその子の家を訪ねていきました。帰って来た母は「山奥の人の暮らしも大変だったけど、漁師の生活もまた大変ね」と嘆息をついていました。それから二・三日後でしたか、その子のお母さんが「家で作ったものです。お嬢ちゃんがお好きだと家の子が言いましたので」と鰯の味醂干しを沢山持っていらして「奥様どうかご心配なさらないで下さい。家の子は頑丈ですから」と言って帰られました。でも私は自分の軽率さを心から恥じました。その子のお弁当のおかずは毎日味醂干しでした。

わが家では流行歌を歌うことは禁じられていました。その子は「おめえは何でも出来るのにこんな歌も知んねえのか。教えてやっぺ」と休み時間に校舎の陰で歌の特訓をしてくれました。

忘れちゃいやよ　　　作詞　最上　洋

月が鏡であったなら
恋しあなたの面影を
夜毎うつして見ようもの
こんな気持ちでいるわたし
ねぇ　忘れちゃいやョ　忘れないでね
（以下省略）

「ああそれなのに」「二人は若い」「もしも月給があがったら」（以上三曲ともに作詞サトウ・ハチロー）と「忘れちゃいやよ」などの流行歌でした。

サトウ・ハチローの作品は大衆受けして流行ったのでしょうけれど、軽々しい歌詞で詩的ではありません。氏の戦後の童謡もいいものもありますが、作曲に助けられていて歌詞だけを読むとしみじみと心に沁みる抒情がないものが多いように思われます。

昭和十一年に渡辺はま子が歌ったこの歌は、大変流行したということです。しかし流行歌を歌ったということで渡辺はま子は女学校の先生を辞めさせられたと聞きました。歌そのものも公序良俗に反するとの理由でレコードは発禁処分になったとのことでした。

統制はますます厳しくなっていきました。巷では「上海だより」（佐藤惣之助）などが流行っていましたが、私たちは無邪気に昭和十四年の日々を過ごしていました。

五年生の五月、私は元の学校に戻りました。転校してすぐ唱歌の時間に次の歌を習いました。なんといい表現の歌詞かと好きな歌でした。テストの時、先生が「進士はいい声だね」と仰いました。一ヵ所忘れたところがありますので、尋常小学唱歌の教科書を見たのですが載っていません。

さみだれ　さみだれ　しとしとと
晴るるともなく降り続く
燕は濡れつつ餌をあさり
柳の糸をぬひて飛ぶ
――（忘却仕り候）
なぎさのあやめも濡れそぼち
小鳩はひねもす巣にこもり
ただ　ほろほろと低く鳴く

同じ年、国語では次の詩を習いました。

母馬子馬　　尋常小学国語読本巻九

母馬子馬
沼の岸
夏の夕の柳かげ

母が番して
子の馬は、
ゆつくりゆつくり水を飲む。

圓く廣がる
水の輪が、
いくつも出ては消えるたび、

水にうつった
三日月が、
ゆら〱見えたりかくれたり。

母馬子馬
沼の岸、
柳のかげが暮れて行く。

六　旅の夜風（愛染かつら）　西條八十

一
花も嵐も踏み越えて
行くが男の生きる道
泣いてくれるな　ほろほろ鳥よ
月の比叡を独り行く

二
優しかの君ただ独り
発たせまつりし旅の空
可愛い子供は女の生命
なぜに淋しい子守歌

三
加茂の河原に秋長けて
肌に夜風が沁みわたる
男柳がなに泣くものか
風に揺れるは影ばかり

四
愛の山河　雲幾重
心ごころを隔てても
待てば来る来る愛染かつら
やがて芽をふく春が来る

（作曲　万城目正）

私の子供の頃は多くの家庭では流行歌は歌われていませんでした。特に子供が歌うなんてとんでもないと禁じている家庭が多かったようでした。私の家でも誰も流行歌は歌いませんでした。流行歌は通俗的で下品な歌と思われていたのです。ラジオは大人の聞くもので子供が勝手に触る物ではありませんでした。現在のように各家庭で朝からテレビが聞えてくるような時代ではありません。今はテレビからどんな歌も子供の耳に入りますしそれを子供が歌っても咎める大人はなく、大人の歌う歌と子供の歌の区別は殆ど無きに等しくなりました。私は子供向きの歌番組をテレビで聞く事が多いのですが、大人の歌の真似のような歌詞、騒々しい曲が多く、子供の情操を養うにはどうかと思われる歌ばかりです。

戦時下の学徒勤労動員の文集を集めていた頃、工場に動員するにあたって、「流行歌は歌わないように」という禁止事項が学校から言いわたされたと書かれた文集が多くありましたから、流行歌は生徒の品性を低めると考えられていたものと思われます。

私が小学校低学年の頃でした。小学校への通学路に映画館がありまして、帰り道には映画「愛染かつら」の歌が大きな声で流れていました。映画館の前にはトーキー完備という看板が出ていて、掲げられた大きな看板には上原謙と田中絹代の画が描かれていました。とても評判の高い映画で、近所のお手伝いさん同士が連れだって見に行ったらしく感想を話しているのを聞きました。

「旅の夜風」は私が初めて自分で覚えた流行歌でした。勿論人前でも家でも歌ったりは出来ませんが、歌詞は心の中に今でも覚えています。映画の話の筋ははっきりとは知らないのですが何処で読んだかうろ覚えに少し。

先年長野の家からの帰りに別所温泉の北向観音の境内にある愛染かつらの木を見ました時に「悲しき子守唄」を思い出しました。

悲しき子守唄　　西條八十

可愛いおまえがあればこそ
つらい浮世もなんのその
世間の口もなんのその
母は楽しく生きるのよ

子供を抱いた田中絹代が映画「愛染かつら」の中で歌うと聞いた記憶があるのですが。

これらの歌が流行った頃でした。「京都でほろほろ鳥の料理を出す料亭が多くなった」「比叡山にはほろほろ鳥はいない」とか雑誌で読みました。母は婦人雑誌はとっていなかったので多分お隣の若い奥さんのを拝見したものと思います。その頃連載されていた『永遠の良人』もそのお宅で読んだ記憶がありますから。

後年行基の歌に出会いました。

山鳥のほろほろとなくこゑきけば父かとぞおもふ母かとぞおもふ　　行基

和泉式部集には次の歌があります。

かりのよとおもふなるべし花のまに朝たつきじのほろろとぞなく　　和泉式部

また蕪村の「北寿老仙をいたむ」には雉子の鳴く声として

友ありき河をへだてて住にきけふはほろろともなかぬ

とあり、連歌には次の句があります。

ほろほろと朝露はらふ雉子かな　　肖柏

古来、雉子の鳴く声は、「ほろほろ」とか「ほろろ」と聞き表されていたものと思われます。西條氏はその伝統的な擬声語に従って雉子をほろほろ鳥と表現されたものと私は思います。ほろほろと鳴く雉子の声と悲しみの涙がほろほろと流れるとがかけられています。「ただでさえ悲しいのに、雉子よ、その悲しみを更に誘うようにほろほろと鳴いてくれるな」という意味です。

ホロホロ鳥はアフリカに生息している鳥です。西條氏はそれを詠まれたのではありますまい。

学校への通学路の角にお菓子屋さんがあり、エチオピア饅頭の看板がかかっていて、黒い人の絵が描かれていました。私は母から色が黒いと言われていてその上髪の毛がカールしていましたので、誰かにその看板の黒い人に似ていると言われないかと思ってお菓子屋さんの前を走って通りました。その頃エチオピアはイタリアと戦争をしていました。

その頃の事でした。活動写真嫌いの母に連れられて映画を見に行きました。「モダンタイムス」と「オーケストラの少女」でした。どういうわけか二度とも土曜日で「今日は映画を見に行くのでお迎えが行きますから早く帰るように」と母が言い、お手伝いさんが母の手紙を持って学校に迎えに来ました。先生にご挨拶して教室を出る時に、先生が「いいなあ、進士はこれから東京か」と仰いました。母の何時も書く学校へのお届の手紙の「この段お届け申し上げ候」の中には何と書いてあったのかと不思議に思いました。今考えると両方とも有名な映画でしたので母が見たかったものと思います。

チャップリンの「モダンタイムス」で印象に残っているのは、一日中ボルトを締める仕事をしている職工さんが、道を歩く女性の洋服のボタンを見るとついボルトを締める動作をしてしまう場面と、工員たちの食事の時間の短縮の為に自動食事食べさせ機を作って食べさせる機械の場面で、休む間もなく次から次へと食物が口に押し込まれる場面に恐怖を覚えました。その頃の私は食べ物の好き嫌いが多くて食事の時間が嫌でしたから、あんな機械が出来たらどうしようかと思いました。

「オーケストラの少女」は楽しい映画で、ディアナ・ダービンの扮する少女がおしゃまさんでお友達のいそ子ちゃんに似ていました。

「うちの大きいお嬢さまはディアナ・ダービンに似ていらっしゃいますね」とお手伝いさんは母に言っていましたが、私は自分にはあんな勇気と積極性がないなあと思っている六、七歳の頃でした。学校では入学早々から先生にもお友だちにも「テンプルちゃん」と呼ばれていました。シャリー・テンプルは米国映画の有名な子役俳優とききました。

七　兄さんの出征

青木　浩

一　発車を告げるサイレンに
どっと　とどろく　ばんざいの
かんこの中で兄さんは
「行ってきます」と唯一語

二　兄さん家(うち)は気にせずに
僕がいるから大丈夫
心の中(うち)でさういって
黙って振った紙の旗

三　汽車が見えなくなったとき
思はずしらず　ばんざいと
一人叫んだ僕の声
ああ兄さんは行ったのだ

四　僕も大きくなったなら
兄さんみたいに天晴な
日本男児になるんだよ
日本男児になるんだよ

（昭和十三年・キングレコード）

日中戦争が始まると童謡にもこのような歌が出て来ました。子供達が将来立派な兵隊さんになるようにとの意図を込めて作られたのでしょう。こうして子供の心に知らず知らずの中に戦争賛美、大きくなったら立派な兵隊さんになってお国の為に尽くさなければならないという気持ちを培っていったのでしょう。

私にはこの歌は、寂しくても一生懸命涙をこらえて耐えているように聞こえました。「汽車が見えなくなったとき／思はずしらずばんざいと／一人叫んだ」子供の悲しみが嘆きが「ああ兄さんは行ったのだ」という一節に表われているように思われ、ちっとも勇壮でないところが好きでした。だから戦後何十年にもなるのに歌詞をしっかりと覚えているのでしょう。

一　山彦ほい　山彦ほい
呼んだら出て来い　急いで来い
おやつのお菓子がまだあるぞ
わけてやるから　来い来い来い来い

二　山彦ほい　山彦ほい
呼んだら出て来い　走って来い
兵隊ごっこのお仲間に
入れてやるから　来い来い来い来い来い

（題名・作詞者名不詳）


今年一月八日の新聞の声欄に、長崎の六十五歳の女性の方の、航空自衛隊のイラクへの先遣隊派遣についての投書があり、そこに「兄さんの出征」の歌詞が引用されてありました。戦後一度も聞いた事はなかったのに、やはり覚えていらした方があったのだと胸の熱くなる思いでした。

あの戦争中の頃の子供たちの遊びには兵隊ごっこが盛んでした。女の子は決まって看護婦さんの役でしたから、私は兵隊ごっこには加わらなかったのですが、その他に

どんぐり兵隊　　作詞者不詳

一　どんぐり兵隊たんころろ
　茶色の洋服鉄かぶと
　かけ足かけ足一連隊
　山道ころげてすってんてん
二　どんぐり兵隊たんころろ
　落ち葉のトーチカ散兵戦
　草にかくれて一連隊
　日向ぼっこですってんてん
三　どんぐり兵隊たんころろ
　北風小風がラッパ吹く
　赤い夕日に一連隊
　子供に蹴られてすってんてん

も陣取り合戦や「かいせん（開戦？）じゃあ」なんて遊びもありました。この歌ほどそんなに戦時色の強くない無邪気に見える童謡の中にも、戦争の影響はだんだん色濃く入ってきて。

「どんぐり兵隊」はとても軽やかな曲なので小学生の頃よく歌いましたが、鉄兜・トーチカ・散兵戦などという軍隊用語がそのまま歌われていて、子供が何の抵抗もなくそれを理解したのは、まさに戦争の中にどっぷりつかっていたからでしょう。後年、斎藤茂吉の『赤光』の「青山の鉄砲山」を読んだ時、この歌を思いました。

　ゆふ日とほく金にひかれば群童は眼つむりて
　　斜面をころがりにけり　　斎藤茂吉

戦時中の童謡には「どんぐりの兵隊」という題名の歌は多いのですが、どれもこの歌とは違います。このような童謡は敗戦と共に消えてしまって資料も記録もありません。昔のレコードを持っておられる方がおられない限りは消え失せてしまいます。こうして戦時中の童謡の多くは忘れられました。

昭和十六年、小学校五年生の時でした。日本放送協会の小学校合唱コンクールに出場する為に、五年生八クラスの中から二十余名が選ばれて、六月頃から夏休みも毎日登校し熱心に練習に励みました。課題曲は「母」。

母　　作詞・作曲者不明

一　母は我が家を照らす月か
　やさし　やさし　愛の光
　闇をはらひ　いつもまどか
　曇るなし　かくるなし
　母を　母を　ほめよ　讃へよ

二　母はみ国の後楯か
　強し　強し　愛の力
　子等を送る　鉄の心
　（揺らぐなし　たゆむなし）？
　母を　母を　ほめよ　讃へよ

この二番の歌詞の恐ろしさ。こうして無邪気な子供に銃後の母のあるべき理想像を刷り込んだのです。後年、教育の雑誌に教材文の取り扱いを連載をしていた時に、二番の歌詞を引用しようと思いましたら（?）の所があやふやなのです。あんなに練習した歌を忘れるなんてと思い、あの頃の友達たちに聞きましたが、誰も歌詞は正確に覚えていません。日本放送協会にも何度も問い合わせましたが、戦時中のことで資料はないと、とうとう判らずじまいでした。

一昨年のこと、あの頃一緒に歌った友達がインターネットで検索して見つけたと、コピーを持って来て下さいました。それには「昭和十六年度　第十回課題曲」とあり、その時の優勝校の校名まで載っているのに、二番の歌詞は全く変えられていました。こうして事実は消されてしまいます。全国小学生合唱コンクールで小学生が歌いましたのに。

昨年は正月早々から「日本がアメリカのイラク戦争に加担することに反対です」という意見広告を新聞一頁全面に出そうとの呼びかけに大忙しでした。四五九二名の賛同者があり、一月二十九日の新聞の一頁を蟻の頭のような小さな文字の全員の名前で埋め尽くした意見広告が出ました。

その日娘の家に行った夫が、保育園児の孫にそれを見せて説明をすると、孫は目敏く私の名を見つけ「おじいちゃんのお名前はないの」と聞き、夫が女の人達がしている事だからと話すと「それじゃ、男の人達は賛成なの」と聞いたそうです。

その夜夫は「参った。参った」と帰って来ました。私は戦争を体験した私たちには、女性の力で世の中を変えなければという気負いがあることに気づき反省しました。戦争に反対なのは夫も同じなのに、何故夫に声を掛けなかったのかと反省をしました。消さなければならない歌を再び作らないような世の中にと心から思います。

八　孝女白菊の歌

落合直文

阿蘇の山里秋深(ふ)けて
眺寂しき夕まぐれ
いづこの寺の鐘ならん
諸行無常と告げわたる
折しも一人門(かど)に出で
父を持つなる少女(をとめ)あり
年は十四の春あさく
色香ふくめるその様は
梅か桜か分かねども
末頼もしく見えにけり
父は先つ日遊狩(かり)に出で
今なほおとづれ無しとかや
軒に落ちくる木の葉にも

筧(かけひ)の水の響にも
父や帰ると疑はれ
夜な夜な眠るひまも無し
分きて雨降るさ夜中は
庭の芭蕉の音しげく
なくなる虫のこゑごゑに
いとど哀れを添へにけり
斯かる寂しき夜半(よは)なれば
ひとり思ひに堪へざらむ
菅の小笠に杖とりて
出で行くさまぞ哀れなる
八重の山路を分け行けば
雨はいよいよ降りしきり

さらでも繁き袖の露
あはれ幾たび絞るらむ
俄かに空の雲晴れて
月の光はさし添へど
父を慕ひて迷ひ行く
心の闇には効(かひ)ぞ無き
遠くかなたを眺むれば
ともし火一つぞほの見ゆる
いづこの里か分かねども
それを知るべにたどりゆく
松杉あまた立ち並び
あやしき寺のその中に
読経のこゑの聞ゆるは

如何なる人のおこなひか
籬（まがき）も半ば破れくづれ
庭には人の跡もなく
月のかげのみ冴え冴えて
梢のあたり風ぞ吹く
門べに立ちておとなへば
幽かにいらふ声すなり
待つ間ほどなく年若き
山僧ひとり出でて来ぬ
（以下省略）

明治二十一年に発表されたこの詩によって落合直文の文名は大いに挙がったと伝えられています。なにしろ五五四行からなる長編叙事詩ですので、その始めの少しの部分のみ掲載するにとどめます。この詩は井上哲次郎の長編漢詩「孝女白菊詩」を翻案して作られたということですが、当時二十八歳の直文のこの詩の方が世の評判になりました。

あらすじを簡単に紹介しますと、「時は西南戦争の頃、熊本藩士の父は戦に行き、白菊は母と共に戦場の城下を逃れて、阿蘇の山里に住んでいましたが、母は心労から病に伏しそのままはかなくなってしまいました。そこへ父が帰って来て二人で暮らしていましたが、ある日父は狩りに出たまま帰って来ません。そこで白菊は父を探す旅に出ました。行き暮れた白菊が一夜の宿を若き僧に頼みます。翌朝早くに若き僧の勤行の妨げになってはと別れも告げずに出発します。その後多くの艱難辛苦にあった末父と巡り合う事ができました。母は今はの際に、白菊咲ける野路で赤ん坊を拾い、行く末幸せ多かれと白菊と名付けた事などを言い残しました。あの若き僧こそは父から勘当されていた息子で、白菊の義理の兄でした。その後三人幸せに暮らしました」というお話。七五調美文の抒情的叙事詩です。

子供の頃、「講談社の絵本」という絵本があり、毎月買ってもらっていました。曾我兄弟・万寿姫・孝女白菊・牛若丸・木村重成や浦島太郎・一寸法師などの御伽噺、いろいろな分野のお話や童謡画集・漫画集などがありました。どの絵本も絵が上品で美しく、文章も丁寧できれいな言葉で書かれていました。後に有名な画家になられた方々が若い頃お画きになっていたとのことでした。

巻末にはいろいろなお話が載っていました。私はそれを読むのもまた楽しみでした。

『孝女白菊』の巻末にはこのお話が更に詳しく書かれていて、落合直文の簡単な略歴と「孝女白菊の歌」の始めの方が載っていました。解説には「この詩は直文先生二十八歳の時の作で、三歳の童子もこれを口ずさむといはれた程評判で広く歌はれました」と書かれてありました。

「講談社の絵本」は昭和十一年から十三年までに五十九巻、以後十九年までで二二〇巻出版され、一冊四十五銭、後に五十銭。子供の絵本としては当時お値段が高かったようです。

落合直文にはこの他に「騎馬旅行」(明治二十六年)「楠公の歌」(明治三十二年)「四條畷曲」「陸奥の吹雪」(明治三十五年)などの長編叙事詩があります。

「騎馬旅行」は在独公使館付武官だった陸軍中佐福島安正が任期を終えて帰国した時の話です。ただ一人馬に乗ってベルリン・ワルシャワ・モスクワ・ウラルを越えてシベリア・蒙古・満州を通ってウラジオストックまで、四カ月を費やして帰ったということです。シベリア鉄道のまだなかった頃、出発は明治二十六年二月でした。この壮図は日本国内で大評判になり、直文はこれを題材として、七

ポーランド懐古　　（一・二・三節略）

四　淋しき里にいでたれば
　　此処は何処（いづこ）と尋ねしに
　　聞くもあはれやその昔
　　亡ぼされたるポーランド

五　彼処に見ゆる城の跡
　　此処に残れる石の垣
　　照らす夕日は色寒く
　　飛ぶも寂しや鷓鴣（しゃこ）の影

六　栄枯盛衰世の習
　　その理は知れれども
　　斯くまで荒るるものとしも
　　誰かは知らん夢にだに

（以下省略）

五調一千余行の長詩を作りました。その中のポーランドを通過したところが、「ポーランド懐古」という題で愛唱されました。

「楠公の歌」の第一章「桜井の訣別」は多くの人に愛唱されました。

一　青葉茂れる桜井の
　　里のわたりの夕まぐれ
　　木の下蔭に駒とめて
　　世の行く末をつくづくと
　　忍ぶ鎧の袖の上に
　　散るは涙かはた露か

「あはれ血に泣くその声を」と六節までありますが、あまりにも有名なので残念ながら割愛いたします。「尋常小学唱歌」の本には載っていないこの歌を全部覚えているのは、いつどこで習ったのでしょうか。
先年、石清水八幡宮・大山崎・水無瀬を尋ねた折、桜井の里まで行きました。青葉茂れる公園に楠公父子の別れの場面の銅像があり、この歌を歌いながら戦時下に受けた「七生報国」などの歴史の授業を振り返りました。落合直文はこの南朝の悲劇に心惹かれたのか和歌も沢山あります。

色香をばわか木の花にうつしおきておのれちりゆく桜井の里
桜井の里のなごりの色よ香よやがて吉野の花とさきにけり

陸奥の吹雪

一　しら雪ふかくふりつもる
八甲田山のふもとばら
吹くや喇叭のこゑまでも
こほるばかりのあさかぜを
ものともせずにををしくも
すすみ出でたる一大隊

（以下省略）

で始まり十節まであるこの詩は、明治三十五年一月二十三日、八甲田山に雪中行軍を行った青森歩兵第八連隊第二大隊の将兵二百十人が、猛吹雪に遭ってほとんど全員が凍死するという惨事を取り上げたものです。

落合直文は歴史や社会的事件を題材にして叙事詩を作ったところに他の詩人と違った特色があり、またこの他に外国の作品の翻訳詩もあります。新しい形の詩を作り出すに当たっては相当の苦心をされたとのことで、近代詩の成立にあたっての先人の苦悩も偲ばれます。

落合直文（一八六一～一九〇三〈明治三十六〉年）国語学者・国文学者・歌人・詩人。歌人として「萩の家」と号し、その歌風は温雅典麗といわれています。浅香社を結成し、門下に与謝野鉄幹・金子薫園・尾上柴舟などがいます。

落合直文の歌として大変有名な歌に

緋縅（ひおどし）の鎧をつけて太刀佩（は）きて見ばやとぞ思ふ山桜花

があり、「緋縅の直文」と呼ばれていますが、次に私の好きな直文の歌の幾つかをあげました。

むかし誰がよろひの袖にちりにけむ荒れにし城の山ざくら花
山寺の鐘もきこえてすみぞめのたもと恋しき秋の夕ぐれ
おぼろ夜の月も更けぬとわが友のかへりしあとに笛落ちてあり

今日もまたうつくしき尼に逢ひにけり梅が香かをる岡崎の里
をちかたに笛の音すなりさ夜ふけて月にねられぬ人やあるらむ
夕ぐれを何とはなしに野にいでて何とはなしに家にかへりぬ
よみさしし君が詩集のその中にひとひらいれぬ白芙蓉のはな
細殿にひろひし扇ひらき見れば恋の歌かけり誰がおとしけむ
渡殿をかよふ更衣の衣の裾に雪とみだれて散るさくらかな
藤壺に歌あはせありと小式部を召したまひけり春の夜の雨

落合直文の和歌には、抒情的な作品や与謝蕪村の俳句に通う王朝趣味の物語的絵画的な作品が多くあります。与謝野晶子の歌はその師与謝野鉄幹の歌より、鉄幹の師の落合直文の影響を強く受けているのではないかと私は思います。

九　「二階の女」

櫻といふ字を分解すれば二貝の女が気にかかる
戀といふ字を分析すればいとしいとしといふ心

私の若かった頃勤務していた学校でのこと、教員の懇親会や歓送迎会などで宴も酣（たけなわ）になるといつも年配の男性の先生が、いいお声でこんな歌を口三味線交じりで唄われました。地方の師範学校を卒業されたこの先生は、赴任した私の生年を尋ねられて、「僕が教員になった年にお生まれになったのですね」と感慨深そうにおっしゃいました。

その頃の新制中学校の先生には師範学校卒業の方や高等師範学校卒や旧制帝国大卒や幼稚舎から大学までの慶応ボーイの方等、学歴や経歴の多彩な方々がおられました。勿論兵役の体験のある方も多くおられました。それらの方々はそれぞれ色々な学識や趣味や芸をお持ちで多士済々でした。

私が小学一年生の時「サイタ　サイタ　サクラガ　サイタ」をお習いした後でした。担任の先生が「上の学年になるとサクラを漢字で習うようになるよ」とおっしゃって、黒板に漢字で櫻と書かれ

「こんな難しい字は『二貝の女が木にかかる』と覚えておくと間違えないよ」と教えて下さいました。昔の師範学校ではどこでも児童に漢字を覚えさせる方法としてこんな事を教えたのでしょうか。戀の字を小学生に「いとしいとしと」と教えたかは疑問ですが、言い得て妙と先人に敬意を表します。櫻は「二貝の女は木がへんだ」ともいいます。

「二階の女」という戯曲があります。獅子文六の原作を飯沢匡が反戦劇に仕立てた作品で、その内容をかいつまんで書きますと

「新婚の夫は研究者で家の二階は資料で一杯。夫は一日中助手を使って二階で仕事に追われています。若い妻は夫が二階に密かに女を住まわせていると疑います。夫を始め周りの人は若い女性の助手と夫との関係を妻が疑って嫉妬しているのではないかと思います。妻はその女の顔や着物の色まで指摘するのですが、助手とは違う女です。夫の助手は結婚して外地に去りますが、妻は二階に女がいると主張し言い続け、やがて夫の許を去ります。

昭和十六年十二月、二階の部屋にいった夫は青い顔をして降りてきて、妻の言ったのと同じ顔をして同じ着物を着た女をそこに見たと言います。

その日、十二月八日の朝、妻が言い続けた色白の顔の臙脂の羽織を着たその女が、二階から階下に姿を現し高々と哄笑します」

妻が二階に住んでいると主張した「気にかかる」二階の女は「気が変」な女でした。

その女性の名は櫻、櫻は日本国に譬えられます。人々が自分の仕事に気を奪われていて気づかぬ中に、妻には見えている事を聞き流している中に、ある日突然それは戦争という形で正体を現します。そうなっては手遅れです。

一九八二年三月初演のこの劇の内容は知らなかったのですが、その題名から類推して観劇しましたが考えていた通りの内容でした。

この戯曲を読むと渡辺白泉の有名な俳句

戦争が廊下の奥に立つてゐた　　白泉

を思い出します。

先頃ある方が京の都の歴史的古さを強調されたのか「京都の人は戦争というと太平洋戦争の事ではなくて応仁の乱の事を指すということよ」と言われました。

戦史研究会の『原爆投下前夜』によると、「昭和二十年七月三日米国統合参謀本部が京都・広島・小倉・新潟の四都市を爆撃してはならぬと命令した。これこそが原爆投下用に温存される主要目標だった」とあります。

これはB29の各都市への爆撃の効果があまりにも大きかったので、原子爆弾の威力を示し、その成果を正確に知る事が出来なくなる事を恐れて温存したということです。ともかく米国は軍事に於ける原子爆弾使用の効果を知るために、その都市の地形から考えて実験的にこの四都市を選んだのです。

原爆投下の第一目標に京都を定めていたということは、この時点での米国は敵国日本に物的にも人的にも如何に甚大な被害を与えるかが第一の目的で、その他には如何なる考慮も払っていなかったということが分かります。太平洋戦争下の各都市の爆撃の被害や悲惨さを知っておられる賢明な京都人はゆめそんなことはおっしゃらないはずです。

『二階の女』の劇の内容は、櫻の字への「二貝の女が木にかかる」「二貝の女は木がへんだ」の共通認識を抜きにしては理解出来ないでしょう。戦後の桜で教育を受けた人には題名だけではきっと気づかれないと思います。

退職後私は近くの大学に中国語と中国文字の授業を受講しに通いました。中国語の発音は難しくなかなか物にならなかったのですが、その文字にもお手上げ状態でした。現代の中国文字は新しい文字になっていますので、日本の漢字の知識では読めません。この文字で教育された中国の若い人には中国の古典は読めないのではないかと余計な心配をし、中国の人との筆談は無理と悟りました。

その点では現代台湾文学の方が読み易かったのは旧字のせいでした。

小学五、六年の時の担任の先生は学校一という算術教育の得意な先生でした。その故か高等科のクラスで算術を教えておられたので、担任の私たちのクラスの授業は修身・算術・国語・音楽だけでした。他の教科はそれぞれ別の先生が教えて下さいました。これは私にとっては幸いでした。

歴史の先生は後鳥羽上皇が隠岐に配流させられた時の御製や後醍醐天皇の笠置山を落ちられた時の御製を、はらはらと涙を流しながら吟誦される尊皇の方でした。幼い頃から古い子供向けの歴史の本などに親しんでいた私にとっては、それはそれで面白く伺いました。

我こそは新島守よ隠岐の海の荒き波風心して吹け　　後鳥羽上皇

さしてゆく笠置の山をいでしよりあめの下には隠れ家もなし　　後醍醐天皇

その頃友達から熊の字を「ムこうのやまに月がでた、ヒがでたヒがでた、四つでた」と習いました。

朝日歌壇には次のような歌が度々載っています。

木缶（かん）木ワ米コヒ三と書けばそう難しくない鬱という文字

リンカーンはアメリカンコーヒー三杯と唱えつつ書く今日の鬱の字

前の歌は鬱という字は大変難しいので「利（き）かん気（き）は米コヒさん」と連想されたのでしょうか。
実際の鬱の字は「木缶木ワ※凵（かん）ヒ三」となり、鬱の部首は鬯（ちょう）で凵は容器、※は米、ヒはさじです。
ワープロ・パソコンと機械で字を書くことが増える今日この頃、忘れる文字の何と多いこと。

十　雨ニモマケズ

宮沢賢治

雨ニモマケズ
風ニモマケズ
雪ニモ夏ノ暑サニモマケヌ
丈夫ナカラダヲモチ
欲ハナク
決シテ瞋ラズ
イツモシヅカニワラツテヰル
一日ニ玄米四合ト
味噌ト少シノ野菜ヲタベ
アラユルコトヲ
ジブンヲカンジョウニ入レズニ
ヨクミキキシワカリ
ソシテワスレズ

「叔父様　ご本をお送り下さいましてありがたうございました」葉書にここまで書くと、その後が続きません。ぼんやり庭を眺めていると松葉牡丹が咲き、池には睡蓮が咲いています。青い空にはぽっかりと雲が浮かんでいます。葉書の空白の部分は無限に広いように思われて、長いこと机に向かって途方に暮れていた私自身の姿が、今でもこの詩を読む度に目の前に浮かびます。

小学生の私に叔父は月毎に本を送って下さいました。本好きの私は叔父からの本を楽しみにしながらも、その度にお礼状を書くのが苦痛でした。今考えると本を読んだ感想でも書けなかったのかと思うのですが。

野原ノ松ノ林ノ蔭ノ
小サナ萱ブキノ小屋ニヰテ
東ニ病気ノコドモアレバ
行ツテ看病シテヤリ
西ニツカレタ母アレバ
行ツテソノ稲ノ束ヲ負ヒ
南ニ死ニサウナ人アレバ
行ツテコハガラナクテモイイトイヒ
北ニケンクワヤソショウガアレバ
ツマラナイカラヤメロトイヒ
ヒデリノトキハナミダヲナガシ
サムサノナツハオロオロアルキ
ミンナニデクノボウトヨバレ
ホメラレモセズ
クニモサレズ
サウイフモノニ
ワタシハナリタイ

昭和十二年七月、日中戦争が始まるとすぐに叔父は召集されました。父は二人兄弟でしたから私には唯一人の叔父でした。

学生時代大学の学生劇団「自由舞台」に参加していた叔父は、卒業後は映画会社で舞台照明の仕事をしながら、大学院で美術の研究をしていました。叔父には常に特高（特別高等警察）がついていて、時々「Tさんご在宅ですか」と動向を尋ねて来たそうです。

戦争が始まるや否やの逸早い召集はその思想故で、左翼的な人は最初に軍隊に取られたとの事、それは懲罰の意味をもち、すぐ最前線に送られたということを後に知りました。

昭和十一年から二十年間の歳月をかけて書かれた野上弥生子の『迷路』には、その頃の日本の社会の状況が詳しく書かれています。

どういう訳か叔父は戦地には行かず、広島の部隊に配属され、昭和十二年から昭和二十年の終戦までをずっと軍隊に取られたままでした。本のお礼状の宛て先の広島市の住所を今も覚えています。

先年、テレビで叔父が聖徳太子の画像について、その師會津八一先生の説を説明しているのを偶然見ました。叔父は會津八一先生の弟子でもありました。

『キュリー夫人伝』『旧約聖書物語』特に『シェークスピア全集』の『ハムレット』『マクベス』『リヤ王』『ジュリアス・シーザー』などは、暗記するほど読んで、「永らうべきか、死すべきか、それが問題だ」「尼寺へいけ。尼寺へ」などと言って遊んでいました。

『人間はどれだけのことをしてきたか』のシリーズは苦手で、連載されていた「点子ちゃんとアントン」ばかり読んだ記憶があります。

これらの本の中に宮沢賢治の『風の又三郎』があり、「貝の火・蟻ときのこ・セロひきのゴーシュ」など六編のお話が収められていて、中でも「貝の火」は印象深い作品でした。昭和十四年十二月発行、定価二円、羽田書店。

その本の中表紙に「雨ニモマケズ」が載っていました。

この詩を読んだ時に何故か前に読んだ悉達多（シッタルタ）の話を思いました。王子シッタルタは王宮深く大切に育てられました。ある時、王宮の東の門を出ると苦しんでいる病人に、次の日、西の門を出ると衰えた老人に、南の門を出ると死人に、北の門を出ると……と、それぞれ人々の嘆き苦しむ姿に出会い、出家してお釈迦様になられたというお話でした。
「雨ニモマケズ」の中の「東ニ…、西ニ…、南ニ…、北ニ…」の所は、お釈迦様のお話によく似ていると思って読みました。
宮沢賢治は昭和八（一九三三）年九月に、三十七歳の若さで亡くなりました。人口に膾炙している「雨ニモマケズ」は賢治の晩年の作品で、その死後、手帳に書き付けてあったのが発見されましたので、この詩には題がなく、最初の一行をとって仮の題にしたということです。従って「手帳より」とか「十一月三日」という題名になっている本もあります。

授業で、妹とし子との永訣の悲しみを綴った宮沢賢治の詩「永訣の朝」を教える度に、「松の針」「原体剣舞連」「稲作挿話」「春と修羅」「高原」等を読ませました。

星めぐりの歌　　　宮沢賢治

あかいめだまの　さそり
ひろげた鷲の　つばさ
あをいめだまの　こいぬ
ひかりのへびの　とぐろオリオンは高く　うたひつゆとしもとを　おとすアンドロメダの　くもはさかなのくちの　かたち大ぐまのあしを　きたに
五つのばした　ところ
小熊のひたひの　うへは
そらのめぐりの　めあて

この詩には賢治自身の曲がついています。

これらの詩を教えるに当たっては前もって花巻周辺の賢治のゆかりの地を歩きました。高村光太郎の筆で刻まれた宮沢賢治詩碑、「下の畑にゐます」と書かれた黒板のある野の師父の家、賢治の愛したイギリス海岸、羅須地人協会等など。賢治はその短い生涯に『銀河鉄道の夜』『注文の多い料理店』『よだかの星』等の多くの童話や沢山の詩や短歌や文章と仕事を残しました。宮沢賢治の世界は広く、賢治の研究者は多くおられます。

次に賢治の多くの短歌の中から十六歳の頃の作品を。

中尊寺青葉に曇る夕暮れのそらふるはして青き鐘なる

桃青の夏草の碑はみな月の青き反射のなかにねむりき

（桃青は芭蕉のこと）

十一　大貫（海老沢）先生の思い出

一　けわしい山道　日が暮れて
　谷間に夜霧が　寄せてくる
　旅人乗せて　ゆく馬の
　歩みもいまは　重からむ
二　お前もおなかが　空いたろと
　やさしくいたわる　馬方の
　言葉のまこと　聞きわけて
　馬も疲れが　なおるだろう
三　虫をも鳥をも　草木をも
　あわれむやさしい　思いから
　とうとく高く　美しい
　人の心の　花が咲く

ある日出勤の道すがらふいにこんな歌が口をついて出ました。小学四年生の時にお習いした歌で、殆ど思いださなかったのですが。口ずさみながらはっと気が付きました。あの頃「虫をも……」を「虫男も鳥男も草木男も」と、馬の名前と思っていて、馬方は面白い名を付けるのだなあと感心した事を。こうして何十年も経って気が付く事が多々あります。

小学校四年の五月から担任になられた先生は、とても熱心な方でした。音楽も国定教科書に載っていない歌を教えて下さり、それらの歌を今も懐かしく覚えています。

その年先生は結婚なさり姓が変わられました。奥様は小児科のお医者様でした。私たちは先生の新しい姓に馴染めなくて、旧姓でお呼びしていました。男の人は「小糠三合あれば婿にいかない」と言うけれど、結婚すると姓が変わるのが当たり前になっている女の人は、厭じゃないかしら。漢学者の祖父が姓にあわせて文学を愛し、幸せな人生を送るようにと調べてつけたという私の名前を他の姓につけたら変じゃないかしら。私は結婚しても姓を変えたくないわ。男の人も女の人も結婚しても姓を変えない世の中に出来ないものかと思いました。

五年の時担任は変わり、私も転校してしまいましたが、小学校六年間を通じて最も心に残る先生でした。私が女学校に入学した年、先生は中学校の先生になられたと伺いました。

勤労動員先の工場の教官室に、出欠の報告に行きましたら、偶然先生がいらして「おお進士か。体はどうだ。元気にやっているか」と訊ねて下さいました。その後、戦災その他でその地を離れた私は、先生に時折お手紙を差し上げるのみで、お目にかかる機会はありませんでした。

幾十年か経て、先生はご病気になられ、お嬢様が医院を開業しておられる滋賀県堅田に転居されましたので、仲良しのKさんとお見舞いに伺いました。先生はお元気で、進士に見せたいとあちこちご案内下さいました。

Kさんと「またお伺いしましょうね」と約束しましたのに、暇な時間も沢山ありましたのに、実現させられず日は過ぎました。

転校先の小学校で私と同学年だった方が、中学校一年の時に先生が担任された生徒さんで、偶然大津にお住まいでした。先生思いの方で時々先生を訪ねておられ、その度に先生のお宅から一緒にお電話を下さいました。

その方からある日「先生はお元気ですがお齢です」とのお便りが届きましたので、すぐにその方と一緒に先生をお訪ねしました。先生はお元気で日立の会瀬小学校の頃の思い出話をし、クラスの皆をよく覚えていらっしゃいました。

帰ってから、東海村にお住まいの友達に先生のご様子をお知らせして「あなたのお話もなさったわよ。健康優良児に選ばれた子で進士の家の方から来ていた子とおっしゃったので、お鮨屋のM子ちゃんかしらと申しあげたら、そうそう家は鮨屋でSさんといったな。どうしているかなとおっしゃっていらした」と話しましたら、「いい先生だったわね」と言って、次のような話をして下さいました。

「冬になると浜の方から来ていたAちゃんたちは学校に来られないいって言うのよ。赤ちゃんのお守をしなければならないからってね。そしたら先生がAちゃんたちに赤ん坊を負ぶって来いっておっしゃったの。AちゃんもEちゃんたちも赤ちゃんを負ぶって学校に来たのよ。

授業中に赤ちゃんが眠ると、『みんな座布団持って来い』って先生がおっしゃって、みんなで椅子に敷いていた座布団を教壇に並べてそこへ赤ちゃんを寝かせたのよ。だからAちゃんたちはみんな学校を休まずに来られて喜んでいたわ。それをとても印象深く覚えているの。本当にいい先生だったわね」と。

寒い季節長く病気をして学校をお休みしていた私は知らなかった事で、初めて聞く話でした。でも、もしかしたら私はそんな友達がいることに気も付かない、他人に無関心な子どもだったのではないかと、我が身を振り返って反省させられる話でもありました。

クラスのみんなが先生が好きだったのは、そんな先生の思い遣りの故だったのでしょう。勉強の時間での厳しいご指導も、そんな地域の子どもたちの、学力低下を防ぎたいとの先生のお心遣いだったのでしょう。それまで眠っていたような私も、この先生に受け持っていただいてから目が覚めたように思います。

その学校は小さな漁港のそばの高台にありましたので、家が漁師の方が多くおられました。お母さんたちも浜に出て働いていましたから、暖かい季節は赤ちゃんを背負って浜に出ていらしたのでしょうが、潮風が冷たい頃になると小学校の子どもは家で子守をさせられたのでしょう。冬になると鰯の目刺しや頬刺しを籠に背負って、売りに来る小母さんたちの姿もよく見かけましたから、赤ちゃんのお守りは子どもの仕事だったのですね。

M子ちゃんの話を聞きながら、たしか、寺田寅彦の随想に「小学校の級友の多くが赤ちゃんを背負って学校に来るので、羨ましく思った。弟妹がいない私は」とあったのを思いだしました。（昭和二十五年版やそれ以後の全集類には載っていません）子どもが赤ちゃんをおんぶして学校に通い、家で弟妹の子守をさせられたのは、私たちの世代までだったのでしょうか。こうして子どもたちは忍耐する心を身につけていったように思います。

先生をお訪ねしてから半年後、先生のご逝去を伺いました。おみ足がお悪いお体で小雨の降る中を通りの角まで出て、立って待っていて下さったお姿が目に浮かびます。「お元気ですがお齢です」と、それとなく私が伺う事を促して下さったお友達に感謝しています。

冒頭の歌も次の歌も、題名も作詞者名も覚えておりませんが、今でもよく歌います。

一　ひばりのおうちは　麦の中
　　生まれたばかりの　子が五つ
　　可愛い顔して　居りました
　　　〽ソレハ　ナイショナイショ
　　　　ナイショ　ナイショナイショ
　　　　ナイショ　ナイショナイショ
　　　　ナイショヨー

二　あの子はいじわる　へそまがり
　　いたずらする子に　水かけろ
　　三年からすが　言っていた
　　　〽繰り返し

三　きらきらかんざし　お振り袖
　　金襴長持　間箪笥（けんだんす）
　　姉さまもうすぐ　お嫁入り
　　　〽繰り返し

十二　仰げ軍功

得丸一郎

一
めざまし今日の　戦況を
新聞記事で　読みながら
将士を偲び　字がかすむ
　ああ感激の　この涙
　み国のために　身を賭した
御恩がなんで　忘らりょか

二
歓呼うづまく　駅頭で
日の丸振って　見送った
雄々しい姿　目にのこる
　ああ凱旋は　声もない
あなたの犠牲　あればこそ
戦史にかをる　この大捷

三
真先かけた　突撃に
流した朱の　血の色を
白衣の袖に　しのばせる
　ああ軍功の　傷痍章
あなたの傷は　東洋の
平和を築く　手柄傷

四
夕日の彼方　大陸に
戦火はなほも　続くとき
遙かに遠い　大空を
　ああ仰いでは　今日も又
将士に感謝　捧げつつ
銃後を守る　この心

（昭和十四年・コロンビア）

日中戦争が始まると新しい童謡のレコードの発売も少なくなり、軍歌のレコードが多く作られました。（この頃は軍国歌謡とか戦時歌謡とか言う人もいますが、私達は当時すべて軍歌と言っていました）

私はこの歌が好きで何度も繰り返し蓄音機で聞きました。二番の歌詞が好きで特に「ああ凱旋は声もない」は、心に深くしんと染み入るようで悲しい気持ちになりました。この歌は「父よあなたは強かった」（作詞　福田節）のレコードのB面にありました。両方とも二葉あき子が歌っていて、美しい声だなあと思いながら聞いたので二葉あき子の名も心に残りました。戦後「夜のプラットホーム」や「水色のワルツ」を聞く度にもう一度彼女の声でこの歌を聞きたいと思いました。

この歌は我が家のレコードで聞いただけで戦争中にも他で聞いたことはありません。なんとなく戦争に否定的な感じの曲でしたので、歌われなかったのかと思っていました。戦争末期には厭戦的という理由で歌うのを禁止された軍歌もありましたから。皆に親しまれた有名な「戦友」もその一つでした。

十三　隅なく晴れた月今宵
　　こころしみじみ筆とって
　　友の最後をこまごまと
　　親御へおくる　この手紙

十四　筆の運びは拙いが
　　行灯のかげで親たちの
　　読まるる心思いやり
　　思わずおとす　一しずく

（戦友）

私は「戦友」の歌詞のこの部分が好きですが、「軍律きびしき中なれど／これが見捨てておかりょうか」が軍規に反するというのが当局の禁止の理由でした。

さて、「仰げ軍功」ですが、歌詞は四番までしっかりと覚えていますが、この歌の題名がわかりません。ですから私にとっては幻のような歌でした。戦中も戦後も他の人が歌っているのを一度も聞いた事がないのですから。

二〇〇一年五月、「ＳＰレコードでたどる戦中・戦後～流行歌と童謡を中心として～」という特別企画展が九段の昭和館で催されるという小さな記事を新聞で見ました。見たいと思いましたが目まいがする身となりましたので、人込みは駄目。

展示会場は案に相違して誰もいません。一人で会場を見て回っていると、思いがけず我が家にあった「父よあなたは強かった」と寸分違わないレコードが展示されているではありませんか。長年知りたいと探し求めて来た歌の題名はあの裏にある筈。思わず学芸員をお呼びして、一瞬でもいいからそのレコードの裏の題名を見せて戴けないかと頼みました。でも展示物は動かせないとのこと。それでもと粘ったら、学芸員はパソコンに入っているかどうか確かめて来ますといって、暫くすると題名・作詞者作曲者名・歌手の名を書いた紙を渡して下さいました。題名は「仰げ軍功」。

長い間知りたいと思っていたあの歌の題名に違いないと勝手に判断しました。折角レコードがあるのに聞かれないのは残念でした。

それを待っている間に童謡のコーナーを見ていると「兄さんの出征」という題名のレコードがありました。これはあの童謡の題名に違いないと確信しましたが、蓄音機で聞けたらどんなにいいだろうと心残りで、どうしたらこれらのレコードを聞けるかと学芸員の方にお願いをしたりしました。そんな話をしていると年配の紳士が一人会場に入って来られて私達の側に立っておられましたので、学芸員に質問がおありなのだろうと思い話を切り上げました。ともかく今まで判らなかった歌の題名が二つも判ったのですから、大収穫、来て良かったと大満足でした。

その紳士は静かに会場を見ておられ、私に声をかけて下さいましたので暫くお話をしました。クラシック専門のＳＰレコードを収集していらっしゃるとのことでした。その夜遅くにそのＳ氏からお電話で、昭和館のレコードの所有者Ｍ氏に連絡をしたからと、Ｍ氏が昭和館にいかれる日を知らせて下さいました。

この展示会はＭ氏が収集されたレコード約三万五千枚を昭和館に寄託されて開催されたということでした。早速Ｍ氏にお目にかかりに行きましたら、「仰げ軍功」と「兄さんの出征」の歌詞カードをコピーして下さいました。歌詞は覚えていた通りでした。

Ｓ氏はその後ＳＰレコードの会で「仰げ軍功」を見つけたので買って来たとおっしゃって、歌をテープにとって送って下さいました。

ああその歌を聞いたのは何十年ぶりだったでしょう。思いがけない、人との出会いもあるものと、Ｓ氏にお目にかかれたことに感謝しています。

昭和十三年、東京朝日新聞社が「皇軍将士に感謝の歌」を懸賞募集しました。「護国の神となられた英霊・傷つける身を病床にいこふ傷痍軍人・大陸奥地に進撃を続ける幾多の将士に銃後の国民の感謝の熱意を捧ぐべき」との趣旨でした。発表は十二月。

一位当選作　「父よあなたは強かった」
佳作一位　「兵隊さんよありがとう」
佳作二位　「仰げ軍功」

兵隊さんよありがとう　　橋本善三郎

一　肩をならべて兄さんと
　今日も学校へ行けるのは
　兵隊さんのおかげです
　お国のために　お国のために戦った
　兵隊さんのおかげです

（二～四番略）

かつて東洋平和のためにと戦い、子供たちは軍歌を歌わされました。軍歌は戦争応援歌です。その悲惨な戦争の体験によって日本は再び戦わないことを誓いました。今、国際貢献の美名の下に血を流すことの無い事を、無言の帰国を「あなたの犠牲あればこそ」と再び美化する事のない事を切に願っています。

十三　朝顔につるべとられてもらひ水　千代女

小学校五、六年の頃、国語の授業で蕪村の句などと一緒にこの句を習いました。ある朝、庭の朝顔を見ながらこの句を口ずさんでいると、母方の祖母が次のような話をしました。

祖母の話　その一

千代女が若かった頃のこと、俳句を習いたいと思って、ある宗匠に弟子入りを志願しました。けれども宗匠は「女の弟子などとんでもない。女に俳句が出来るはずがない」と相手にしてはくれません。千代女は日参して宗匠の家の玄関先に坐り込んで頼みました。根負けした宗匠は「ほととぎすという題で句を作りなさい。よい句が出来たら弟子にする」と言いました。

千代女は玄関先に坐ったまま一晩中考えましたが句が出来ません。夜は次第に白々と明けていきます。その時一句出来ました。

ほととぎすほととぎすとて明けにけり

宗匠は大層感心して弟子入りを許しました。

この句は「ほととぎす」という題を与えられた千代女が夜通し苦吟したというだけでなく、古来から、風流人はほととぎすの鳴く声を聞きたいと思って夜を明かすという伝統的な意味をそこに重ねているので、宗匠が感心して入門を許したということです。

祖母の話　その二

千代女の俳人としての名が高まると、大名の奥方が会って見たいと思い、ある日千代女は御殿に呼ばれました。御殿女中たちも有名な女流俳人を一目見たいと、ずらりと奥方の前へ集まりました。

千代女は大層太っていたそうで、その姿を見ると奥女中たちは目ひき袖ひきして忍び笑いをしました。その気配を察した千代女は早速奥方の前で一句

ひと抱へあれど柳は柳かな

それを聞いた奥女中たちは恥じいったということです。千代女は奥女中たちの態度にやんわりと抗議したのです。

その頃、友達から『ああ玉杯に花うけて』（佐藤紅緑著）を借りて読んだ私は、大きくなったら私も一高（旧制）にいきたいと言いました。そしたら女は入学出来ないと聞かされました。

母に尋ねると、女性は高等学校（旧制）ばかりか大学にも入れないこと。女子大と言うが正式には女子大学校で専門学校であること。女性の入学を許可している大学は二・三に過ぎないことなどを話

しました。

祖母から千代女の話を聞いた私は、明治維新で日本は近代国家になったと聞いていたが、江戸時代も今も変わっていないじゃないか、なんて不合理なこと、私が大きくなったらそんな制度は変えたいと切に思いました。

それから何年かが過ぎ、敗戦後の昭和二十二年、私は大阪の女学校の五年生でした。二学期の始まったある日のこと、「あなたがたも高等学校（旧制）を受験することが出来るようになりました。しっかり勉強して合格して下さい」と若い女性の先生が嬉しそうにおっしゃいました。長く心に思って来たことが実現し、自分たちがその門を開くことが出来るのだと嬉しく思いました。と同時にこの先生もまたそれを念願しておられたのだと思い、そしてこれまでどれほど多くの女性たちがそれを望んできたかに思いを致しました。

早速お友達のお兄さんが受験に使われた参考書などをお借りしたりしました。その時女学校と中学校の授業の差に気づきました。家事・被服・お作法など女学校には家庭科関係の授業が週に七時間位あります。その時間に中学校では数学・英語・理科などの授業をしているのだとすれば、五年の間に中学生（旧制）との間にはどんなに学力の差がつくことか。何と不公平なことでしょう。

その頃ホームルームで「男女共学は是か非か」などと論じていました。皆は男女同席という形の上の議論をしていましたが、私は男女に学力差のつかない教育の機会均等を願っていました。私はそれまでの目先の学校の勉強にのみ明け暮れた日々を後悔し、閉ざされた門を開くためには、自分に実力がなければならないことを痛感し、千代女の話を思い出しました。

戦時中の女学校では敵性語ということで英語の授業が廃止になりました。私は中等学校では男女を問わずすべての学校で廃止されたものとばかり思っていました。

先年、私たちが戦時下の女学校の勤労動員の全国的な調査をして一冊にまとめました時、外国語の授業廃止の通達を見ました。なんと通達の最後に「中学校ニ於ケル外国語教育ハ必ズシモ高等女学校ト同様ニ断ズベカラザルニヨリコレガ措置ニツイテハ一層慎重ナ考慮ノモトニ…」という但し書きがあるではありませんか。中学校では英語の授業は続けられていたのです。ここにも女性に対する差別がありました。工場などへの勤労動員は男女の差なく同じにされ働かされましたのに。

戦災ですべての家財を失った私の戦後は学校に通うにも情けない思いをしました。物の無い時代でしたから売ってはいません。聞こえよがしに陰口を言う人もいました。そんな時には、「柳」の句を思い出し、品性の無い心の貧しい人間にはなるまいと思いました。

祖母から聞いた千代女の話も句も事実ではなく言い伝えに過ぎないものでしたでしょう。祖母はこれらの話を通して人としての生き方を、小学生の私にそれとなく語ったのだと今にして思います。

千代女は江戸時代の女流俳人。(元禄十六年一七〇三―安永四年一七七五)。加賀国松任の人。号は素園。五十一歳の頃落髪して千代尼と呼ばれたと伝えられています。生前、『千代尼句集』『松の声』が刊行されています。千代女には次のような句があります。

蝶蝶や何を夢見て羽づかひ

春雨や土の笑ひも野に余り

夕顔や女子の肌の見ゆる時

落鮎や日に日に水のおそろしき

音添うて雨にしづまる砧かな

「夕顔」の句の解釈とはことなりますが、私はこの句を読むと『源氏物語』の夕顔の巻の、「花の名は人めきて、かうあやしき垣根になん咲きはべりける」あたりの描写・場面が思われて、千代女も扇を夕顔の花にそえて差し出した「生絹(すずし)の単袴を長う着」た童を思ったのではないかと想像しています。

なお千代女の作として名高い、

起きてみつ寝てみつ蚊帳の広さかな

蜻蛉つり今日はどこまでいったやら

や「ほととぎす」の句などは、「千代女さん蚊帳が広けりゃ寝てやろか」などという戯れ句が作られるほど、多くの人々に知られていますが、伝説的なもので千代女の作とは言えないということです。

十四　他郷の月

中村秋香作詞　ヘイス作曲

よくとよろこぶ父母の君
あれ姉上と駈け来る妹
恋しき我が家に嬉しや今
帰ると見しは夢なりけり

宵の時雨は跡なく晴れて
傾く月に雁鳴き渡る
あはれあの雁もまた我がごと
別れや来つるその故郷

たしか小学三年生の時でした。音楽室で教えて下さったのは担任の先生ではありません。

三年生は男女組でしたが、この歌をお習いした時男子はいなかったようです。女子のお友達がいたのかもはっきりは覚えていないのですが、先生が「お寮舎でこの歌を歌うと皆で泣いたのよ」とおっしゃったのを鮮明に覚えています。女子師範のお寮での事だったのでしょうか。音楽の先生は子どもの私には年配の方のように思われましたが、ばあやさんが赤ちゃんをおんぶして来て、小使室（当時はそう言っていました）で赤ちゃんにおっぱいを飲ませていらっしゃるのをお見かけしましたから、お若い先生だったのでしょうね。

戦後は「冬の星座」という題名で歌われていますが、私には「他郷の月」の方が懐かしく、よく歌います。

秋夜懐友　　犬童球渓　作詞

一　手馴れの小箏共にかきなで
　　澄みゆく月をめでしも今は
　　夢と過ぎつつ友また遠く
　　吾れのみひとり淋しき窓に
　　変わらぬ月を眺めぞあかす
　　とわたる雁よ思いを運べ

二　端居の夕べ手をとりかわし
　　行く末までも今宵のままと
　　誓いしものをその友今は
　　海山遠きかなたの里に
　　なきゆく雁をいかにか聞ける
　　み空の月よ俤（おもかげ）うつせ

（大正三年）

「他郷の月」と同じ時、この歌もお習いしました。二曲とも子供に教えるには歌詞が難しいように思われますが、少し大人びてセンチメンタルなところが気に入っていました。

ライトン作曲のこの歌は今は「ほととぎす」という題名の歌として知られています。

旅泊　　　大和田建樹　作詞

一　磯の火細りて　更くる夜半に
　　岩うつ波音　ひとり高し
　　かかれる友舟　ひとは寝たり
　　たれにか語らん　旅の心

二　月影かくれて　からす啼きぬ
　　年なす長夜も　明けに近し
　　起きよや舟人　遠方(おち)の山に
　　横雲なびきて　今日ものどか

（明治二十二年）

明治時代に作られたこの歌詞は、次にあげる有名な中国の詩に何となく似ています。

楓橋夜泊　　　張継

月落ち烏啼いて霜天に満つ
江楓漁火愁眠に対す
姑蘇城外の寒山寺
夜半の鐘声客船に到る

一人旅する旅人の、孤愁の思いや情景が、この詩に似ています。作詞者にもこの詩が念頭にあったのではないでしょうか。

イギリスの曲というこの曲にはいろいろな歌詞が付けられました。佐佐木信綱作詞の「助け船」（激しき雨風天地暗く／山なす荒波たけり狂う／見よ見よかしこにあわれ小舟／生死の境と救い求む）先年欧州の美術館で、この詩の状況を現したような有名な絵を見ました。絵の題名も作者名も忘れましたが、絵の前で思わずこの歌を口ずさみました。

戦後は勝承夫作詞の「灯台守」という題名の（凍える月影空に冴えて／真冬の荒波寄する小島／思えよ灯台守る人の／とうときやさしき愛の心）という歌詞で歌われています。

追　憶　　作詞者不明

一　しづめる鐘の音霞に消えて
　　夜の影やをらに野山を覆ひ
　　ものみな静けき夢路に入る宵
　　過ぎし日偲びて袂濡らしぬ
　　　涙の露に

二　深くもつつめる我が悲しみを
　　むごくも照らせる月の光の
　　さやけき姿にもとめて泣く身か
　　み神よせめては嬉しき一夜の
　　　夢をばたまへ

スペイン民謡のこの曲は現在は、古関吉雄作詩の「星影やさしくまたたくみ空を」と歌われています。

明治時代には外国からいろいろな曲が入って来ました。それらの曲にはいろいろな詞が付けられました。「故郷の空」「故郷の廃家」「旅愁」「埴生の宿」「庭の千草」などは有名で長く歌い続けられていますが、一つの曲に幾つもの作詞や訳詞が付けられた曲も多くあります。戦時中はドイツの曲以外は外国曲は聞くことも歌うことも禁じられましたが、そのドイツの曲も歌詞が変えられたのがあります。

私は女学校一年生の時お習いした「故郷を離るる歌」の歌詞が、「園に微笑む小百合よ茨の花よ／しばし汝れと別れん千草の花よ／今日の門出を笑みて語らん／さらば故郷／さらば故郷さらば故郷故郷さらば（二番略）」（桑田つねし詞）とあり、家で歌っていたのと違っていたので、その頃から興味を持って外国曲の日本の歌詞を調べ書き留めています。変えられた理由についても考えています。

十五　啄木の歌

しらしらと氷かがやき
千鳥なく
釧路の海の冬の月かな

石川啄木

「塾では何をお習いしているの」

「今は短歌を習っているの」

「石川啄木なんてお習いしている。しらしらと」と言いかけたら、小学生の孫が「氷かがやき千鳥なく」と続けて「うち、この歌好きよ」「おばあちゃんも大好きな歌よ」と言うと、「啄木には故郷を詠んだ歌が沢山あるわね」と孫が言いましたので、啄木の歌を二人で幾つか暗唱しあいました。

さいはての駅に下り立ち
雪あかり
さびしき町にあゆみ入りにき

函館の青柳町こそかなしけれ
友の恋歌
矢ぐるまの花

やはらかに柳あをめる
北上の岸辺目に見ゆ
泣けとごとくに

等と、その他にも故郷を歌った歌を沢山覚えていました。塾の国語のテキストを見ましたら、短歌も俳句も近代歌人や俳人だけでなく現代の作品も載っています。これを全部覚える小学生は大変だなあと改めて思いました。

大形の被布の模様の赤き花
今も目に見ゆ
六歳(むつ)の日の恋

祖母と母が「この頃はお被布を着る子供を見なくなったわね」とこの歌を口にしながら茶の間で話しているのを聞いたのが、私が啄木の名を聞いた初めでした。時に私六歳。

この頃七五三で着ている袖なしちゃんちゃんこのようなのを、いつからお被布というようになったのでしょうか。

私が『一握の砂』『悲しき玩具』を母の本箱から引っ張り出して読んだのは今の孫より少し年下の小学三年生くらいの時でした。

砂山の砂に腹這ひ
初恋の
いたみを遠くおもひ出づる日

砂山の裾によこたはる流木に
あたり見まはし
もの言ひてみる

いのちなき砂のかなしさよ
さらさらと
握れば指のあひだより落つ

私はどうしてかこれらの歌がいたく気に入りました。その頃私の住んでいた家の前の断崖を下りると広い砂浜で、私はよく一人で砂浜で遊んでいました。浜に残る雁木の悲しい話を思いながらお話を作ったりするのが好きでしたから、砂浜の流木に何処から来たのと言ってみたりしました。後年、陸前高田の高田松原で「いのちなき」の歌碑を見ました。高田松原は長大な松原で広い砂浜の遠浅の海岸です。『一握の砂』の冒頭の歌群はここで詠まれたのでしょうか。

教室の窓より遁げて
ただ一人
かの城址に寝に行きしかな

私の在職していた学校の古い卒業生についての話です。ある日彼は授業中に教室の窓から逃げて、そのまま登校されなかったという話が伝説として伝わっているのを聞きました。私と同年のその方は現在名のきこえた詩人です。

私の担任していた高校三年の生徒の話。

先程廊下でその生徒の顔を見ましたのに、五時限目の授業にいったらおりません。六時限目は私は空き時間でしたので、何処かで倒れていやしないかと校舎中を探しトイレの中まで捜しましたがいません。この学校の運動場の中に「怠けの森」という小さな林があります。もしやと思いそこへ行くと、いました。仰向けに寝て、それとなく世間話をしながら話を核心に触れていくと、どうやら失恋でした。涙ながらの少年の話を聞きました。下校時刻位まで話をしたその生徒は、何かふっきれたような明るい顔になりました。何時も私は聞き役に徹します。話している中に彼等自身で心の整理が出来ていくようでした。こんな風にして私は多くの生徒の様々な悩みを聞きました。時には喫茶店に場所を変えたり、夕食を一緒にしたりと、そんな時は子供の保育園へのお迎えを、職場の夫に急遽頼みこむという電話をして協力を得ました。少年期から青年期に変わる年頃の生徒の悩みは多様です。それに対応する教師の私は疲れます。教師には勉強する時間と共に、心の余裕を持てる時間を、たっぷり与えて欲しいとつくづく思います。教師の心が擦り切れたり、余裕がなかったりしてはいい授業も生徒指導も出来ないのですから。

不来方のお城の草に寝ころびて
空に吸はれし
十五の心

盛岡の中学校の
露台の
欄干に最一度我を倚らしめ

不来方城址・渋民小学校・啄木の下宿した部屋や函館の立待岬などを訪ねましたっけ。

ゆゑもなく海が見たくて
海に来ぬ
こころ傷みてたへがたき日に

学校をさぼって神戸の海を見にいった生徒がいました。父親がその街に住んでいると聞いて。叱責を覚悟で固まっている生徒に「私は時々海を見たくなる時があるのよ。

途中にてふと気が変り、
つとめ先を休みて、今日も、
河岸をさまよえり。

私には実行出来ないけど」と言いました。それ以来同僚の先生方は私を彼の「瞼の母」と言います。私は少年の心を暖かく包み、その洋々たる前途に希望を持たせる社会を作りたいと思っています。国の為に死ぬるが誉れという愛国心教育を受け、勉強もまともに出来ず、爆弾の下を逃げ回った我が少女期を思うと切に。

血に染めし歌をわが世のなごりにてさすらひここに野にさけぶ秋　　石川啄木

『明星』あたりに一行で発表していた歌を、歌集『一握の砂』にした時に三行にして発表しています。自らを新体詩人としての思いの深かった啄木には、短歌的叙情と違う叙情をこんな形にして込めたかったものと思われます。ですから啄木の短歌は三行詩なのです。その啄木の思いは『悲しき玩具』により強く現れているのではないでしょうか。

現代歌人寺山修司氏の短歌はこの啄木の影響を強く受けているものと私は思うのです。

十六　与謝野晶子の歌

たまくらに鬢のひとすぢきれし音を小琴と聞きし春の夜の夢

絵日傘をかなたの岸の草になげわたる小川よ春の水ぬるき

うすものの二尺のたもとすべりおちて蛍ながるる夜風の青き

くだり船昨夜月かげに歌そめし御堂の壁も見えず見えずなりぬ

ゆふぐれを籠へ鳥よぶいもうとの爪先ぬらす海棠の雨

笛の音に法華経うつす手をとどめひそめし眉よまだうらわかき

道たまたま蓮月が庵のあとに出でぬ梅に相行く西の京の山

夕ぐれを花にかくるる小狐のにこ毛にひびく北嵯峨の鐘

春の宵をちひさく撞きて鐘を下りぬ二十七段堂のきざはし

海恋し潮の遠鳴りかぞえては少女となりし父母の家

ほととぎす治承寿永のおん国母三十にして経よます寺

金色のちひさき鳥のかたちして銀杏ちるなり夕日の岡に

病気で長く学校をお休みしていた私は、持っている本は繰り返し繰り返し読み、読み尽くし、暗記するほどでした。新しい本をねだる私に母はほとほと困ったのでしょう。「これでも読んで我慢しなさい」と言って取り出したのが『吾輩は猫である』でした。あの頃地方の本屋さんには子供向きの本はあまりなく、注文して取り寄せてもらっていました。小学一年生に『猫』は殆ど解りませんでしたが、あの本箱の本は勝手に出して読んでいいのだなと思い、漱石全集をつぎつぎと読みました。

その時、漱石全集の中で私が一番面白いと思ったのは『虞美人草』でした。話の筋が解り易かったからでしょう。しかしその後すぐに「漱石の作品の中では通俗で一番の駄作は『虞美人草』である」と書いてある文章を読みました。それを見て私は、自分は通俗小説しか分からない人間なのかと悲観しました。と同時にこの作品のどのような点が駄作なのか知りたいという思いも抱きました。

後に学生の頃に、『虞美人草』の「藤尾」は当時のいわゆる「新しい女」として描かれているのではないか。漱石は「藤尾」を通して「新しい女」に対しての批判を書いたのではないか。それはどのような点かと、女性の生き方と社会について女性史的に考えてみようと思いましたのは、この小学校の頃から漠然と気に掛かっていた思いからでした。

後年、漱石の批判した「新しい女」にはどのような問題点があるのかを『それから』などを参考にして学会で発表したり、女性のこれから目指すべき生き方について『虞美人草』の「藤尾」を中心に取り扱った授業をしたりしました。その頃には、戦後私たちが目指した目標から女性の生き方が大分ずれはじめて来ているように思っていたからでした。

さてとんだ脱線をいたしましたが、話をもとに戻しますと、その漱石全集の入っていた本箱に与謝野晶子の歌集がありました。冒頭に挙げた晶子の歌は小学生の私にも歌の意味が解って、その時きれいな歌だなあと感じて覚えた好きな歌でした。その後歌集を読み返す度に、成長するに従って理解できる歌も多くなりました。

夜の帳にささめき尽きし星の今を下界の人の鬢のもつれよ

は七夕の夜の牽牛と織女の、年に一度の出会いを詠んだ歌ではないかと、勝手に解釈しましたのは小学校高学年の頃のことでしょうか。

道を云はずに後を思はず名を問はずここに恋ひ恋ふ君と我と見る

は意味はよく解りませんでしたが、歌集を読んだ最初から力強い歌だなあと、非常に心に残った歌でした。

ほととぎす嵯峨へは一里京へ三里水の清滝夜の明けやすき

本のこの歌の頁に栞が挟んであり、栞に母の字で次のような歌が書いてありました。山奥暮らしの徒然に覚書として、真似て詠んだものか、第三句に傍線が引いてありました。

ほととぎす池田へ八里剣山へ八里祖谷の渓あひ藤波つづく　（弥生）

小学校五年生の唱歌の時間に「いてふ」といふ歌をお習いしました。この二番の歌詞をこれは晶子の歌を参考にして作ったのかしらと思いつつ歌いました。

いてふ　　尋常小学唱歌

一　五月の朝の丘の上、
日の照りそへば、新緑の
梢さやけく、いさぎよく
晴天を摩す、大いてふ。
王者に似たる姿あり。

二　暮れ行く秋の丘の上、
風そよ吹けば、金色の
小鳥群れつつ飛ぶごとく、
落日に散る大いてふ。
四海を照らす光あり。

その頃「君死に給ふことなかれ」を読み、短歌とは違うところに深い感銘を受けました。
戦後転校した東京の女学校の国語の授業で幕末から明治大正の女流歌人の歌をお習いしました。その中の晶子の歌、

やは肌のあつき血汐にふれも見でさびしからずや道を説く君

を先生がお読みになるのを驚きの思いで聞きました。貞淑・淑徳などを旨としていた女子教育の場で、

このような歌を教えるなどとは、これが戦後の教育なのか。それともこの学校では前からこういう歌を教えていたのか。そうなら私は今までなんと片寄った学校教育を受けて来たのだろう。世の中は広いのだ。自分の生きている社会だけで物事を判断してはならない。「松の緑のいや深く／幾千代かけて色変えぬ／操ぞ高く仰がるる」と校歌で歌っていた、あの日立の女学校でも戦後の変化はあったのだろうか。敗戦を境にして学校教育が、どのように変化したかを同じ学校で体験できなかったのをその時残念に思いました。

その子二十櫛にながるる黒髪のおごりの春のうつくしきかな
清水へ祇園をよぎる桜月夜こよひ逢う人みなうつくしき
髪五尺ときなば水にやはらかき少女ごころは秘めて放たじ
なにとなく君に待たるるここちして出でし花野の夕月夜かな
いとせめてもゆるがままにもえしめよ斯くぞ覚ゆる暮れて行く春
くろ髪の千すぢの髪のみだれ髪かつおもひみだれおもひみだるる

高校の国語教師となった私は、晶子の幾つかの歌と共に和泉式部の歌も講義しました。

くろかみのみだれもしらずうちふせばまづかきやりし人ぞ恋ひしき　　和泉式部

春曙抄に伊勢をかさねてかさ足らぬ枕はやがてくづれけるかな　与謝野晶子

髪ながき少女とうまれ白百合に額はふせつつ君をこそ思へ　山川登美子

しら梅の衣にかをるとみしまでよ君とは言はじ春の夜の夢　増田雅子

三人合著の『恋衣』の冒頭の三人の歌です。

『枕草子』のある段に

中宮さまに内大臣さまが献上なさった御草子を「これに何を書かまし。うへの御前には史記といふ文をなむ書かせたまへる」と中宮がおっしゃいましたのを、わたしが「枕にこそはしはべらめ」と申し上げたところ、中宮が「さは得よ」とおっしゃってご下賜下さりなさいましたのを、とあります。御草子を賜った清少納言がそれに文を書いたのが枕草子と言われています。（枕草子の題名については諸説あります）

「枕にこそはしはべらめ」の「枕」は「白氏文集」の中の「秘省後庁」と題する詩の

槐花雨潤新秋地　桐葉風翻欲夜天

尽日後庁無一事　白頭老監枕書眠

の一節に拠るものと言われています。

清少納言の言葉を即座に中宮が白楽天の詩の一節と理解されて応じられたのが素晴らしく思われます。平安朝の後宮の后妃や女房たちは優れた教養人だったことがわかります。なお枕草子の冒頭の四季の文章は天皇方の『史記』にあわせたものと思われます。

与謝野晶子の「春曙抄に」の歌は、この白氏文集の知識を前提にして詠まれたものでしょう。従って当然ここでは「春曙抄」でなければならず、書物なら何を重ねてもいいという訳ではないのです。

『恋衣』の広告がでると「日本女子大学校当局は硬化して、山川登美子・増田雅子を停学処分にすることにした。「恋」の字を堂々と掲げた歌集を公にして、恋歌を披露するとは、女子大生の体面を著しく汚すものである」という理由であったと伝えられています。

母は師でもあった茅野（増田）雅子氏を懐かしがって、茅野蕭々先生の思い出とともに、そんな話を子供の私にしましたので、後年、大学在学中の時私は自分の行動を慎むように努めました。退学させられたら大変ですから。私たちの時代にはもう「恋」ぐらいでは大学も驚かなかったでしょうが、東京女高師の時はまだ何かと制約がありました。『恋衣』の時代は、公立高校の国語教師が、「カンチユウハイ」なんていう恋の歌の載る歌集を出版して、人々にもてはやされるなどという今の時代からは、考えられない時代であったと思われます。


それとなく紅き花みな友にゆづりそむきて泣きて忘れ草摘む

という有名な山川登美子の歌がありますが、福井県小浜市の小浜公園の中の、若狭湾が一望できる青井山山頂への途中に海に面して、

幾ひろの波は帆は越す雲に笑み北国人とうたはれにけり　　山川登美子

と彫られた登美子の歌碑が建っています。

その小浜公園の中に、佐久間勉艇長の銅像がたっています。潜水艇の沈没によって殉職した佐久間艇長の話は小学校の教科書に載っていましたので、銅像の前に立ち、夫と共に感慨深い思いでした。

先年私はフランスの南から西へ、そして北からパリへと旅をしました。五月でした。折りからどこも真っ赤なポピーの花盛りでした。

ああ皐月仏蘭西の野は火の色す君も雛罌粟われも雛罌粟

旅の間中、与謝野晶子のこの歌が私から離れず、私は歌が一首も詠めませんでした。

十七　心のふるさと

大木惇夫

南の国のふるさとは
オレンジの花さくところ
あの山蔭の賎(しず)が家に
なつかしやさし
母のおもかげ

瞼にうかぶふるさとは
いつも青空あげひばり
都の雨に泣くときも
こころはしたう
遠き山河

南の国のつばくろは
もとの古巣にいつ帰る
錦をかざれわが子よと
夜ごとの夢に
呼ぶはふるさと

「国民歌謡」という歌がありました。昭和十一年六月から日本放送協会のラジオ番組で、月曜から土曜のお昼、十二時三十五分から五分間放送されました。日中戦争が始まる一年前でした。当時流行した「月が鏡であったなら」などの低俗な流行歌を、青少年までもが歌うのは嘆かわしいというので、みんなが歌うのに健全な歌をということで始められたということです。国民歌謡には島崎藤村詩の「朝」（朝はふたたびここにあり）「椰子の実」（名も知らぬ遠き島より／流れ寄る椰子の実ひとつ）や蒲原有明詩の「牡蛎の殻」（牡蛎の殻なる牡蛎の身の）のような古い詩に新たに曲を付けた懐かしいよい歌や、また国民歌謡として新たに作詞作曲された。この「心のふるさと」や「春の唄」（喜志邦三詞「ラララ紅い花束車に積んで」）のように多くの人に親しまれ歌われた歌があります。

しかし国民歌謡として作られた歌を今並べて見ていますと、このような分野にも早くから、国民の意識を戦争へむかわせようとする当局の意図が読み取れるように思われます。

「母の歌」（板谷節子詞「ごらんよ　坊や　あの海を」）「愛国の花」（福田政夫詞「真白き富士の気高さを／こころの強い楯として」）「出征兵士を送る歌」（生田大三郎詞「わが大君に召されたる／生命光栄ある朝ぼらけ」）「隣組」（岡本一平詞「とんとんとんからりと」）「歩くうた」（高村光太郎「あるけ　あるけ」）などがあり、銃後の国民の戦争応援歌のようになっています。「国民歌謡」は昭和十六年二月には「われらの歌」と名を変えます。この年十二月八日に太平洋戦争が始まりました。

国民歌謡の中の大木惇夫作詞の歌には、他に「夜明けの唄」「祖国の柱」があります。

祖国の柱　　大木惇夫

一　高粱枯れて烏啼く
　　赤き夕陽の国境
　　思えば悲しつわものは
　　曠野の露と消え果てて
　　今は眠るかこの丘に
二　祖国のために捧げたる
　　いとも尊き人柱
　　苔むすかばね霊あれば
　　わが呼ぶ声に冴して
　　塚も動けよ秋風に
三　手向けの花は薫れども
　　赤き夕陽の血に染みて
　　風愁々の音を忍ぶ
　　幽魂ながくとどまりて
　　祖国を護れ亡き友よ

私が大木惇夫の名前を初めて意識しましたのは、次にあげる詩に出逢ってからでした。太平洋戦争は昭和十七年日本軍が南洋の島々を占領し、その戦果が大きく報道されていました。多くの作家や詩人たちが従軍報道班員として参加しましたが、その中に大木惇夫もいました。その時作った詩が「戦友別盃の歌」です。とても印象深く心に残りました。勇壮な詩ではなく、悲壮なセンチメンタルなところに心打たれたようです。それで全部暗誦したのでしょう。

戦友別盃の歌　　大木惇夫

言ふなかれ、君よ、わかれを、
世の常を、また生き死にを、
海ばらのはるけき果てに
今や、はた何をか言はん、
熱き血を捧ぐる者の
大いなる胸を叩けよ、
満月を盃(はい)にくだきて
暫し、ただ酔ひて勢(きほ)へよ、

わが征くはバタビヤの街、
君はよくバンドンを突け、
この夕べ相離(あいさか)るとも
かがやかし南十字を
いつの夜か、また共に見ん、
言ふなかれ、君よ、わかれを、
見よ、空と水うつところ
黙々と雲は行き雲はゆけるを。

小学生の私が覚えたくらいですから、当時多くの人に愛唱されたものと思われます。この詩は昭和十八年になると軍歌風に直されて「海を征く歌」として発表されました。時既にソロモン沖海戦などで戦局は大きく変わっていました。敗色は濃くなりましたが国民には知らされませんでした。

海を征く歌　　大木惇夫

一　君よ別れを　言うまいぞ
　　口にはすまい　生き死にを
　　遠い海征く　ますらおが
　　なんで涙を　見せようぞ

二　熱い血潮を　大君に
　　捧げて遂げる　この胸を
　　がんと叩いて　盃に
　　砕いて飲もう　あの月を

三　僕は遙かな　ツンドラの
　　北斗の空を　振るわすぞ
　　君は群がる　戦艦を
　　南十字の　下に撃て

四　誓い誓うて　征くからは
　　きっと手柄を　たてようぞ
　　万里の雲に　うそぶけば
　　波は散る散る　雪の華

大木惇夫（一八九五―一九七七）詩人。当時は有名な詩人で戦中世代には忘れられぬ詩人です。大木惇夫全詩集三巻があり、その第二巻目は殆ど太平洋戦争賛美の詩です。

その故か氏は戦後人々に忘れられてしまいます。氏の作品の流行歌として、戦中一世を風靡した歌に「国境の町」（橇の鈴さえ寂しく響く／雪の曠野よ町の灯よ）がありますのに。

戦後、氏には訳詞や少年少女むきの世界文学作品もあり、校歌や社歌なども多く作られています。「大地讃頌」は戦後多くの学校で歌われました。「故郷の空」の歌詞で古くから歌われたスコットランド民謡の訳詞をして原詞に近いと評価されました。

誰かが誰かと　　　大木惇夫　伊藤武雄　訳

誰かが誰かと麦畑で
こっそりキッスした　いいじゃないの
わたしにはいい人ないけれど
だれにもすかれる　ネ　むぎばたで

十八　三才女　文部省唱歌

一　色香も深き、紅梅の
　枝にむすびて　勅なれば
　　いともかしこし　うぐひすの
　問はば如何にと　雲ゐまで
聞え上げたる　言の葉は
　幾代の春か　かをるらん。

二　みすのうちより　宮人の
　袖引止めて　大江山
　　いく野の道の　遠ければ
　ふみ見ずといひし　言の葉は
天の橋立　末かけて
　後の世永く　くちざらん。

三　きさいの宮の仰言(おおせごと)、
　御声のもとに　古の
　　奈良の都の　八重桜
　今日九重に　にほひぬと
つかうまつりし　言の葉の
　花は千歳も　散らざらん。

「尋常小学読本唱歌」に載っていてお習いした歌です。この歌は平安時代の三人の女流歌人が、いずれも即席に和歌を詠んだという才知にまつわる逸話を歌ったものです。

第一節の歌詞は紀内侍の話

拾遺和歌集　巻第九　雑下

内より人の家に侍りける紅梅をほらせ給ひけるに、うぐひすのすくひて侍りければ、家あるじの女まづかくそうせさせ侍りける

勅なればいともかしこし鶯のやどはととはばいかがこたへむ

かくそうせさせければ、ほらずなりにけり

この話は『大鏡』にも

「天暦の御時（村上帝）に清涼殿の御前の梅の木の枯れたりしかば求めさせたまひしに」―略―京中を探し歩きましたが適当な梅の木がありませんでした。西の京のある家に色濃く咲いた木で、木の様子のいいのがありましたので、それを掘りとったところ、その家の主人が、木にこれを結びつけて内裏に持ってまいりなさいと、その家の召し使いにいわせなさったので―略―天皇が

「なにぞとて御覧じければ女の手にて書きて侍りける

勅なればいともかしこしうぐひすの宿はと問はばいかが答へむ

とありけるに、あやしく思し召して、何者の家ぞ、とたづねさせたまひければ、貫之のぬしの御女の住む所なりけり」天皇はきまりわるがっておいでででした。

と詳しく載っていますので、当時の世の中では、つとに知られていたものと思われます。

この話は「鶯宿梅」という言葉の故事にもなっています。

第二節は小式部内侍の話

金葉和歌集　巻第九　雑上

和泉式部、保昌に具して丹後に侍りけるころ、都に歌合ありけるに、小式部内侍歌よみにとられて侍りけるに、定頼卿のつぼねの前にまうできて、歌はいかがせさせ給ふ、丹後へ人はつかはしけむや、使ひまだまうで来ずや、いかに心もとなくおぼすらむ、などたはぶれて立てりけるを、ひかへてよめる

小式部内侍

大江山いく野の道の遠ければまだふみもみず天の橋立

小式部内侍の母は和泉式部、和泉式部は平安時代第一の女流歌人です。和泉式部がその夫藤原保昌に従ってその任地丹後の国に下る時、娘の小式部内侍を都の彰子の御殿に残していきました。その後、まだ十四・五歳の小式部内侍は和歌の上手な詠み手として評判されました。それを人々は彼女がひそかに母の和泉式部に代作してもらっているからだと噂していました。

ある時、都で歌合があり、小式部内侍がその出席者の一人に選ばれました。歌合の日に藤原定頼卿がわざわざ彼女の局の外にやってきて、お母さんから歌は来ましたか、まだですか、と尋ねたので、とっさにこの歌を詠んだという有名な話でいろいろな本に載っています。

『袋草子』には「小式部内侍は局の御簾の中から定頼の直衣の袖を捕らえて」「大江山」の歌を詠んだとありますから、痛快です。

この話は高校の古文の教科書にありましたので、私はこの文章を教えるのが好きでした。

第三節は伊勢大輔の話

詞花和歌集　巻第一　春

一条院の御時ならのやへざくらを人のたてまつりて侍りけるを、そのをり御前に侍りければ、そのはなをたまひて歌よめとおほせられければよめる　伊勢大輔

いにしへのならのみやこのやへざくらけふここのへににほひぬるかな

「御前に侍りければ」は、中宮の御前にいたという意ですが、『伊勢大輔集』の詞書によると「歌よめ」といったのは、中宮の父藤原道長だったとのことです。

伊勢大輔がこの歌を詠んだ時、

万葉集　巻三

あをによし寧楽(なら)の京師(みやこ)は咲く花のにほふがごとく今さかりなり　小野老

がその念頭にあったのではないでしょうか。

従って伊勢大輔の歌は、皇室と藤原氏との繁栄を称えた歌になっていて、それが道長の意にかなったのではないかと思われます。

「あをによし」を詠んだとき小野老は太宰少弐で大伴旅人らとともに筑紫にいて、その地になくなったとのことですから、当時の状況から考えて、小野老のこの歌は単純に奈良の都の繁栄を寿んで詠んだ歌ではなく、当時の都での藤原氏の権勢に対する思いを歌の裏に潜ませていると私は思うのです。

ある本によると、歌を詠むようにと命じられたのは紫式部で、それを今参りの伊勢大輔に譲ったとも伝えられています。

幼いときの百人一首の時や小学校の唱歌で「三才女」「才女」(紫式部と清少納言)を習った頃に聞いた祖母たちのこんな話に心ときめかせ、子供の私は平安時代の女流歌人に心ひかれました。

十九　荒城の月

土井晩翠

一　春高楼の　花の宴
めぐる盃　かげさして
千代の松が枝　わけ出でし
むかしの光　いまいづこ

二　秋陣営の　霜の色
鳴きゆく雁の　数見せて
植うる剣に　照りそひし
むかしの光　いまいづこ

三　いま荒城の　夜半の月
かはらぬ光　誰がためぞ
垣に残るは　ただかづら
松に歌ふは　ただあらし

四　天上影は　替らねど
栄枯は移る　世の姿
写さんとてか　今もなほ
嗚呼荒城の　夜半の月

（作曲　瀧　廉太郎）

小学校は小高い丘の上の城跡にありました。鬱蒼とした桜並木のだらだら坂を上って教室に入りました。一段と高い所に職員室や校長室や幾つかの教室。町にある会社の発展に伴って人口が増え、それに従って児童数も急増したので、校舎は一階平屋建ての教室が広い城跡のあちこちに継ぎ足し継ぎ足しされて、学年毎に渡り廊下や階段で繋がっているような学校でした。私達一年生のクラスはたしか十一組までありました。城の石垣はありましたかどうか定かでないのですが、お化けが出るとかいろいろ怖い言い伝えがありました。

中でも怖かったのは二年生の時のお手洗い。便所としか言いようもない所。入り口に裸電球。窓が無いので中に入ると薄暗い。中は床を四角く切って前に板を打ち付けただけの便器。おまけにトイレの裏は鬱蒼とした松林。その中に大きな細長い石の台。首切り台の石と伝えられていました。トイレに入っていると「赤い紙が欲しいか、白い紙が欲しいかと聞く声がして、赤い紙と言うと戸が開かなくなる、白い紙と言うと閉まったままになる」という言い伝えがあって、私達はお友達同士で扉の鍵を閉めずに戸をお互いに押さえ合ってそそくさと入りました。こわかった。

学校続きの裏山の中腹に鳩石という石がありそこから太平洋を見渡して異国の船を監視したと伝えられ、低学年の頃の体操の授業にはよくそこまで登りました。古びた職員室の床下から裏山の鳩石まで地下道が続いているという話。大校庭の後に茂る大きな広い杉林。

丘により志士は護りし助川城
ここに立つ学びや
ああ　かの轟き今日も国を護れり
友よ我が街の工業　誇りあり報国

信時潔作曲の校歌の三番です。信時潔氏はかの有名な「海行かば」の作曲者ですので、この校歌も戦時下に作られたのでしょう。

助川城は助川海防城として徳川斉昭が異国船に対抗す

るために天保七年に築いたと伝えられますから、古城と言われる程古いお城ではありませんが城跡ではありました。

「荒城の月」の静寂とは全く雰囲気を異にした、こんな城跡の学校に育った私は、小学生の頃から「荒城の月」の世界に憧れました。それが後年私をして国の内外を問わず多くの城や城跡に立たしめる事につながっています。

私たちが通学していた頃は児童数三千余名と聞いていたこの小学校は、昭和二十年七月十九日夜半の空襲の戦災で全焼し、学籍簿も全て焼けて残らなかったと聞きました。

戦後しばらくして訪った時には小さい校舎があるのみでした。栄枯盛衰常ならず。

戊辰戦争で多くの城は落城炎上し、また維新後取り壊され、その城跡には小学校や旧制中学校が建てられた所が多くあり、残った城の多くも太平洋戦争の戦災で焼失しました。

「荒城の月」の作詩者土井晩翠は詩のモデルを、会津若松の若松城（鶴ヶ城）跡と仙台の仙台城（青葉城）跡に、作曲者瀧廉太郎は曲想のモデルを郷里大分県竹田の岡城跡によったということは夙に有名です。

鶴ヶ城落城の悲話は白虎隊の悲劇で知られています。戦いに敗れて退却中の白虎隊士たちが城下の炎上を見て落城と思い飯盛山で自刃しました。隊員達の年齢は十五歳から十七歳の少年達で戊辰戦争の悲劇として伝えられています。その墓所に並ぶ墓石の前に立つと可惜の命と偲ばれます。

明日よりはいづこの誰か眺むらむ馴れし大城に残る月影　山本八重

鶴ヶ城に籠城していた山本八重が開城前夜に月下の城閣を仰いで月明を頼りに城の白壁に書き残したと伝えられますが、その城閣も明治七年に全て取り壊されてしまいました。

山本八重はこの後兄を頼って京都へ行き、その後新島襄の妻となり（時に三十歳と聞く）夫の同志社創立を支えました。

なお二本松城（霞ヶ城）にも戊辰戦争で戦死した二本松少年隊の悲劇があります。藩士が出陣した後、城を護った少年隊員は十二歳から十七歳で、決戦して戦死。城は落城焼失しました。直向(ひたむ)きで一途な少年の哀話は戊辰戦争のみならず昭和の大戦にも見られます。

安土城の細く急な坂道を辿ってやっと着いた天守の跡は丈高い夏草に覆われていました。ここから湖が見晴るかせるはずと跳び上がってみたりしましたが夏草に遮られて何も見えず。

雨が降ると坂道は泥濘(ぬかる)んで滑って危ないし天守跡からは何も見えないと生徒達に伝えましたが、実際の紅葉の季節の修学旅行では夏草は枯れて目の前から湖が望めたと生徒達の言葉。先年万葉会の人達と訪れた時には坂道は高い急な石段に整備され私には上れませんでした。

旧制三高寮歌（琵琶湖周航歌）の五番の

矢の根は深く埋もれて
夏草繁き堀の跡

古城に独り佇めば
比良も伊吹も夢の如

私はこの寮歌の中でこの節が一番好きで、この城は何処の城かなあと思いつつ歌っています。安土山の南に堀を作りと伝えられていますし、この寮歌は大津から出発して雄松が里・今津・長浜・竹生島と周り最後は長命寺になりますから安土城かしら。

姫路城・彦根城・備中高梁の松山城・私の訪ねた頃はまだ成瀬家の所有だった犬山城など今なお残る古城は昔を偲ばせて美しい。古い荒城の城跡には近年新しい城が近代建築で復元されたり、公園になったりと昔を偲ぶよすがも無くなりつつあります。

仕事がら春休みの旅の多かった私の訪れた松江城や鳥取城跡などの数々の城跡は、皆桜の花の美しい城跡となっていて人々が花の宴を開いていました。土井晩翠が訪れた頃の鶴ヶ城跡や青葉城跡や瀧廉太郎が親しんだ頃の岡城跡は、ただ松籟のみが響く風情であったことでしょう。

荒城を照らせし月影今いづこ　　郁

二十　田道間守（たじまもり）　文部省唱歌

香りも高い橘を
積んだお舟が今帰る
君の仰せをかしこみて
万里の海をまっしぐら
今帰る　田道間守　田道間守

おはさぬ君の御陵に
泣いて帰らぬまごころよ
遠い国から積んできた
花橘の香とともに
名は香る　田道間守　田道間守

（国民学校初等科三学年）

「古事記」の垂仁天皇の条に

天皇は多遅摩毛理（たじまもり）を常世の国につかわして、ときじくのかぐの木の実を求めさせられました。多遅摩毛理はやっとその国に到着してその実を持ち帰ってきた時に、天皇はすでにお亡くなりになっていました。多遅摩毛理は天皇の御陵の前にその木の実を捧げ持って、大声で叫び泣きながら「常世の国の時じくのかぐの木の実を持って参上しました」と申し上げて、泣き叫びながら死んでしまいました。（口語訳）

と書かれています。この唱歌は「古事記」のこのお話によったものです。ときじくの香の木の実とは今の橘の実のことです。垂仁天皇崩御の御歳は百五十三歳とありますから、多遅摩毛理の年齢もそれくらいになるでしょう。小学生の頃に「日本歴史物語」で天皇の年齢を読みました時にへんな話と思い、日本歴史はお話なのだと思って読みました。因みに崇神天皇の御齢は百六十八歳とあります。

大学の研修旅行で奈良の社寺を見学しました時、唐招提寺の近くの垂仁天皇の御陵を訪ねました。当時の御陵は囲いも表示もなく、古墳の周壕の中に田道間守の陪塚と伝えられる小島がありました。私達は周壕の土手に腰かけて「田道間守」の歌をのんびりと歌いました。現在は天皇陵と伝えられる所は皆同じような柵が回らされて風情はありません。

昭和十六年に小学校は国民学校と改称されました。その年の十二月に太平洋戦争が始まりますから、小学校教育の教材もそれに従って神国日本とか天皇の御稜威とか尽忠報国等の軍国主義教材に変えたものと思われます。従って唱歌も変えられました。

新しい唱歌を保護者達にも教えると、母達は妹の唱歌の授業参観をさせられ、「ささの葉さらさら、のきばにゆれる」（たなばたさま）を習い「口語のお歌になったのね」なんて言っていましたが、「けだかい花よ菊の花、あふぐごもんの菊の花」（菊の花）に込められた天皇賛歌には気づかなかったようでした。

若葉　　初等科音楽　二

一　あざやかなみどりよ
あかるいみどりよ
鳥居をつつみ、わら屋をかくし
かをる、かをる、若葉がかをる

二　さはやかなみどりよ
ゆたかなみどりよ
田はたをうづめ、野山をおほひ、
そよぐ、そよぐ、若葉がそよぐ

野菊　　初等科音楽　一

一　遠い山から吹いて来る
こ寒い風にゆれながら
けだかくきよくにほふ花
　きれいな野菊、うすむらさきよ

二　秋の日ざしをあびてとぶ
とんぼをかろく休ませて
しづかに咲いた野べの花
　やさしい野菊、うすむらさきよ

三　しもがおりてもまけないで
野原や山にむれて咲き
秋のなごりををしむ花
　あかるい野菊、うすむらさきよ

初等科音楽一は三年生、二は四年生用です。妹の唱歌の教科書で読んでこの二つの歌が私は好きでしたが、「野菊」には何となく「耐える少国民」というけはいがあり、「若葉」では鳥居が「神国日本」を思わせられます。「田道間守」も忠臣のお話です。「ウミ」（ウミハヒロイナ大キイナ）「オウマ」（オウマノオヤコハナカヨシコヨシ）「花火」（ドントナッタ花火ダ）等の軍国主義的でない歌もあります。私が好きでしたのは、初等科音楽四（六年生）の「スキー」

山は白銀朝日を浴びて／すべるスキーの風切る速さ／飛ぶは粉雪か　まいたつ霧か／おお　この身もかけるよ　かける

しかし妹ははたしてこの歌を学校でお習いしたでしょうか。昭和二十年四月に六年生だった妹は連日朝から警戒警報や空襲警報の中を通学分団長として下級生を引率して通学したり避難したり、艦載機の機銃掃射の中を道路の側溝に下級生を匿ったりと、満足に授業を受けられる状況ではありませんでした。

国民学校になって教科書が全学年一斉に変わったのではありません。二学年分ずつくらいに変わったのでしょうか。私達は最後までサイタ読本で、ただし卒業は国民学校二回生卒業となっています。国民学校高等科二年生用の教科書が出来たのは昭和二十年ですが、印刷用の紙がなく、印刷することも出来ないほど国内事情が切迫していたので、出版出来ず発行されなかったと聞いています。

因みに尋常小学校高等科は私は長い間二年生までと思っていましたが、教科書は三年生用までありますす。全国各地方に第三学年までおかれている所が少なかったのであまり使われなかったということです。唱歌の本は知りませんが、高等科読本には一般用・農村用等があり、作者名が本名で書かれてあって、小学校読本と違うのが面白い。

昭和二十年八月十五日敗戦、昭和二十二年四月一日国民学校令が廃止され、小学校の名に戻りました。これまでの期間には新しい教科書が出来ていませんから、いわゆる墨塗り教科書は敗戦以来これまでの期間に行われたものと思われます。昭和二十二年から六・三制が実施されます。教科書は間に合って出来たのでしょうか。さてこの六・三制。アメリカの占領軍によっての制度と一般に言われていますが、戦前戦中高等科三年用の教科書が作られていた事を考えると、義務教育を九年間にという思いは日本国自身で早くから持っていたのではないか。戦時中に高等科の授業料を無償にとの案が有ったやに聞き及んでいますが、戦時中の為実現されませんでした。

戦災で焼けてしまった校舎、青空教室、すし詰め教室の戦後の混乱期にあえて新制中学を作ったのには、国民の教育に対する戦後の新生日本のなみなみならぬ国の決意があったのではないかと私には思われるのです。

教養豊かな国民を育成し、教養ある文化的な社会を作る為に、人々が他人を蔑ろにしたりしない、好戦的な人間をつくらない、教養ある国民を育成したい。そんな新しい願いから新制中学校は作られた筈と思うのですが。

第四章　女学生の頃に

一　片　恋

北原白秋

あかしやの金と赤とがちるぞえな。
かはたれの秋の光にちるぞえな。
片恋の薄着のねるのわがうれひ。
「曳舟」の水のほとりをゆくころを。
やはらかな君が吐息のちるぞえな。
あかしやの金と赤とがちるぞえな。

少女達の好みそうな美しいものはみんなみんななくなってしまったあの頃、千代紙だけがありました。だからでしょうか、祖母の他にもいろんな方から美しい千代紙を頂きました。そしてその千代紙も間もなくどこにも売っていなくなってしまうのですが。美しい千代紙は使うのが惜しくて大切にしまっておき時々取り出して眺めて楽しみました。

その頃のノートはインクが裏まで染み出るような紙でした。母が女子大時代に使ったノートの、使わなかった部分を切り外して下さいました。滑らかな美しい紙でした。その紙でノートを手作りしました。大切な千代紙を表紙にして。熱心に何冊も作るので、家族に「帳キチのいっこちゃん」と言われていました。ノートには気に入った詩や和歌や歌詞、自作の詩や和歌を書き留めました。

現在その中の一冊が手元にあります。あの頃、帯芯で手作りした救急袋を肌身離さず持っていました。雨の降るように落ちる焼夷弾の中も、救急袋に入っていて私と共に逃げ延びて戦災を免れた一冊です。このノートに佐藤春夫の「海べの恋」などと共に、この「片恋」が書かれてあります。

女学生の私はこの詩の情景を思い浮かべるとしみじみとした気分になるので好きでした。

空襲が激しくなる少し前の頃、私達子供は学校から帰ってくると着替えさせられ、外遊びから帰ると手と足を湯殿で洗って、また着物に着替えさせられました。ですから季節毎に着せられた着物は今もよく覚えています。その中に美しい格子縞に銀の線の入ったネルの着物がありお気に入りでした。疎開のトランクの数少ない品物の中にそれは入っていて焼け残りました。空襲がひどくなって着物を着て夜の時間を過ごす余裕もなくなったので、疎開荷物の中に母が入れたのでしょう。そしてそれは間もなく戦後の食糧難の最中に、母の着物等と共に食糧と交換されてなくなりました。「片恋」を口ずさむたびにあのネルの着物が思い出されます。どういう人の手に渡ったのかと。

夕方になると着物に着替えた習慣は、戦災・敗戦・戦後の混乱期を経てその後再び復活することもなく現在に至っています。

白秋は「片恋」のような題材を好んだのか、歌集『桐の花』にも次の歌があります。

薄青きセルの単衣をつけそめしそのころのごとなつかしきひと
片恋のわれかな身かなやはらかにネルは着れども物おもへども
　あかしやの金と赤とがちるぞえな、
　　やはらかな秋の光にちるぞえな
ただしづかに金のよき葉のちりかえりいかばかり秋はかなしかるらむ

教師になって初めて教えた教科書には文学作品ばかり載っていました。近代の歌人の作品も沢山取り上げられてありました。その中に白秋の次の歌がありました。

　枯れ枯れの唐黍の秀(ほ)に雀ゐてひょうひょうと遠し日の暮の風　（雀の卵）

その教科書にはどうしてか教師用指導書がありませんでした。昭和二十年代も終わりの頃でした。教師になりたてから私は授業とは常に自分自身の知識と感性と教養のみが頼みの勝負だと悟りました。その体験によって私は在職中ずっと教材作品への取り組みに努力を重ねました。教壇に立てば自分一人が頼りなのですから。

この歌を生徒にどのように教えようかと眺めていますと、「いっこちゃんもそんな歌を人に教えるようになったのね」と母が嬉しそうに言いました。教員になることに反対の母でしたのに。「進士先生というとお祖母ちゃまのことかと思うけど、あなたも進士先生なのね」と言いました。俵万智さんの歌ではないけれど「いっこちゃんを先生と呼ぶ」生徒がいることに感慨無量だったのでしょう。

話はそれますが中・高校生は生徒です。それを教師が「子供」と言うようになってから、世の中が変わって来たように思います。何時の頃からか職員会議の席上でも、生徒のことを「この子は」と発言する教員がおられるようになったのを違和感をもって聞きました。その頃から生徒の幼稚化が目立つようになったような気がします。そして教員自身もまた。

　春の鳥な鳴きそ鳴きそあかあかと外の面の草に日の入る夕

この歌を読むと思い出されるのは万葉集の、

　春の野に霞たなびきうらがなしこの夕かげにうぐひす鳴くも　大伴家持

さなきだに物寂しい春愁の思いを更に深くさせる夕暮れと鳥の声。万葉集には他にも鳥の鳴く声に物思いが一層そそられるという趣の歌が多く見られます。

　大和恋ひ寐(い)の寝らえぬに情(こころ)なくこの渚崎廻(すさきみ)に鶴(たづ)鳴くべしや　忍坂部乙麻呂

　さ夜中に友よぶ千鳥もの思ふとわびをる時に鳴きつつもとな　大神女郎

白秋が自作の詩や歌を朗読したレコードがあり、「春の鳥」の歌や「邪宗門秘曲」などでした。なんとなく少し物憂い調子で読まれた音声は今も耳に残っていて、私自身が白秋の詩や歌を口ずさむ時、自然にその真似をしています。
次に私の好きな白秋の歌を幾つかあげます。

ヒヤシンス薄紫に咲きにけりはじめて心顫ひそめし日
廃れたる園に踏み入れたんぽぽの白きを踏めば春たけにける
病める児はハモニカを吹き夜に入りぬもろこし畑の黄なる月の出
手にとれば桐の反射の薄青き新聞紙こそ泣かまほしけれ
いつしかに春の名残となりにけり昆布干場のたんぽぽの花
なつかしき憎き女のうしろでをほのかに見せて雨の降りいづ
君かへす朝の舗石さくさくと雪よ林檎の香のごとくふれ
歎けとていまはた目白僧園の夕の鐘も鳴りいでにけむ
どれどれ春の支度にかかりませう紅い椿が咲いたぞなもし
佐渡が島雑太の庄に目は盲ひて干すさ筵の粟の粒はや
（山椒太夫哀歌）

終りの一首は白秋が晩年に薄明になった頃の作です。
「なつかしき」の歌に特に心ひかれたのは何故かと今でも不思議に思います。まだ恋も知らぬ女学校低学年でしたのに。

二　ふるさとの　　三木露風

ふるさとの
小野の木立に
笛の音の
うるむ月夜や。

少女子は
熱きこころに
そをば聞き
涙ながしき。

十年経ぬ
おなじ心に
君泣くや
母となりても。

三木露風の詩と言えば「赤とんぼ」があまりにも有名ですが、私はこの詩が好きです。心しなやかな少女子が成人し十年経て母となっても、まだ少女心を失わずに笛の音を聞いて感傷的に泣くやわらかな心を持ち続けているやという詩の意に私は心惹かれました。成人した女性の現実社会での生活の苦労や困難や、そしてまた女性自身が現実社会への慣れの中で持っていく名誉欲・妬心等その他もろもろの世俗的な思いを顕わにせずに、読者に暗に想像させながら美しく感傷的に表現しているところに、少女の私はしみじみと心打たれました。この詩は後に斎藤佳三氏によって作曲されています。

寂しき春　　室生犀星

したたり止まぬ日のひかり
うつうつまはる水ぐるま
あをぞらに
越後の山も見ゆるぞ
さびしいぞ

一日もの言はず
野にいでてあゆめば
菜種のはなは
遠きかなたに波をつくりて
いまははや
しんにさびしいぞ

あふれる春の陽光、ゆっくり回る水車、遙かに広がる青空、一面の菜の花畑を吹き渡るそよ風、そんな風景の中に立って作者は「さびしいぞ」と詠んでいます。その作者の心象風景を表しているといえる言葉は「うつうつまはる水ぐるま」ではないでしょうか。水車は長閑にゆったりではなく、うつうつと憂鬱に回っています。作者の心情を表して。この詩は春愁を詠んだ詩と思いますが、越後の山の向うに作者の見えているものは何でしょうか。「山のあなたの空遠く幸い住む」の詩が思い出され、また「帰りたい。帰れない」という流行歌の一節も思われます。

犀星の詩で最も人口に膾炙しているのは、かの有名な「小景異情　その二」

ふるさとは遠きにありて思ふもの
そして悲しくうたふもの
（後略）

ですが、少女の私の心を惹きつけたのはこの詩でした。越後の山と聞くと「しんにさびしいぞ」と今でも口ずさみます。

海べの戀　　佐藤春夫

こぼれ松葉をかきあつめ
をとめのごとき君なりき、
こぼれ松葉に火をはなち
わらべのごときわれなりき。

わらべとをとめよりそひぬ
ただたまゆらの火をかこみ、
うれしくふたり手をとりぬ
かひなきことをただ夢み、

入日のなかに立つけぶり
ありやなしやとただほのか、
海べのこひのはかなさは
こぼれ松葉の火なりけむ。

海辺の町に住んでいました故に心惹かれたのでしょうか。まだ誰かを恋する歳ではありませんでしたが何となく好きな詩でした。

『花物語』『七本椿』『乙女の港』『夾竹桃の花咲けば』『絹糸の草履』『毬の行方』等の少女小説を読み耽り、『紅蓮白蓮』『己が罪』なども読んでいましたので、この詩は小説めいて感じられました。松葉のはかなく短く燃えるようなはかなく消える恋の物語のような思いで読みました。燃え上がる炎のような恋ではなく仄かに淡く消え去るようなこの詩の情感に私は恋をしたのかもしれません。絵の中の出来事のようにも思いました。

女学校に入学して暫くして小学校の担任の先生をお友達と一緒に小学校にお訪ねしました。「入学おめでとう」と仰って青い表紙のノートを下さいました。当時にしては紙質のよいノートで大切にしていました。三篇の詩はこのノートに書いてあります。焼夷弾攻撃の夜たった一つ持って逃げた救急袋の中に千代紙の表紙で手作りしたノートと共に入れてありました。その夜の戦災で私は救急袋の中身以外の十四歳までの思い出の品は全て失いました。敗戦。戦後の飢餓地獄のような食糧難や窮乏生活の中では「笛の音に涙する」思春期の少女の時はありませんでした。私達の世代の多くは大切な思春期を失いました。そして母となりました。何か大切なものを失って成長したのではとの思いは消えません。戦後の社会が失ったものは、この少女たちが作った社会にその根源があるように思われます。

おもひで　　西條八十

向日葵を
一輪持った女でした

やさしい声でひそひそと
僕に話をしてくれた

七尾から伏木へわたる船の中
十四の夏のひとり旅

わかれた浜の白い雲
ああ　その瞳さへ忘られぬ
向日葵の
母さんに似た女でした

そしてその少女たちを作り出したのは、心柔らかな少女期を、飢えと戦い、美しいものに憧れることも出来ず生きるために人をだしぬいて日々を暮らしたあの戦中・戦後に根源があると私は痛切に思っています。

昭和二十一年、大阪は主食の遅配欠配が続き、病気の私を心配した父母は、八月、夏休みの私を父の出張先の住まいの高岡のお寺に預けました。毎朝お濠の周りを散歩し、蓮の花の開くのを見て母が好きでよく口ずさんでいた西條八十の詩を思いながら雨晴海岸や氷見の浜辺を歩きました。

進学を気にしながら参考書もないままに、『徒然草』や『神々は渇く』を読み、赤ん坊の頃住んでいた城端の町を歩いた十五の夏。「笛の音に涙する少女」のゆとりは私の心にありませんでした。

三　山のあなた　　カール・ブッセ（上田 敏　訳詩集より）

山のあなたの空遠く
「幸」住むと人のいふ
噫（ああ）、われひと、尋めゆきて、
涙さしぐみかへりきぬ。
山のあなたになほ遠く
「幸」住むと人のいふ。

「遙に此書を満州なる森鷗外氏に献ず
　大寺の香のけむりはほそくとも、空にのぼりて
あまぐもとなる、あまぐもとなる
　　　　　　　　　　　　　　　　獅子舞歌」

『海潮音』（上田敏著）の初めにこのような献辞があり、日露戦争に従軍中の森鷗外氏に贈られたということです。戦地の森鷗外はどんな心でこの詩集を読まれたのでしょうか。

太平洋戦争の戦局も厳しくなって、女学生にはなったものの勤労奉仕に明け暮れるあの頃、私はこんな詩をノートに書き写していました。未だ爆弾は降ってこない頃でしたが、幸を求めて山の彼方を夢見るような心を持てる世の中ではありませんでした。

「山のあなた」を初めて読んだ時、私はメーテルリンクの「青い鳥」を連想しました。ドイツの詩

人ブッセとベルギーの詩人・戯曲作家メーテルリンクは同時代に活躍していた人ですので、そのお互いへの影響や関係を知りたいと思いながら時は過ぎました。

戦後の世の中のまだ貧しい頃「山のあな、あな」で人気のあった落語家がいましたね。

北海道に幸福という駅がありました。その駅で幸福から愛国行きの切符を買い、今も私の財布の中にあります。二度目に訪れた時は廃線になって、駅舎は幸福グッズの売店になっていました。

春の朝　ロバート・ブラウニング

時は春、
日は朝、
朝は七時、
片岡に露みちて、
揚雲雀(あげひばり)なのりいで、
蝸牛枝に這ひ、
神、そらに知ろしめす。
すべて世は事も無し。

太平洋戦時下、女学校から英語の授業が無くなりました。その為私の英語能力はここで終わっています。私が英語が出来ないのを今でもその故にしています。でも戦後六十年の長い年月を、勉強しなかったのは私自身の怠慢に過ぎなかったことと後悔しています。

先年トルコを旅した時、ベルガモの遺跡にアネモネの花が咲き乱れ、大きな蝸牛が沢山いましたので、「すべて世は事も無し」を口ずさみ、草の上に蝸牛を沢山集めて仲良くお遊びと言いながら、ベルガモの盛衰とは関係なさそうな長閑な蝸牛の様子を楽しんでいました。そんな私を見てガイドさんが「蝸牛はフランスに輸出されてエスカルゴ料理になるのよ」と言いました。「事も無し」は何時の世でも何ものにも願望なのでしょうか。

落葉　　　ポール・ヴェルレーヌ

秋の日の　　鐘のおとに　　げにわれは
ギオロンの　胸ふたぎ　　　うらぶれて
ためいきの　色かへて　　　こゝかしこ
身にしみて　涙ぐむ　　　　さだめなく
ひたぶるに　過ぎし日の　　とび散らふ
うら悲し。　おもひでや。　落葉かな。

女学生の頃からしみじみと胸を打つこの詩に心ひかれて、事ある毎に口ずさみました。感傷に身を浸すのは若き日の特権でしょうか。「青春時代が夢なんて／あとからほのぼの思うもの／青春時代の真ん中は／道にまよっているばかり」という歌を聞くと何故かこの詩を思うのです。私自身の女学校時代には心から楽しんだり笑ったりしたことが無かったように思うのです。常に何となく明日の命を思う前途の不安を胸に抱えて鬱々としていたように思われます。

わすれなぐさ　　　ウィルヘルム・アレント

ながれのきしのひともとは、
みそらのいろのみづあさぎ、
なみ、ことごとく、くちづけし
はた、ことごとく、わすれゆく

妹が女学校二年の時でした。昭和二十二年の夏、大阪から東京に転校する時に、担任の若い国語の先生が、この詩を書いて贈って下さったと、妹は大切に持っていました。卒業された東京の学校の寮の事などを懐かしそうにお話なさったと。

私がまだ若かった頃のこと、「先生やクラスのお友達に別れるのは辛いけれど、父や母の祖国に帰ることにしました。新しい国はとても素晴らしい国で、高校はおろか大学へも行けると父母が言いますので、わたしも父母の故郷の国で幸せに暮らし、一生懸命勉強するために帰る決心をしました。先生、お体をお大切に。またきっとお会い出来ますよね」と言う彼女と、再会を約して、上野駅で見送りました。

あの女生徒は今どうしているかしら。

燕の歌　　ガブリエレ・ダヌンチオ

弥生ついたち、はつ燕、
海のあなたの静けき国の、
便もてきぬ、うれしき文を。
春のはつ花、にほひを尋むる
あゝ、よろこびのつばくらめ。
黒と白との染分縞は
春の心の舞姿。

（以下省略）

『海潮音』巻頭のこの詩は春の喜びを歌った詩で大好きな詩です。女学校一年の音楽の授業で「今年の燕」を習いながら、これは「燕の歌」の真似ではないか、それにしては品格の無い詞と批判していました。思春期の少女だったあの頃、一人『海潮音』を読んでいました。お友達と共に鑑賞出来るような静かな時代だったらとしみじみ思います。抒情性のなかった少女期を惜しんでいます。

四　祇王・祇女の物語

萌えいづるも枯るるもおなじ野辺の草いづれか秋にあはではつべき

（平家物語）

女学校一年の時でした。炎天下の教練の次は国語の授業でした。教室にいらした国語の先生は「机にうつぶして聞いていらっしゃい。寝てもいいわよ」とおっしゃって読んで下さったのは『平家物語』の「祇王」の一節でした。多分私達は「頭　右」「組組　左」「分列行進」と教練でしごかれて、汗だらけの真っ赤な顔でぐったりと疲れた様子をしていたのだと思います。

「祇王」の一節は優に哀れなお話でした。

『平家物語』といえば「倶梨迦羅落（くりからおとし）」「宇治川先陣」「那須与一」などの勇壮なお話ばかり読んでいた私は興味深く、一言も聞きもらすまじと熱心に聞き感銘を受けました。

東京女子大国文科を戦時繰り上げ卒業された先生は二十歳を過ぎられたばかりのお齢の方とお見受けしました。おっちょこちょいの私が女学校の合格通知書を受け取るのを忘れて帰り、夕方近くに頂きにいきましたら、学校の玄関の外で待って居て下さいましたのがこの先生でした。

入学して最初の作文の時間に「合格の喜び」という題で作文を書きました。皆は無邪気に合格して嬉しかったと書いたようでしたが、試験に落ちて泣いて帰った小学校の級友の姿が気にかかっていた私は、たった一度の試験で人生が変わるとしたら入学試験とは人にとってどんな意味を持つのだろうかというようなことを書きました。その作文を思いがけなく先生は皆の前で読んで下さり褒めて下さいました。それからは詩や短歌を作り続けることを勧めて下さいました。

都会的な先生は皆の憧れの的でした。

昭和二十年七月十七日の夜中の豪雨の中、艦砲射撃がありました。照明弾で一瞬明るくなり、砲弾が落ちるまでの短い静寂の間の闇の夜の恐しさは筆舌に尽しがたい。身の毛もよだつ恐ろしさ。永遠に長いと思われた夜が明けると、豌豆の花に朝露が光っていました。

艦砲の直撃弾を受けて、先生が高等工業専門学校校長でいらしたお父様をはじめ、お母様御姉妹と共にご一家全滅されたと友達から聞いたのはその日の夕方でした。先生は直撃弾で空中に散華して消えてしまわれました。

勤労動員先の工場の中で偶然お目にかかり、「お元気」と声をかけて頂いたのが最後でしたから、面影は今でもお若いままです。

何時でしたか電車の乗り換えの雑踏の中にお顔を拝見したように思われて、慌てて追いかけて「先生」と声をおかけしてはっと我に返りました。私よりずっとお若い方でした。

将来与謝野晶子のような文学者になるようにとお父様が「燁子（あきこ）」と名付けられたと何かの折に伺いました。生きていらしたら沢山の夢も希望も実現されたでしょうにと思うと残念でたまりません。在職中『平家物語』を教える度に「祇王」の一節も講じました。人生の秋にも会われずに命を無残に失わされた燁子先生を思うと、戦いの無残さの強い語り（がた）はやめられません。

冒頭の歌は清盛の邸を追われた祇王が、その邸を出るにあたって障子に泣く泣く書き付けた歌と『平家物語』にあります。

祇王は二十一歳で、十九歳の妹と母刀自（とじ）と共に出家して住んだのが京の嵯峨野の奥の祇王寺で、ひっそりとした竹林の中にあります。

祇王寺から天龍寺に向かって少し歩くと、右手に滝口寺があります。

滝口寺は滝口入道と横笛の悲恋の寺。

平重盛の家臣に斎藤時頼という滝口の武士がいました。建礼門院の雑仕、横笛を愛しましたが、父が身分の低い女との恋を許さなかったので「短い命に気に沿わない相手と連れ添ってどうしよう。されど父の命令に背き難い」と言って出家をして、嵯峨の往生院に入ります。横笛はそれを訪ねていきますが、滝口入道は心が動く事を恐れて会わず、横笛も尼になります。高野山でそれを聞いた滝口入道の贈った歌

　そるまではうらみしかどもあづさ弓まことのみちにいるぞうれしき　　滝口入道

出家した横笛の返し

そるとてもなにかうらみむあづさ弓ひきとどむべきこころならねば　　横笛

この悲恋物語は『平家物語』に想をとった高山樗牛の小説『滝口入道』で有名です。ついでながら高山樗牛は静岡県清水の清見寺の眺望を賞で、この寺で執筆をしたということです。そのお墓は同じ清水の竜華寺にあります。樗牛は竜華寺から望む富士の景勝を特に愛し、その遺言によってお墓がそこに建てられました。このお墓から見る富士は素晴らしく美しい。私は樗牛の「平家雑感」などの作品が好きで読みましたが、明治の文豪と呼ばれた樗牛の作品ももう現代文学全集にないのは寂しい。

滝口寺の少し手前に、新田義貞の首塚と勾當内侍(こうとうのないし)の供養塚があります。『太平記』によると、後醍醐天皇の内侍として天皇の寵愛深い勾當内侍が、ある夜琴を弾じているのを聞いて、義貞は恋わたり忘れ難くせめて思いなりとも伝えんと歌を贈った、

我が袖の泪に宿る影とだにしらで雲井の月やすむらん　　新田義貞

が内侍は天皇の御覚えに憚って手にも取らず。

天皇が義貞の心をお知りになり、内侍を彼に与えられたとのこと。義貞は愛のとりこになって、越前攻めの時、内侍を滋賀の堅田に置いて戦にいきました。内侍は義貞を訪ねて越前まで行ったところ、

義貞は越前の足羽で討ち死にしたと聞き、泣く泣く京に帰ると義貞の首が獄門木に懸けられてありました。内侍は尼になって嵯峨野の奥に草庵を結んで夫義貞の菩提を弔ったと伝えられています。

何年か前のことでした。私の小学校の担任の先生が御病気になられたと伺って、滋賀の堅田に友人とお見舞いに行きました。先生は「暫くぶりに会う二人を何処へ案内しようか」と心を砕かれたとのこと。御病気中なのにあちこちご案内下さいました。その時「これを是非進士に見せたくて」とお連れ下さったのが、「勾當内侍墓」でした。

勾當内侍墓は琵琶湖畔の浮御堂の近くの大きな木陰にありました。野神神社の境内で、草に埋もれてひっそりとしていますが、思いがけなく大きめなお墓でした。

伝説によると内侍は義貞の後を追って琵琶湖に身を投げたと伝えられています。

七里ケ浜のいそ伝い
　稲村ケ崎　名将の
　　剣投ぜし　古戦場　（鎌倉）

新田義貞が鎌倉を攻めた時に、黄金作りの太刀を海に投じて、潮を引かせたという故事を歌った唱歌「鎌倉」で名高い武将、新田義貞にこんな艶なるお話があったこととはと、『太平記』で読んで意外の感を抱いたことなど懐かしい。

峰の嵐か松風か、たづぬる人の琴の音か、おぼつかなくは思へども、駒をはやめてゆくほどに、片折戸したる内に琴をぞひきすまされたる。ひかへてこれをききければ、すこしもまがふべうもなき、小督殿の爪音なり。楽はなんぞとききければ、夫を想うて恋ふとよむ、想夫恋といふ楽なり

『平家物語』の「小督」の一節です。

高倉天皇の小督へのご寵愛が深かったので、これを聞いた中宮徳子の父清盛が「小督があらんかぎりは世中よかるまじ。召しいだしてうしなはん」と言ったのを聞いて、小督は内裏を出て嵯峨野に身を隠します。

嘆き悲しんだ天皇はある夜、源仲国に小督が嵯峨野辺りに隠れ住むと聞いたので捜すように命じ、仲国は嵯峨野を尋ねますが見つかりません。尋ねあぐねた仲国は、かつて御所で小督の琴に仲国が笛を合わせた事があったのを思い出し、月の光の美しい夜のこと、このような夜は月の下にて小督殿は琴を弾いておられるに違いないと思い、琴の音を頼りに尋ねると、はたして聞き覚えのある琴の音。

やっとの事で捜し出して御所に連れ帰り、天皇は御所で隠すようにして寵愛しておられましたが、やがて清盛の耳に入り、清盛は小督をとらえて尼にして追放しました。

時に小督二十三歳。墨染めの粗末な衣で嵯峨の辺りに住んでおられたという。かような事多く間もなく天皇はおかくれになったとか。

小督塚は渡月橋北畔近くにあり、小督の悲劇を哀れんで後世建てられたとのこと。

道を戻って天龍寺を過ぎて、小倉山の山腹にある常寂光寺に。

このお寺の境内に「女の碑」があります。なだらかな円味を帯びた石碑の面に市川房枝氏の揮毫による、左のような碑文が彫られています。

「女ひとり　生き
　ここに　平和を　希う」

その碑の傍らに「女の碑」の説明文を記した石碑が建っています。その碑文には次のように記されています。

「一九三〇年代に端を発した第二次世界大戦には、二百万にのぼる若者が戦場で生命を失いました。その陰にあって、それらの若者たちと結ばれるはずであった多くの女性が、独身のまま自立の道を生きることになりました。その数は五十万余ともいわれます。女性のひとりだちには困難の多い当時の社会にあって、これらの女性たちは懸命に生きてきました。

今、ここに、ひとり生きた女の〝あかし〟を記し、戦争を二度と繰返してはならない戒めとして後世に傳えたいと切に希います。さらに、この碑が今後ひとり生きる女性たちへの語りかけの場ともなることを期待します。

この碑は独身女性の連帯の組織である独身婦人連盟の会員が中心となって、常寂光寺の支援のもとに建立しました。

一九七九年十二月　女の碑の会」

昨年十一月下旬、常寂光寺の「女の碑」をまた訪ねました。紅葉の真っ盛りの折から多くの人で嵯峨野は賑わい、常寂光寺にも紅葉見物の人々が多くいましたが、老いも若きも「女の碑」には一瞥もせずに通り過ぎていきました。皆忘れ去られていくのですね。

私が初めて嵯峨野を歩いた大学生の時には、嵯峨野は静かで落柿舎に柿の土鈴が売っているだけでした。昨秋の旅では紅葉見る人人人、犇（ひし）めく土産物屋を横目に、その上（かみ）嵯峨野に住みし女性たちの悲劇を偲びつつ歩きました。

嵯峨の野は女人に哀し紅葉積む　（郁）

五　須磨の秋

黒沢隆朝

一　素波（しらなみ）寄する　須磨の浦回（うらわ）
　淡路島山　影もさやか
　往交ふ舟の　歌にまじり
　吹かぬ笛きく　松の木陰

二　名に負ふ山々　紅葉あかく
　落ちにし人の　涙そむる
　寿永如月の　恨みふかく
　櫛笥（くしげ）の片か　岸に浮くは

「吹かぬ笛聞く」と歌うと芭蕉の句の

　須磨寺や吹かぬ笛聞く木下闇　　芭蕉

が思い出されますし、『笈の小文』には

　須磨のあまの矢先に鳴くか郭公　　芭蕉

も載っています。また蕪村の須磨寺の句や一の谷の古戦場を詠んだ句も思い出されます。

　笛の音に波もより来る須磨の秋　　蕪村
　西須磨を通る野分のあした哉　　蕪村

一番の歌詞は後は山の絶壁、前は海という要害の地の一の谷の平家の陣地で、敵は攻め込まずここは安全と思ってか、優雅に笛を吹く平家の公達平敦盛の姿と、そこで討たれて十七歳の若さで果てた哀れさを偲ばせます。

二番の歌詞は、波穏やかな海面にたゆたう「櫛笥」に、都落ちをした平家に従った女官達が、平家と命運を共にして西海に沈んだ姿を偲ばせて哀れを誘います。その華やかな衣装が波間に漂う様が「櫛笥の片」の言葉から連想されて、女房達が入水したとの直接的表現ではなく、岸辺の波にたゆたう「櫛笥」で暗示した表現に感じいった一節でした。

女学校一年の時お習いした「須磨の秋」は歌詞も曲も優雅で静かな歌でしたし、『平家物語』の一の谷の合戦とその後の命運を思わせて哀れ深くしみじみと心にしみて好きでした。

青葉の笛　　大和田建樹

一　一の谷の　軍（いくさ）破れ
討たれし平家の　公達あはれ
暁寒き　須磨の嵐に
聞こえはこれか　青葉の笛

二　更くる夜半に　門を敲き
わが師に託せし　言の葉あはれ
いまはの際まで　持ちし箙（えびら）に
残れるは「花や　今宵」の歌

「平家にあらずんば人にあらず」と平家人をして豪語せしめたと伝えられる平氏も、清盛一代で太政大臣にまで上り詰め、一門が官位の上位を独占するほどの繁栄も清盛の死と共に陰り、終には壇ノ浦で滅亡するという短い平家の興亡の儚さは人々の哀れを誘い『平家物語』は多くの人々に読み継がれています。

この歌を歌うと小学校でお習いした私の好きな「青葉の笛」が自然に口ずさまれます。

『平家物語』によると、熊谷直実が、沖なる船を目がけて馬にてゆくあっぱれ大将軍とみゆる平家の武将を招き戻し、汀に組んで首かかんと甲をのけて見ると我が子ほどの年の頃の若武者。助けたいとは思えども背後に味方の軍勢。やむなく首討って見ると、腰に錦の袋に入れた笛がさしてありました。鳥羽院から忠盛に贈り三男経盛が相伝し、敦盛が父より受け継いだ「小枝」という笛でした。

この暁、城内にて管弦をしていたのはこの公達であったかと、戦の無情に熊谷直実は発心して、蓮生坊と名を改め出家します。

歌舞伎の『一谷嫩軍記』の「熊谷陣屋」では、熊谷直実は敦盛と同年の我が子小太郎を敦盛の身代わりとします。先代吉右衛門の蓮生坊になった直実が、舞台の花道で振り返り「十六年は一昔、夢であった」という所の演技と台詞の言いまわしが好きで何度観劇した事か。ある年前日観劇してそのお芝居に感激して、次の日又行きましたら休演。代役は先代幸四郎。それが吉右衛門を見た最後でした。


「薩摩守忠度はいづくよりやかへられたりけん」と小学校の読本にありました。都落ちした忠度が歌の師藤原俊成に、我が詠みし歌の一巻を「勅撰集の御沙汰ありしかば一首なりとも」と預けて西へと落ちられました。

世がしずまって俊成卿が千載集を撰せられた時、その中から「読人知らず」として一首。

故郷花
さざなみや志賀の都はあれにしをむかしながらの山ざくらかな

天智天皇が都し給ふた近江の故京は荒れ果てているのに、昔ながらに長等山の山桜は咲き匂っている。と昔ながらのながらと長等を掛け詞にしています。

一の谷の合戦で薩摩守忠度（ただのり）を討った岡部の六弥太忠純はよい大将軍討ったりと思ったが名をば誰とも分からなかったのを、箙に結び付けたる文にて薩摩守と知った。箙の歌に

旅宿花

ゆきくれて木のしたかげをやどとせば花やこよひの主ならまし　　忠度

「あないとほし、武芸にも歌道にも達者にておはしつる人を」と敵も味方も涙をながし袖をぬらさぬはなかりけりと『平家物語』にあります。

この歌を読むと私は太田垣蓮月の、

宿かさぬ人のつらさを情けにて朧月夜の花の下ふし　　蓮月

を思います。蓮月はこの忠度の歌を思って詠んだのではないかと。

余談ながらかつて無賃乗車をすることを、「サツマノカミをする」と言いましたっけ。

二　兵庫　鷹取　須磨の浦
名所古蹟の　数おほし
平家の若武者　敦盛が
討たれし跡も　ここと聞く

三　その最期まで　たづさへし
青葉の笛は　須磨寺に
今ものこりて　宝物の
中にあるこそ　あはれなり

四　九郎判官義経が
敵陣めがけて　おとしたる
鵯越（ひよどりごえ）や一の谷
皆この名所の内ぞかし

「汽笛一声新橋を」でおなじみの鉄道唱歌の山陽道篇です。これは「地理教育鉄道唱歌」と昔の本には書かれていますから、名所旧跡を読み込んで地理を教えたのでしょうか。すべて大和田建樹の作詞と言うから凄い。

須磨は万葉の昔から海人が藻塩を焼くような鄙びた地ながら景勝の地と言われています。

その故か在原業平の兄行平の配流された所として謡曲松風には謡われています。行平配流の地をモデルとして、紫式部は光源氏の須磨の侘び住まいを書いたのでしょう。

須磨寺には源平の合戦の遺物が伝わり、須磨には塚や古戦場の跡と伝えられる所多く、源平合戦の悲劇の地として哀切な所と伝えられて、須磨は今も景勝の地です。

太平洋戦争末期の昭和二十年の神戸の空襲の時、多くの人が須磨の海岸に避難しました。米軍機は避難した人々の上に爆弾や焼夷弾を雨霰と落としたと友人の本で読みました。

げに戦いは恐ろしき事とこそ存じ候。

戦後、中学校の校舎から「須磨の秋」のメロディーが聞こえ、「楽しや五月、草木は萌え」と歌っていました。「須磨の秋」の原曲は、モーツァルトの「五月の歌」と知りました。

六　平家物語「福原落」

昨日は東関の麓にくつばみを並べて十万余騎、今日は西海の浪に纜（ともづな）をといて七千余人、雲海沈沈として青天既に暮れなんとす。孤島に夕霧隔て、月海上にうかべり。極浦の浪をわけ、塩にひかれて行舟は、半天の雲にさかのぼる。日かずふれば、都は既に山川程を隔て、雲居のよそにぞなりにける。はるばるきぬと思ふにも、ただ尽きせぬ物は涙なり。浪の上に白き鳥のむれゐるを見給ひては、かれならん、在原のなにがしの、すみ田川にてこととひけん、名もむつましき都鳥にやと哀也。

寿永二年七月廿五日に平家は都を落はてぬ。

「平家物語　巻第七　福原落」

昭和二十年七月十九日夜半の焼夷弾攻撃による空襲で無一物となった私達は、父の故郷の福井の家に疎開しました。福井の街も私たちと同じ日に戦災に遭い、転校を予定していた祖母たちや母が卒業した県立福井高等女学校も焼失してしまっていました。しかたなく近くの県立高女に転校することにしましたが、生徒達は学徒勤労動員で工場に出勤中との事。八月中はお休みしていれば、という親たちの言に従って家でごろごろ。

名字帯刀御免の大地主の名主の家は広く、私達一家の住いとなった奥座敷は築庭に面していましたが、戦時中は手入れをする人もなく、築山も泉水も荒れて竹林が竹藪と化して庭に侵略し、いささ群竹などという風情はなく、藪蚊の大群に悩まされました。

長い廊下の突き当たりに土蔵があって重い外扉は開いていました。多分時々使う什器などの為の内蔵だったのでしょう。他の幾つかの土蔵は家から離れて建っていましたから。

退屈な私が土蔵の木の扉を押して入ってみると古い写本の類が沢山積まれていました。誰が読んだのか、その中に岩波文庫教科書版という普通の岩波文庫本より大判の本が何冊かありました。徒然なるままにその中の『平家物語』を手にとって読みました。

平家物語は語り物らしく口調の良い美しい文体ですので暗誦し易く、私の好きな文章は沢山ありますが中でも前掲の所が好きです。

平家物語冒頭の文章の「諸行無常」「盛者必衰」に対応していると思うからです。

読んでいる間に八月十五日の敗戦を迎えましたので、昨日に変わる今日の姿という文章に心引かれたのではないかと今にして思います。終戦の詔勅を聞きながら、我が家はもう元のような生活には戻れないのではないかという漠たる不安を抱きましたが、その不安はその後現実となり、後に「もはや戦後ではない」と言った大臣がいましたが、我が家は未だに戦後を引きずっての貧乏暮し、もとの生活にもどることなく生きています。ご家族を戦争で失われたり、戦傷を受けた方々はその思いは更に強く消えないことと思います。

薩摩守忠度は、いづくよりやかへられたりけん。侍五騎、童一人、わが身ともに七騎取つて返し、五条の三位俊成卿の宿所におはして見給へば、門戸をとぢて開かず。忠度と名のり給へば、おちうど帰りきたりとてその内さわぎあへり。

（忠度は一巻の歌を俊成に預けて撰集の御沙汰ある時には一首なりとも御恩を蒙りたいと告げて「前途程遠し、思を雁山の夕の雲に馳」と口ずさんで落ちていかれます。俊成卿はその後『千載集』を撰ぜられる時に）（中略して筆者粗筋）

彼巻物のうちに、さりぬべき歌いくらもありけれども、その身勅勘（ちょっかん）のひとなれば、名字をばあらはされず、故郷花といふ題にてよまれたりける歌一首ぞ、読人知らずと入れられける。

さざなみや志賀の都はあれにしをむかしながらの山ざくらかな

其身朝敵となりにし上は、子細におよばずといひながらうらめしかりし事どもなり。

巻第七　忠度都落

小学校の国語の教科書に「忠度都落」の一段が載っていました。調べ美しい文章なので丸暗記してしまいました。夕暮れ時を「思ひを雁山の夕べの雲に馳す」と言いながら一人歩くと大人になった気分でした。

私は「読人知らず」と書かれている歌は皆伝承の歌で詠んだ人の知れぬ歌かと思っていましたが、この文章から勅撰集には様々な事情で名が伏せられる事もあると知り、他の「読人知らず」の多くの歌には如何なる事情ありやと思い、こうして名の後世に残らぬ歌の多きもと。俊成と忠度との交情の深さにも心打たれます。

『千載集』に載っている次の歌、

いかにせん御垣が原に摘む芹の根にのみ歎き知る人のなき　読人知らず

は平経盛の作ということです。

『平家物語』には多くの人々の様々な死の様子が描かれていますが、その死は哀れ深い悲しみとして描かれていて、死を美化してはありません。戦時中に、開戦時の九軍神・アッツ島玉砕・神風特攻隊と、戦死は美談として語られ聞かされましたが、それは間違っているとしみじみ思いました。

戦が終って暫くして、学校からの連絡で、九月半ばに授業が始まると誘いにきて下さいました。学校は再開しましたが私達には教科書がありません。国語の授業で女性の先生が『平家物語』『さざなみ軍記』を読んで下さいました。先生のお名前も面影を覚えていないのですが小説の内容だけは鮮明に覚えています。

教科書もなかった当時先生方はどんなに御苦労された事かと今にして思います。私達の学年の女学生はきっと全国でそれぞれ違った教材を学んだ事でしょう。先日書庫の整理をしていたら、たった一学期しか在籍しませんでしたのに、その女学校の沢山のお友達からの別れを惜しむお手紙が。私にとりましては考える事多き「十四歳の目覚め」の日々でした。

二十年以上も私の講義を聞いて下さる「万葉会」の次のテキストが、『平家物語』になりました。平家物語の中の多くの話は人々に親しまれ誰方もご存じなので、簡単に読了と思っていましたが、いざ始めてみるとどうしてどうして。漢籍・仏典・古文・古歌・当時の宗教観の知識がなければ読み解けない段も多く下調べには思わぬ苦労をしました。

平家物語の作者はすぐれた博覧強記の人と思われます。またこれを語った琵琶法師にはそれらに対する知識があり、それを聞く人々が理解したとすれば、当時はどのような時代だったのかと改めて考えました。

もう少しで読了という所で思いがけず私は背骨（胸椎）の圧迫骨折、続いて胸骨骨折、己が歳と命終を心から感じましたが、何とか今年三月読了。栄枯盛衰・有為転変・生者必滅・会者定離を改めて深く思う日々でした。

七　針供養

作詩者不詳

一
霞の衣たつ春も
つづれさせてふ虫の音の
長夜の秋も一筋に
つましくただに清らにと
心を込めていそしみぬ

二
御楯と立ちて草枕
旅のまろ寝の紐たえば
我が手と付けて忘るなと
別れの涙いとせめて
おくりし人のゆかしさよ

三
折れしはこれかくけ針の
古りて錆びにししつけ針
ああこの針の一針も
表裏なき真心を
集めて今日の針供養

戦時中の女学校でお習いした歌です。定年を目前にして病気で退職した私には命いつまでという思いがありました。地方の小都市でさえ米軍の爆撃にさらされ、命をおとした方が多くおられるのに、それが忘れ去られようとしている今、是非あの頃の級友をさそって記録を残したいという切なる思いがありました。多くの級友の賛同があって、来年は六十歳という年の夏、当時の同期の友人に呼びかけて、戦争体験記録集『十四歳の戦争』を出版しました。その本を作っているときにこの歌を皆の前で歌ってみましたが、友人達は歌詞を殆ど記憶していませんでした。したがって作詞者も作曲者の名も分かりません。

昭和十八年四月、女学生となった私たちには、吉屋信子の少女小説に描かれているような、女学生生活はありませんでした。抒情的な詩集も小説もテニスもバスケットボールもカドリールもきれいなハンカチもケーキもチョコレートもみんな消えていました。

昭和十八年六月二十五日「学徒戦時動員体制確立要項」が閣議決定され、新たに教科として実業と修練が設けられました。実業とは主に農作業です。農家での授農の勤労奉仕、校庭や花壇や空き地を耕して畑にする作業。テニスコートも畑になりました。

お国の為に額に汗して働くのが良しとされた当時、慣れぬ作業に不器用で、その上汗かきでない体質の私は、怠け者と評価され非国民という言葉におびえる日々でした。

そんな社会に合わせてか、入学して間もなくの音楽の授業で習ったのは「サックリトントン鍬の先／畑打ちゃ黒土ホッカリコ／その後パラパラ種おろしゃ／芽が出る葉が出る花が咲く」(作詞者不詳)という歌や、

「麦打ちの歌」　（ドイツ民謡・水田詩仙詞）

一　麦打つ歌声かなたこなた
　　こだまに返りて競へる
　　世は緑に茂る真夏のただ中
　　黄金とつむ宝の輝き
　　五人三人の群れやいくつ
　　彩る襷も輝く
（以下省略）

というような農作業の歌や軍国調の歌が多くありました。「麦打ちの歌」は女学校在学中にたった一冊手にした一年生の音楽の教科書に載っていました。当時は「蛍の光」など外国の歌を歌うことを禁じられていました。

「針供養」の歌は、一番の歌詞の優雅さと美しい調べが印象深く、それで三番まで全部覚えています。二番の歌詞は「御楯と立ちて」と戦時色を強め、万葉集の防人の妻の歌

万葉集　巻二十　四四二〇

草枕旅の丸寝の紐絶えば我が手と付けろこれの針持し　椋椅部弟女（くらはしべのおとめ）

をそのまま引用しています。

万葉集巻二十に載っている防人歌から、女性の歌を次にいくつかあげてみます。

草枕旅行く背なが丸寝せば家なる我は紐解かず寝む　（四四一六）　椋椅部刀自売（くらはしべのとじめ）

赤駒を山野に放し捕りかにて多摩の横山徒歩ゆか遣らむ　（四四一七）宇遅部黒女（うじべのくろめ）
わが背なを筑紫へ遣りてうつくしみ帯は解かななあやにかも寝も　（四四二二）服部呰女（はとりべのあさめ）
色深く背なが衣は染めましを御坂給らばまさやかに見む　（四四二四）物部刀自売（もののべのとじめ）
防人に行くは誰が背と問ふ人を見るがともしさ物思もせず　（四四二五）作者不詳

これらの歌をよく読むと、遠く筑紫へ送る夫を思う妻の心は伝わってきますが、夫を勇ましく送り出す妻の姿は見られません。

戦時色の濃い規制の厳しい学校生活、教科書以外は持ち込み禁止の学校。生徒が教室に居ないときの抜き打ち持ち物検査。小説の類いは学校の図書室にはなく、本も簡単に手に入らない時代でしたから、没収される恐れがあっても、それでも小説類を鞄に忍ばせて級友と貸し借りをしました。その頃実に多くのいろいろな種類の本を読みました。借りられる本なら何でも借りて、いわゆる大衆小説も恋愛小説も講談本も親に隠れて読みました。

昭和二十年の初めの頃のある日、友人に頼まれて貸して上げた本を返してもらった日に抜き打ちの持ち物検査があり没収されました。何冊かの本が国語の早川燁子先生の机の上に積まれ、持ち主が引き取りに行きました。

その頃、『罪と罰』やゲーテの小説や近松や南北の戯曲などを読んでいて、いっぱしの本読みと自負していた私の幼稚な自尊心は、まして憧れの東京女子大出の若い国語の早川先生の所へ、『若きヴェルテルの悩み』ならともかく『銭形平次捕り物控』を返していただきにはいけませんでした。先生の机の上の本は日毎に少なくなり、とうとう私の一冊だけになってしまいました。今日先生の所へいこう明日いこうと思いつつ日は過ぎました。

四月、私たちは学徒勤労動員で工場に行き六月、一トン爆弾の攻撃で工場は壊滅し、その日私たちは僥倖にも振り替え休日でした。七月十七日夜半の、艦砲射撃の直撃弾で早川先生はお亡くなりになり、十九日夜、焼夷弾投下で学校も我が家も全焼しました。

誰も知らない私だけの秘密は、早川先生の面影と共に今も悔いとして残っています。

ちなみに野村胡堂は音楽評論家野村あらえびす氏のこと。岩手県の方です（胡・あらえびすに注意）。母の遠い知人です。

太平洋戦争開戦日から六十回目になる今年の十二月八日は、私の七十歳の誕生日でもあります。防災訓練に自衛隊の装甲車が銀座通りを行進し、また一方で「奉仕活動」を義務づけようとする「教育改革国民会議」もあります。この年のこのような一連の動きを不安に思っています。

八　ああ紅の血は燃ゆる—学徒動員の歌—

野村俊夫

一
花も蕾の若桜
五尺の生命ひっさげて
国の大事に殉ずるは
我等学徒の面目ぞ
ああ紅の血は燃ゆる

二
後につづけと兄の声
今こそ筆をなげうちて
勝利ゆるがぬ生産に
勇み立ちたるつわものぞ
ああ紅の血は燃ゆる

三
君は鍬とれ我は鎚
戦う道に二つなし
国の使命をとぐるこそ
我等学徒の本分ぞ
ああ紅の血は燃ゆる

四
何を荒ぶか小夜嵐
神州男子ここにあり
決意一度火となりて
護る国土は鉄壁ぞ
ああ紅の血は燃ゆる

（明本京静作曲）

昭和十九年、太平洋戦争も末期になると中等学校三年生以上の学生・生徒は男女共に学徒勤労動員となり、学業を捨てさせられて、工場等の生産現場で働かされました。二年生以下も動員させられた所もあります。

この歌はそれら学徒の戦意昂揚のために昭和十九年に作られた歌です。動員世代にとって最も印象深い歌で、それ故に勤労動員記録文集の題名にこの歌の歌詞を冠したものが多くあります。この歌ほど当時の少年少女によって全国的に熱狂的に歌われ、敗戦と同時に誰にも顧みられなくなった歌はないでしょう。

東北の小さな駅頭で、長野や四国の山村の駅で、遠く横浜・横須賀の京浜地区また名古屋や阪神地区に出動する女学生たちにむけて、父母も在校生もこの歌を合唱し、日の丸の旗を打ち振り、万歳を三唱し、提灯の灯を振って別れを告げました。まさに出征兵士さながらの駅頭の別れでした。

そうして送られた勤労動員学徒の中には、空襲で、また作業事故で、再び故郷の地を踏めなかった人も多くおられました。「花も蕾の」と聞いただけであの学徒勤労動員の日々が蘇る。それゆえにこの歌を今日声高らかに歌うことを拒む人が多くいます。単純な「懐かしのメロディー」でないところにこの歌の持つ痛み、苦しみ、悲しみがあります。

私たちは「戦時下勤労動員少女の会」を作っていますが、毎年の全体会の時にこの歌を巡って世話人代表の私は悩みます。皆と一緒にこの歌を歌って、あの苦しかった少女時代を偲びたいと思われる方と、二度とこの歌を聞きたくもない、まして歌うことなどとんでもないという方とに分かれるからです。歌いたい派の思いも黙し難く一度皆で歌いました。涙を流して歌っていらした方もおられましたが、すぐに反対派から「あなたの考えているこの会の趣旨に反する」と強硬な意見がでました。

あの体験を単なる郷愁に終わらせてはならない、二度と戦いを繰り返さないためにという思いから忌避する方も多いのです。ともあれこの歌には戦時中の私たちの少女期が込められています。

今回ここに引用致します幾つかの戦時中の歌は、当時に対する郷愁から取り上げたのではなく、学徒たちも若い女性たちも、戦争遂行の為にすべて駆り立てる為の、応援歌として作られた歌であることを、歌詞をよく読んでご理解いただきたいという思いからです。

私はかねてからの念願でした戦争体験文集を、戦時中在学していました茨城県日立の女学校の同級生に呼びかけて、一九九〇年に『十四歳の戦争』という題名で出版しました。それが思いがけなく全国紙や各地方の新聞に大きな記事として取り上げられました。

本が出た翌年、戦災後に疎開していた福井の女学校の同期会に出席しましたら、文集の事を覚えて下さった方が多くいらして、「わたしも書きたかったわ」「私たちも作りたいわ」と口々に言われて、女学校時代の勤労奉仕・勤労動員の話になり、最後にあの頃を振り返って皆で勤労動員の歌を歌うといって「女子挺身隊の歌」を合唱されました。

『十四歳の戦争』が各新聞で紹介されると全国各地から、元女学生の方々が作られた戦争体験文集

女子挺身隊の歌　　西條八十

一　なびく黒髪きりりと結び
今朝も朗に朝露ふんで
行けば迎える友の歌
ああ愛国の血は燃える
われら乙女の挺身隊

二　撃てど払えど数増す敵機
北も南も無念の歯がみ
勇士想えば胸痛む
ああ愛国の血は燃える
われら乙女の挺身隊

三　可愛い工具にほほすり寄せて
花のいのちも姿もいらぬ
早く翼を送りたい
ああ愛国の血は燃える
われら乙女の挺身隊

を送って下さいました。殆どが勤労動員体験文集でした。一度一堂に会して語り合いたいという話になって、八人の仲間で（出身校はそれぞれ違います）一九九一年十二月八日に「戦時下勤労動員少女の会」を開催することを呼びかけました。

会の名称を「少女の会」としたのは同じ歳でも女子挺身隊の方と学徒勤労動員の方がおられるからで、当時は皆「少女」でしたから、一緒に集まろうという意図からでした。

「勤労動員学徒」とは昭和十九年四月当時大学や中学校・女学校・専門学校に在籍していた学生・生徒です。「女子挺身隊」は昭和十九年三月卒業、又はそれ以前に学校を卒業されて就職されていない未婚の方で勤労動員された人です。現在は混同されて書かれた記録をよく見かけます。

さてその記事は新聞に小さく載っただけでしたのに、当日は百名を越す人々が全国各地から集まられて熱気溢

四　積んだ増産にっこり仰ぎ
　窓の夕日に手を取り交わし
　明日の努力と又誓う
　ああ愛国の血は燃える
　われら乙女の挺身隊
（作曲者不明）

れる集会となりました。

　ひとくちに勤労動員と言いますが、その体験は様々です。しかしそれらの記録は公的には敗戦と共に焼き捨てられたりして、学校にも正確な資料はありません。

　会の仕事はまず体験者からの全国的な実態調査、体験記録集の収集から始めることになりました。


　勤労動員の記録を一冊に纏めるに当たって、動員中の愛唱歌を会員から募集しました。

「希望のささやき」「菩提樹」などの女学生愛唱歌に混じって、軍歌、替え歌等があり、その中に「女子挺身隊の歌」もありました。この歌は作詞者不明となっていましたが、Ｋさんのお便りに次のようにありました。

「この歌は昭和十九年三月、茨城県立下館高女卒業生の第一陣の挺身隊が、卒業式を前にして出動した三月一日の前日の二月二十九日の壮行会の折りに、作詞者西條八十先生ご出席のもとに発表されたもので、この時は歌詞のみで曲はついていなかったようです。

　当時西條八十先生は下館に疎開されており、下館高女挺身隊の壮行に際してこの詞を書かれたとのことです。その後日立製作所日立工場の女子寮に大谷冽子氏（声楽家）の慰問があり、この時に未発表のものですがと歌われ、皆で練習しました」という趣旨でした。

私たち日立高女三年生は昭和二十年四月に日立製作所日立工場に勤労動員され、教育工場で、ヤスリがけ・旋盤・フライス盤・煮えたぎった鉄を鋳型に流し込む鋳物作りまで練習させられて、配属された先が下館高女挺身隊の方々が働いておられた佐乙女工場でした。Kさんもその中にいらしたものと思います。

戦ふ花　　深尾須磨子

一　花も戦ふ　御国の大事
　　結ぶ心の　赤襷
　　長い袂に　別れをつけて
　　大和撫子　りんと咲く

二　兄も弟も　荒鷲志願
　　続く決意に　薫る花
　　女ながらも　鋲打つ腕に
　　醜(しこ)の御楯の　血が通ふ

三　清く雄々しく　戦ふ花よ
　　日毎夜毎を　戦場に
　　命捧げて　増産作業
　　今日も職場に　日が暮れる

「戦ふ花」は題名も歌詞もはっきりと覚えていますのに、作詞者名が分かりませんでした。戦争中の戦争歌は軍歌集などに載っているのは有名な歌ばかりで、当時よく歌われた歌でも消えてしまったものが多くありますので調べる術もありません。でも長く心に思っていると思いがけない時に出会うのですね。この歌も先年偶然なことから作詞者名・作曲者名に辿り着きました。どちらも思いがけなく有名な方で驚きました。制作年は分かりませんが、やはり昭和十九年頃の作品でしょう。十九年には「勝利の日まで」（作詞サトウハチロー）も出ています。

四　冴えた夜空に　輝く星の
　どれが兄やら　弟やら
　肩に日の丸　きりりとかけた
　晴れの姿が　眼に浮かぶ
　　　　　　　　　（橋本国彦作曲）

女性への戦争応援歌としては、早く昭和十三年に「愛国の花」（作詞者福田正夫）がでています。この歌は、非常時の国難に当たって女性は家を子を守り、忍耐して困難に耐えるようにとの意図で作られたのでしょう。その後「荒鷲慕ひて」（作詞西條八十）などの若い女性の戦争賛美の歌と変わり、そして戦況が悪くなるに従って、前に掲載した三曲のように、若い女性たちを積極的に戦争に参加させる為の歌になっています。

私たちが動員の実態調査をしている頃、あの頃の文集作りを多くの学校でしておられました。新聞の歌壇にも体験者の投稿が散見されました。次に挙げますのは一九九三年の朝日歌壇から切り抜いておいたものです。この年歌壇には勤労動員の歌が多く載りました。

同級会果てつつ遂に及びゆく学捨て軍服縫いたる日々に　竹内栗子
花散る日動員工場で爆死せし先輩いまも少年の貌　和田庄司
ひき算に戦後はじまる日を思えば十四歳の折れそうな葦　土屋まさ子
作りいし特攻機の翼焼く校庭の少女の上のひろき青空　林　明子
学徒動員の鋲打つ窓に幾夜見し春の北斗の残る明け空　宮地英子

特攻隊用なればと誤差を許されて部品作りし痛みは消えず　　及川伸子

及川伸子氏の歌はこの年の朝日新聞社賞最優秀賞に選ばれた作品です。こうして作られた飛行機に乗って出撃された特攻隊の若き兵士を思うと、国家とは何と残酷なものかと憤りを禁じ得ません。この歌の作者は永い痛みを持って生きて来られたことでしょう。

「あの夏も空がなかった」少女期を奪われし母アマリリス折る　　岩元秀人
動員の工場のベルトに揉まれつつ果てにし君の八月が来る　　田畑実彦
妹が「行って参ります」と還らざる動員の日の空襲なりき　　太田忠夫
茜いろの初富士を見き徹夜して魚雷削りし動員学徒われら　　清野弘也

暫く掲載歌のなかった勤労動員の歌が、二〇〇〇年前後にまた右のように見られます。世紀の末にあの戦争の二十世紀を振り返り、戦争のない世を人々は願ったのでしょう。

次は二〇〇三年の朝日歌壇に載った歌、

口笛で「あゝ紅の血は燃ゆる」兄を偲ぶ日歌詞を疎めば　　神田真人
そんな日も少女らは笑い山畑になまいもをかじり松の根掘りき　　三浦礼子
学徒われら「勝利の日まで」歌いつつ刈りし日遙かくずの花咲く　　熊谷勝子
旅終えて戻りしごときクラス会動員学徒の日日は語らず　　宮地英子

現在の朝日歌壇には勤労動員を歌った作品は見かけなくなりました。右の最後の歌のように体験者も語るには老いたのでしょうか。共感を持って選ぶ選者がいなくなったのでしょうか。こうして多くの国民に塗炭の苦しみ痛みを与えた昭和の戦争が、忘れられつつあります。

私たちが勤労動員されて二か月たった六月十日午前に日立工場への空襲があり、一トン爆弾が投下されて、大工場群は壊滅しました。「月・月・火・水・木・金・金」の休日無しの生産態勢だったその頃、動員されて日の浅い私たちは休日がありました。前日の休日にどなたかの視察で出勤した私たちはその日振替休日で家にいました。配属されていた直流工場も壊滅でした。もしその日出勤していたら私の命はなかったでしょう。私が勤労動員に拘るにはそのような理由があります。永らえた命は戦争の悲惨さを伝えようと。「勤労動員少女の会」の本は完成しました。

『少女たちの勤労動員の記録――女子学徒・挺身隊勤労動員の実態――』という題名で、一九九六年三月に出版しました。出版に当たっては東京都女性財団の助成をいただくことが出来ました。

同年十二月、「平和協同ジャーナリスト基金賞奨励賞」を受賞しました。勤労動員の全国的な記録としてはおそらくこの本が唯一のものでしょう。本が出来ても調査のまだ不十分な点が多々ありますので、実態調査の掘り起こしは今なお続けています。

敗戦による勤労動員解除から六十年の今年、再びこのような事のないようにと念じつつ。

九

とんがり帽子

菊田一夫

一　緑の丘の赤い屋根
とんがり帽子の時計台
鐘が鳴ります　キンコンカン
メイメイ　子山羊も鳴いてます
風がそよそよ丘の家
黄色いお窓はおいらの家よ

二　緑の丘の麦畑
おいらが一人でいる時に
鐘が鳴ります　キンコンカン
鳴る鳴る鐘は父母の
元気でいろよという声よ
口笛吹いておいらは元気

三　とんがり帽子の時計台
夜になったら星が出る
鐘が鳴ります　キンコンカン
おいらはかえる屋根の下
父さん母さんいないけど
丘のあの窓おいらの家よ

四　おやすみなさい窓の星
おやすみなさい仲間たち
鐘が鳴ります　キンコンカン
昨日にまさる今日よりも
あしたはもっとしあわせに
みんな仲よくおやすみなさい

昭和二十年七月十九日夜半の空襲の焼夷弾攻撃で日立市は殆ど全焼し、我が家も丸焼けになりました。着の身着のままに逃げたので家財の一切を焼かれましたから炊事の道具も無く生活出来ません。炊き出しなんてなかったし敵機の機銃掃射は毎日ありましたのでそこに住み続ける事が出来ません。あの頃汽車には簡単に乗れませんでしたから、戦災者証明書で父の故郷に帰ることになりました。

途中東京の親戚宅に一泊させて頂き、翌朝早く上野駅に向った電車の中で、薄汚れたアンダーシャツ一枚の小学校高学年位の年頃の男の子が「この非常時に帝都を捨てて逃げるなんて非国民だ。俺は死んでも帝都を護る」と私を憎々しげに睨んで言いました。私達を東京から逃げ出す疎開者と見たのでしょう。もしかしてあの子は東京での何回もの戦災に遭い家も親兄弟も失った子だったのかもしれないと今にして思います。しかしそんな目に遭ってもなお国の為に尽くそうと子供の心に思い込ませた当時の教育を考えると、軍国主義教育の恐ろしさを考えずにはいられません。

八月十五日、戦争は無条件降伏に終りました。私が昭和二十年の暮東京に帰って来た時には上野駅にも有楽町にも沢山の戦災孤児達がいました。彼等はどのようにして日々の糧を得ていたのでしょうか。彼等は「浮浪児」と呼ばれていました。

その年の九月二十日、早くもと言うべきか（当時の日本の戦後の社会状況から言えばの事で、戦争中は戦災孤児達に何の対策も講じていなかったのですから）厚生省は「戦災孤児等保護対策要綱」を発表しました。

一、個人家庭への保護依頼。二、養子縁組。三、集団保護の対策。しかしそれらは実際には困難で対策は役に立ちませんでした。

戦災孤児たちは巷に放り出されたまま自らの食の為に靴磨き（主に占領軍兵士たちの）やかっぱらい・窃盗をし、政府は治安対策の為に「浮浪児対策」として、浮浪児を収容しようとしました。

一九四七年に児童局が設置され、福祉の観点からの対策として戦災孤児収容施設を作りました。その数二百八十箇所と記録されていますが、勿論国の施設は少なく国公立四十箇所残りは援護会や個人の善意によるものでした。昭和二十三年の戦災孤児の人数は十二万三千五百余名と記録されています。

施設が出来てもまた個人の善意が如何に篤くても、一般の家庭でさえ衣料も食糧も乏しく食うや食わずだった当時、収容した子供たちに着る物も食べ物も十分満足に与えられたでしょうか。お腹を空かせた孤児たちを飢えさせない事に精一杯だった施設にとって彼等の心の痛手にまで気が付く余裕もなく、ましてその心を支えてやる手だてもなかった事でしょう。寂しい孤児たちは自由な天地を求めて収容された施設を抜け出し再び浮浪児に戻る者が多くいました。なにしろそこは「戦災孤児収容施設」に過ぎなかったのですから。

今でこそ「心のケア」等と言われますが、戦後長い間人々も国もそんなことに気が付く余裕はありませんでした。巷の闇市には「特攻くずれ」と言われる若者が傍若無人に振る舞っていて彼等は「愚連隊」とも呼ばれていました。昨日までお国の為に身命を捧げようと一心に思い、人間魚雷・特攻兵として明日の命を顧みず国に捧げる事のみを正しいと思い込まされた若者の心は、敗戦と共に国にも誰にも何の考慮も労りも無く断ち切られて彼等は敗戦直後の混乱した社会に投げ出されてしまいました。彼等の心の痛手を考慮し思い遣る事は誰も考えませんでした。「お国の為に」との純粋な心を踏み躙られた悲しみは一顧だにされず癒されず。その心の荒みは戦後六十何年の年月を経ても未だに癒されないままに現在に至りました。その延長線上に現在の社会があると私は考えます。戦争の傷跡は長く消えず未だ続いていると私は思います。

昭和二十一年大阪の女学校の四年生だった私はその秋京都への遠足がありました。集合の後はグループ毎の見学です。新京極のさくら井屋などに可愛い便箋や封筒等をひやかしにいった人達も多いようでしたが、私のグループは私の希望で清水寺等を回りました。「お上りさんを連れていると真面目に歩かんといかんのでかなわんわ」友人たちは言いながらも楽しそうに案内して下さいました。その途中円山公園でお弁当を広げた時の事、私達の周りを浮浪児が取り囲みました。とても食べては居られなくてお弁当は子供たちに上げて退散しましたが、戦災に遭わなかった京都に浮浪児の多いのを不思議に思いました。

翌年ラジオから連続放送劇「鐘の鳴る丘」（菊田一夫作）が放送されました。「とんがり帽子」はこの劇の主題歌です。この歌を聞くと昭和二十年暮の上野駅・有楽町のガード下・新橋や池袋や銀座の闇市が昨日の如く目に浮かびます。

その年の暮東京にいた私は「鐘の鳴る丘」の劇を観ました。可哀想で溢れる涙を止める事が出来ませんでした。浮浪児と呼ばれ「浮浪児狩り」で孤児施設に収容された彼等はその後どのように成長していったでしょう。

親族に引き取られた孤児達の日々の生活については『ガラスのうさぎ』(高木敏子著)を、戦災で親を失った戦時下の孤児の日々については『火垂るの墓』(野坂昭如著)をお読みになって下さい。私は現在の子供達にも是非読んで欲しいと願っています。

二〇一一年の東日本大震災・大津波では両親を失った子供達・少年少女が多くおられます。戦時下や敗戦直後とは異なり物質的な支援はし易いと思いますが、その心の悲しみ痛みははかり知れません。子供達の心の傷は一様ではありません。それぞれの痛手をどの様に癒すことが出来るかが今後の課題です。

十　幾山河越えさり行かば　　若山牧水

幾山河越えさり行かば寂しさの終(は)てなむ国ぞ今日も旅ゆく
山ねむる山のふもとに海ねむるかなしき春の国を旅ゆく
白鳥は哀しからずや空の青海のあをにも染まずただよふ
いざ行かむ行きてまだ見ぬ山を見むこのさびしさに君は耐ふるや
はつ夏の山のなかなるふる寺の古塔のもとに立てる旅人
椰子の実を拾ひつ秋の海黒きなぎさに立ちて日にかざし見る
麓には潮ぞさしひく紀三井寺木の間の塔に青し古鐘
海底に眼のなき魚の棲むといふ眼の無き魚の恋しかりけり
またさらにこぞの秋まで知らざりしいのちの寂に行きあへるかな
かたはらに秋ぐさの花かたるらくほろびしものはなつかしきかな
山動け海くつがへれ一すぢの君がほつれ毛ゆるがせはせじ

（瑠璃光寺）

戦災で町も我が家も焼けて疎開した福井の田舎の家の土蔵で、若山牧水の『海の声』（明治四一年）『独り歌へる』（明治四二年）『秋風の歌』（大正三年）を見いだした時の喜び。知っている好きな歌が幾つもあったので繰り返して読み耽りました。

「椰子の実」の歌は島崎藤村の詩「椰子の実」そのままの情景を思わせましたし、山口の瑠璃光寺を詠んだ歌は、戦争の影も見えない近くの尼寺を思わせて、私は晩夏の夕暮れに時々その白壁に沿って歩きました。話はそれますが後年、瑠璃光寺の五重塔を見ました。その素晴らしさに感動しました。

春白昼（まひる）ここの港に寄りもせず岬を過ぎて行く船のあり　牧水

春の海さして船行く山かげの名もなき港昼の鐘鳴る　牧水

を読みますと、蕪村の句が思われます。

高麗舟のよらで過ゆく霞かな　蕪村

昭和二十一年四月に大阪の女学校に転校しました。四年生でした。校長室で長々と校長の学校自慢を聞かされた後に、控室の応接室に戻ると手提げ袋からお弁当が無くなっていました。そんな食糧難の飢えた時代でしたが、校長は大阪一や関西一の女学校と言われたがこの程度の学校かとも思いました。朝礼の度に校長が「東にお茶の水あり、西に清水谷あり」と話されるのを、戦争中さんざん聞かされた「日本は世界で一つの神の国」を思い出しながら、「井の中の蛙」と思っていました。

今学期から一カ月に一度全校生に午後の授業時間に校長の短歌の授業があることになった、詠草は校長室前の箱に入れるように、と伝達がありました。校長は若山牧水に心酔されている歌人と聞きましたので、私は前記のような牧水の歌を思い、人間は一面的に見て評価してはいけないのだと反省し、期待と楽しみに待ちました。ああ！　それなのに……。取り上げられたのは『山桜の歌』でした。

うす紅に葉はいちはやく萌えいでて咲かむとすなり山桜花
うらうらと照れる光にけぶりあひて咲きしづもれる山桜花
おほみ空光りけぶらひ降る雨のかそけき雨ぞ山ざくらの蔭に
瀬瀬走るやまめうぐひのうろくづの美しき春の山ざくら花
吊橋のゆるるあやふき渡りつつおぼつかなくも見し山ざくら

牧水は『死か芸術か』（大正元年）『みなかみ』（大正二年）などの創作上の苦しい転機を経て、牧水調といわれる『くろつち』（大正十年）『山桜の歌』（大正十二年）の調べの大らかな歌境に到達したといわれて、特に『山桜の歌』は高く評価されています。旅を多くし旅の歌も多くあります。昭和三（一九二八）年没。四十三歳。若くして亡くなられたのですね。

さて私は最初の講義で脱落しました。山桜の歌の内容が気に入らないというのではありません。そ

の頃の私は戦時中にさんざん聞かされた

敷島の大和心を人問はば朝日に匂ふ山桜花　　本居宣長

によって、山桜花拒否症になっています。「山桜花は潔くパッと散る」「花は桜木人は武士」という言葉で多くの若者を戦場の死地に追いやってきました。その言葉の生徒に与えた影響を思いやることもなく、少女たちの心を考えず、平然と山桜花などという言葉の歌を教える校長の無神経さに怒りを覚えました。つい先頃まで「花も蕾も若桜―国の大事に殉ずるは」と学徒勤労動員で工場で働かされていたのです。抒情的な詩も歌も禁じられて、美しい絵も音楽もなく少女らしい時間は奪われていたのです。そんなことにも気が付かないなんて……と。あの当時の私達にはもっとその年頃に相応しい詩や歌が必要でしたのに。

私の友人に「ヤマトナデシコ」ときくと気分が悪くなるという方もおられます。

先の「聖戦」の恐ろしさは戦闘だけでなく、成長盛りの少年少女幼い子供から、かけがえのないその成長の時期を奪ったことにあると私は考えています。それはもはや取り戻す術もありません。戦後の混乱の中で顧みられなかった青少年や子供の心の傷は、社会に多くの歪みをもたらしながら現在に至っています。

それからの講堂での短歌の時間は、私には専ら読書の時間となりました。偶然お借りすることのできた世界文学全集を片端から読みました。でもお友達の歌は覚えています。

両側を覆ひて生ふる草青し軌道一筋北に走りて　　Hさん

鉄橋を渡るたまゆらすれちがふ貨物列車の鉄のにほひす　Tさん

その頃、俳句第二芸術論を友達と論じたりしていました。

先年、世田谷女性史の聞き書き集の編集に携わりました。その中に若き日の牧水の話が載っています。

「牧水が早稲田大学に入学したとき、玉川村瀬田の旧家の離れに下宿しました。その時その村の娘さんが牧水に恋をしました。牧水の方も心が動いたので次のような歌を作ったのでしょう。その頃旧家のお嬢さんの恋愛は周囲の理解がないばかりか冷たい目でみられ、お嬢さんは傷心の身で村を去って放浪し、牧水もまた村を離れ、愛は育ちませんでした。

多摩川の砂にたんぽぽ咲く頃は我にも思ふ人のあれかし　牧水

歌碑は多摩川の兵庫島に建てられています」　（せたがや女性史）

真白き富士万朶（ばんだ）の桜挙手の兵戦時ポスターの消えざる記憶　郁

十一　望郷五月歌

佐藤春夫

塵まみれなる街路樹に
哀れなる五月来にけり
石だたみ都大路を歩みつつ
恋しきや何(な)ぞわが古里
あさもよし紀の国の
牟婁(むろ)の海山
夏みかんたわわに実り
橘の花さくなべに
とよもして啼くほととぎす
心してな散らしそかのよき花を
朝霧か若かりし日の
わが夢ぞ
そこに狭霧(さぎ)らふ

朝雲か望郷の
わが心こそ
そこにいさよへ
空青し山青し海青し
日はかがやかに
南国の五月晴(さつきばれ)こそゆたかなれ
心も軽くうれしきに
海の原(わだはら)見晴かさんとて
のぼり行く山辺の道は
杉檜樟(くす)の芽吹きの
花よりもいみじく匂ひ
かぐはしき木の香薫(くん)じて
のぼり行く路いくまがり

しづかにも昇る煙の
見まがふや香炉の煙
山賤（やまがつ）が吸ひのこしたる
鄙ぶりの山の煙草の
椿の葉焦げて落ちたり
古（いにしへ）の帝王たちも通はせし
尾の上の道は果てを無み
ただつれづれに
通ふべききはにあらねば
目を上げてただに望みて
いそのかみふるき昔をしのびつつ
そぞろにも山を下りぬ
歌まくら塵の世をはなれ小島（をじま）に
立ち騒ぐ波もや見むと
辿り行く荒磯石原
丹塗舟影濃きあたり
若者の憩へるあらば

海の幸鯨（いさな）捕る船の話も聞くべかり
且つは問へ
浦の浜木綿幾重なすあたり何処（いづく）と
いざさらば
心ゆく今日のかたみに
荒海の八重の潮路を運ばれて
流れよる千種百種（ちぐさももぐさ）
貝がらの数を集めて歌にそへ
贈らばや都の子等に

昭和二十一年の四年生の新学期になっても教科書はありませんでした。前年の三年生の時は学徒勤労動員で、教科書どころか授業もなく、思えば私たちの女学校生活でまともに教科書を手にしたのは一・二年生の時位でした。その年の五月頃からでしたか、新聞紙のような紙が配られ、それを折り畳んで十六頁位に折って、それが教科書でした。終わる頃には次がくるという状態でした。全教科ではなかったようですが、数学はあったと思います。配られた国語の紙にこの詩がありました。吸い付けられるように繰り返し読みました。

駅から学校まで見渡す限り焼け野原、高台にポツンと学校だけがあるという情景でした。初夏なのに一本の街路樹もない辺りの風景に、この詩を重ね合わせて読みました。

後年、新宮の熊野速玉大社を訪ねた時、境内にこの詩の詩碑があり、詩の前半が刻まれてありました。女学校の頃を思い出しながら、後半も暗誦しながら境内を歩きました。

後年、謀反の罪で捕らわれ、牟婁の湯に静養している天皇・皇太子の許に護送される途中で詠んだと伝えられる、万葉集の有間皇子の歌

磐代の浜松が枝を引き結びま幸くあらばまたかへりみむ　（巻二）

や、帰りの藤白坂で絞首刑に処せられた（時に年十九歳）悲劇などを講じていると、「古への帝王たちも通はせし尾の上の道」の詩句を思い、この詩を思うとあの大阪の街の焼け跡や敗戦直後の日々を思

い出します。

通学下車駅、城東線の玉造駅の一つ手前の鶴橋駅から、大荷物を背負った闇屋がなだれ込み、殺人的に混んだ電車の中で身動きも出来ず、玉造で下車出来ません。次の森の宮駅は廃駅になって止まらずその次の京橋駅まで度々もっていかれました。その往復に高架から見る森の宮は、飴のように曲った鉄骨が累々と続いていました。大阪砲兵工廠が昭和二十年八月十四日にうけた米軍による徹底的な空爆の残骸でした。この空襲で大勢の犠牲者がでました。敗戦の前日のことでした。

一九九〇年、私達の出版した戦争体験文集『十四歳の戦争』は、各新聞等で取り上げられたので、女学生の学徒勤労動員と空襲の体験文集を全国各地から贈って戴きました。作成中とか作りたいとのご相談も多く、最終的には百冊位集まりました。それぞれに力作です。

その中でも大阪府立豊中高女の『ほむら野に立つ』はすぐれた文集です。

白昼の工場爆撃で麦畑に逃げ込む学徒勤労動員の女学生たち。おりから麦秋の頃でした。そこに焼夷弾投下。燃える麦畑から逃れる少女たち。それをめがけての機銃掃射。「お母ちゃん」と叫びながら友の膝で息絶える少女。編集をなさった方も手の甲を銃弾で砕かれました。手の甲を銃弾で砕かれ怪我で歩けぬ彼女を見知らぬ中学生がトタン板を探してきて、それにのせて引っ張っていき、先生に託されたとのことでした。

『ほむら野に立つ』という題名には、空襲と炎の中を逃げ惑う少女たちの無残な戦争体験とともに、その空襲の最中、命の危険をも顧みず助けて下さった方への気持ちも込められているのではないかと私は思うのですが。

さねさし相武の小野に燃ゆる火の火中に立ちて問ひし君はも　　弟橘比売命

古事記　倭建命御東征

後年、彼女はこの時の中学生と再会されたと伺いました。

『女ひとり生きる』（谷嘉代子編）には、戦争で一家の働き手を失い、戦災で家も家財もなくした少女たちが、戦後の混乱の中でどのような生活を余儀なくさせられたか、その後の人生をどのように生きたかが書かれています。「女ひとり生きここに平和を希う」と書かれた「女の碑」が、京都の常寂光寺にあります。烈しい戦争の最中「お国のために」と働かされた少女たちの中には、敗戦後一家の支えとして働き、結婚をする機会を失った人も大勢おられます。その方々が建てられたこの碑には、女性たちの平和への思いが込められています。私が訪ねました時は丁度紅葉の美しい頃で、碑は紅葉に包まれていました。

『おかあさん疲れたよ』（田辺聖子著）は『大阪砲兵工廠の八月十四日』『ほむら野に立つ』『女ひとり生きる』などを参考にして書かれた小説で、戦中・戦後を生きた女性の姿がよく描かれたとてもすぐれた作品です。

十二　青い山脈

西條八十

一　若くあかるい歌声に
雪崩は消える花も咲く
青い山脈　雪割桜
空のはて
今日もわれらの夢を呼ぶ

二　古い上着よさようなら
さみしい夢よさようなら
青い山脈　ばら色雲へ
あこがれの
旅の乙女に鳥も啼く

三　雨に濡れてる焼け跡の
名も無い花も振り仰ぐ
青い山脈　かがやく嶺の
なつかしさ
見れば涙がまたにじむ

四　父も夢見た　母も見た
旅路のはてのその涯の
青い山脈　みどりの谷へ
旅をゆく
若いわれらに鐘が鳴る

（服部良一作曲）

昭和二十二年新聞連載の小説『青い山脈』を毎日待ちかねて読みました。戦時中の全体主義的教育に不満な思いで過ごしていた私は、終戦という選択があったのなら国民に塗炭の苦痛を強いる前にどうしてもっと早くに戦を止めなかったのかと思い、また戦後の昨日に変わる大人たちやマスコミの言動や社会の様相に、敗戦後の日々もまた憂鬱な思いでいました。しかしこの小説を読むと何か新しい明るい未来が見えるように思われました。

それまで女学生と男子生徒は学校は別学。男女交際などは退学もの。恋文などを貰ったら本人に隙があったからと糾弾される社会でしたから、「変しい変しい新子様」との恋文や学校の保護者会に其れ者が出席し会長に反論するなんて考えられない事でした。ですからこれからは世の中が変わっていく、旧弊なしきたりに縛られない社会になるという嬉しい予感に心ときめかせて読みました。

戦災前の我が家にあった如何にも「開けてはいけません」雰囲気の本箱に、どう考えても誰が読んだのか判らない、『大菩薩峠』『富士に立つ影』『紀南太平記』等が手付かずの儘という感じであって、『大菩薩峠』はご丁寧にも連載新聞の切り抜きまで製本してありました。

若い頃白骨温泉の斎藤旅館に泊まったら、部屋の名が机龍之介の間、新しい湯殿の名は中里介山の湯でした。長い階段を下った所には古いお風呂があり、湯気の向こうに朧に見えるのはお爺さんらしい鄙びた混浴湯でした。親の目を憚り読んだ小学生の頃を思いました。

その本箱に石坂洋次郎氏から父への贈呈本『若い人』『暁の合唱』がありました。氏と父とは若き日に親交があったとの事ですが、何処でその接点があったのか聞かずじまい。

終戦の年の暮、東京に戻った私は日劇で映画「東京五人男」を観ました。石田一松・古川ロッパ・花菱アチャコ・横山エンタツ・柳家権太楼出演で、戦災の焼け野原で防空壕を焼けトタンの屋根で覆って生活し、ドラム缶のお風呂に親子で入って歌っている歌、

○お殿様でも家来でも風呂に入る時ゃ皆裸裃脱いで刀を捨てて歌の一つも歌ってる

○お役人でも僕等でも夜の枕はみんな一つ頭の中はどっちがどっちか歌の一つも歌ってる

このような光景は焼跡続く東京のあちこちで見られました。アチャラカ風な映画でしたが、如何にも頭を抑え付けていた重石が取れたというようなアッケラカンとした気分でした。

「リンゴの唄」がラジオから流れてきましたが、戦後の生活に苦しんでいる人々の目をまた現実から逸らさせようとする意図が感じられて軽薄なこの歌は嫌いでした。お先棒担ぎには二度と騙されまいと。

『青い山脈』は映画化されましたが、東宝争議のせいだったかで公開が遅れ、主題歌の「青い山脈」が先に発表され、若い人々の共感を得て愛唱歌となり一世を風靡しました。

昭和二十年三月、学徒勤労動員中の五年制女学校の四年生は全国一斉に四年終了で突然卒業させられました。卒業後もそのまま勤労動員は続行させられましたから、何の為の卒業年限短縮だったのか

今も判らない。恨みは深し卒業式。学校によっては卒業させたらもはや生徒ではないから学校は責任はもてないと、密かに動員引き揚げを実行し、その為に校長や先生方は当局に追及されたとの事ですが、そのお蔭で戦火の犠牲を免れた生徒も多く、事に当たっての校長や教員の判断力の大切さを痛感させられます。終戦。

二十一年三月の四年生は前年を踏襲して四年終了で卒業しても、五年生に残っても良く二十二年卒業と学年は二回に分けて卒業。

昭和二十二年三月、全国の殆どの公立女学校は五年制となり、四年終了で上級学校は受験出来ず、首都圏の旧制高校はどこも女性に門戸は開かず。二十三年三月五年終了で卒業となりました。

この年この学年に新制高校三年生が出来、昭和二十四年第一回生として卒業した方もありましたが男女共学の恩恵は受けず。

昭和二十二年学校制度は変わり、義務教育は小学校六年・中学三年の男女共学となりました。公立高校も三年制、男女共学と。

しかし高校の男女共学の実施のされ方については近畿以西と東京・東北では違います。大体に於いて西日本では強制が厳しく、東京や東北地方では穏やかな実施。また関西以西は県によって商業高校も工業高校も農業学校も等し並の普通高校にして小学区制としたりと、一概には言えない実態。戦後七十年近くでも関東・東北では未だに県立女子高が存在し、公立高校の学制改革の実態は自分の地域の狭い知識では判断することは出来ません。

十数年程前、私達は数人で女性史の話し合いをしていました。声を潜めて話している積りでしたが暫くして年配の男性が時々私達を見ておられ、やおら立ち上がって私達に向かって来られました。「ほら煩いと叱られる」と私は内心びくびく。その方は「お話中お邪魔して申し訳ありませんが」と語られたお話の概略。「私は中学（旧制）に行きたかったが高等科を卒業して東京に就職した。後に友達が高校に入学したと言うので、定時制高校に出願したら新制中学を卒業していないと受験できないとの事。そこの先生に聞いて夜間中学を探し、やっと定時制高校に進学出来た。学校の事では苦労した。あの年高等科に新制中学三年が出来たのに就職が決まって学校に話に行った母も先生もどうして制度がかわって新制中学が出来たことを教えてくれなかったのかと今も恨んでいます」と。

「新しい制度が出来た時には将来の事まで考える知識のある人がいなかったのではないか。まして就職が決まったことを先生も喜ばれたのでは」等と暫くお話すると「母や先生への長年の恨みが消えました。伺って良かった。有難うございました」と微笑まれました。

戦後の義務教育九年間の目的は心豊かな人間を育てる事にあった筈です。現在の社会の様相を見ると何処で何が間違ったか。

十三　夜のプラットホーム　奥野椰子夫

一　星はまたたき　夜ふかく
鳴りわたる　鳴りわたる
プラットホームの　別れのベルよ
さよなら　さよなら
君　いつかえる

二　人は散りはて　ただひとり
いつまでも　いつまでも
柱によりそい　佇ずむわたし
さよなら　さよなら
君　いつかえる

三　窓にのこした　あの言葉
泣かないで　泣かないで
瞼にやきつく　さみしい笑顔
さよなら　さよなら
君　いつかえる

（服部良一作曲）

昭和二十二年、ラジオから流れたこの歌は二葉あき子が歌っていました。戦時下の昭和十四年多くの人に愛唱された「父よあなたは強かった」を歌っていたのがこの人で、その可愛い声が好きだった私は、彼女はこんな歌も歌うんだと感動しました。その後昭和二十五年に彼女は「水色のワルツ」を歌い大ヒット曲となります。

藤浦洸作詞・高木東六作曲の「水色のワルツ」は他の流行歌とは少し異なり、美しい曲と歌詞は若い女性の心を捉え一世を風靡しました。

水色のワルツ

一　君に逢ううれしさの　胸にふかく
水色のハンカチを　ひそめる習慣（ならわし）が
いつの間にか　身にしみたのよ
涙のあとをそっと　隠したいのよ

二　月影の細道を　歩きながら
水色のハンカチに　包んだ囁きが
いつの間にか　夜露に濡れて
心の窓をとじて　しのび泣くのよ

二葉あき子には戦後「フランチェスカの鐘」「別れても」等があります。別れの歌が多いように思われますが、いわゆる歌謡曲と違った歌でしたので、どれも私の好きな歌です。歌手の二葉あき子も私は好きです。

さて「夜のプラットホーム」は最初は戦時中に淡谷のり子が歌った歌でした。作詞者は神戸駅のプラットホームで、出征兵士を涙を湛えて見送る若妻をみて詞を書いたと聞く。「夜のプラットホーム」はレコード売り出し直後に発売禁止となりました。この曲を聞けば出征兵士との別れと思うだろうと当局が考えたからだという事で。昭和十三年の頃です。

前年の昭和十二年には同じ淡谷のり子の歌う「別れのブルース」が十六万枚売れたところで発禁。皮肉な事にこの歌は中国大陸戦線の兵士の間で流行したということでした。

考えると今私達が思うよりずっと早くから当局は、別れを涙・悲しみ・嘆きで表す事に敏感に反応し禁止していたものと思われます。

と考えた時に私達が昭和十八年の女学校一年の時にお習いした歌の歌詞を思い出しました。

故郷さらば　　作歌　桑田つねし

一　園に微笑む小百合よ　いばらの花よ
しばし汝と別れむ　千草の花よ
けふの門出を笑て語らむ　さらば故郷
さらば故郷　さらば故郷　故郷さらば

二　庭にすだく虫の音よ　森べの鳥よ
しばし汝と別れむ　軒吹く風よ
けふの門出を共に歌はむ　さらば故郷
さらば故郷　さらば故郷　故郷さらば

この歌を習った時に私は家で母が歌っている歌詞とは違うなあと思いましたが、外国の歌は時代によって訳詞が違うので、新しい訳詞かと思ってあまり気に止めませんでした。

母達も女学校時代に歌い、そして今も皆に歌い継がれている、吉丸一昌訳詞の歌詞を次ぎに載せますので、比べて見て下さい。

故郷を離るる歌　　ドイツ民謡

一　園の小百合　撫子　垣根の千草
今日は汝を眺むる終りの日なり
思へば涙　膝をひたす　さらば故郷
さらば故郷　さらば故郷　故郷さらば

二　つくし摘みし岡辺よ　社の森よ
小鮒釣りし小川よ　柳の土手よ
別るる我を憐れと見よ　さらば故郷
さらば故郷　さらば故郷　故郷さらば

三　ここに立ちてさらばと　別れを告げん
山の陰の故郷　静かに眠れ
夕日は落ちて黄昏たり　さらば故郷
さらば故郷　さらば故郷　故郷さらば

私達のお習いした歌は、故郷を離れる人はその門出を歓び、送る方も笑顔で門出を祝うという歌詞になっています。故郷との別れを悲しんで涙したりせず、故郷を離れるのは暫しで、再び帰らずという歌は歌わせない当局の意図がありありと分かる歌詞になっています。女学生の歌う歌すら、出征兵士を送ることを暗示する歌詞に作り変えられたのです。

こうして出征兵士は喜んで故郷を旅立ち、家族や友人はその目出度い首途を笑みて送るという事を教え込まれました。

太平洋戦争末期の音楽の教科書の事ですから、この歌詞の「故郷さらば」を教えられた学年はほんの僅かだったように思いますが、こうして改めて歌詞に向き合ってみると、私達の受けた軍国主義教育の恐ろしさをしみじみと思います。

私の好きな「別れのブルース」「雨のブルース」など淡路のり子の歌う歌は、丁度我が国で盛んに軍歌の作られた時代と重なります。

そんな時代にあって戦時中に戦地の将兵慰問の舞台では、モンペを着ず何時もドレス姿で、軍歌は歌われなかったということでした。軍部に絶対権力のあった当時に、敢然と自説を通されたのは勇気あることと、その自負心自尊心にも敬意をはらっています。

戦後に淡谷のり子の「君忘れじのブルース」等を聴きながら、淡路のり子の歌う「夜のプラットホーム」を是非聴きたいと長い間思い続けていましたらある時思いがけなく聴く機会に恵まれました。胸を打たれる歌でした。

歌の「君いつかえる」の一節に、あの李白の有名な詩「子夜呉歌」の一節「何日平胡虜良人罷遠征」が思い出されました。作詞者の念頭にこの詩が浮かんではいなかったか、などと思いいつつ聴きました。

十四　琵琶湖哀歌

奥野椰子夫

一　遠くかすむは　彦根城
波に暮れゆく　竹生島
三井の晩鐘　音絶えて
何すすり泣く　浜千鳥

二　瀬田の唐橋　漕ぎぬけて
夕陽の湖に　出で行きし
雄々しき姿よ　今いずこ
ああ青春の　唄のこえ

三　比良の白雪　溶けるとも
風まだ寒き　志賀の浦
オール揃えて　さらばぞと
しぶきに消えし　若人よ

四　君は湖の子　かねてより
覚悟は胸の　波まくら
小松ヶ原の　紅椿
御霊を護れ　湖の上

（菊地　博作曲）

昭和十六年四月六日、当時琵琶湖では全国学生ボート大会に向けて全国各地から学生たちが集まってボートの練習をしていました。

この日の朝悪天候をついてボート訓練中の旧制第四高等学校（金沢にあった旧制高校）のボート部員

十一名が、比良八荒の突風の為に高島町萩の浜沖で遭難し湖底に沈みました。

この歌はこの遭難の哀悼歌として作られ、東海林太郎によって歌われました。

琵琶湖は万葉の昔から比良颪（ひらおろし）が烈しい所で、琵琶湖を交通する舟は「沖へな離り」と万葉集の歌人も詠んでいます。


私は旧制第三高等学校寮歌（琵琶湖周航の歌として知られている）「我は水（うみ）の子さすらいの（初出は水（うみ）の子です）」を歌うと、自然にこの歌が口をついて出ます。これはこの歌の詞も曲も、「旧制三高寮歌」と「真白き富士の根」（七里ヶ浜の哀歌）の二つの歌に似通っている故であるからと思います。

何時何処で覚えた歌やら分からず気にかかっておりました。巷でも歌われず、他人が歌うのを耳にした事もありませんでしたから。

昭和十六年四月におこったこの痛ましい遭難事故への哀歌には、別に旧制四高生の作詞作曲による「四高漕艇班遭難追悼歌」がありますが、時節柄人々に広く歌われることもなかったということです。日中戦争も泥沼化していた当時、多くの若者は応召され、戦場にて戦死しています。この年の十二月に太平洋戦争が始まっていますから、のびやかな高校生のボートレガッタ等も次第に出来なくなってゆく時代になってきました。

四高漕艇班遭難追悼歌

一　思ひ出づる調べも哀し
　　春浅く　水藻漂ふ志賀のうみ
　　かの日風立ち雲たれて
　　呼びこたふこだまのみ
　　たそがれに流れいゆきぬ

（以下割愛）

ある年大阪の女学校の同期会に出席した時、お隣に座った方を見てはたと思い出しました。兄上が旧制第三高校に在学しておられるというその方から「琵琶湖哀歌」を教えて戴いた事を。「よく覚えていはったわねえ」とおっしゃいました。

女学校五年生の夏休みが終わって学校に行くと、数学の若い女の先生が「来年から女性も高校（旧制）にいけるようになりました。勉強して入学して下さい」とおっしゃいました。何事にも浅はかな私は（よし、私も）と自分の学力も考えず思い、声楽家希望のお友達は兄上が使われた受験参考書を貸して下さいました。

私の旧制三高受験は、まもなく私が東京に戻ったので実現せず、旧制一高は女性に門戸を開かず、折角の旧制高等学校教育の恩恵にはあずかれずという結果となりました。

随分以前の事でした。敦賀から長浜に向かって車を走らせていると、左手の家の塀に「国宝十一面観音」と小さな板が出ているのが目に入りました。ふと、拝観しようかなと。

小さなお寺に入ると正面に大きな十一面観音像。心震える感動でした。渡岸寺（向源寺）の国宝十一面観音との初めての出会いでした。以来私の大好きな仏像の中のご一体です。

観音像の前の部屋でご老人が何人かでお茶を飲んでおられ「東京からですか。遠い所をよくお参り下さいました」とお茶を勧めて下さりお話を伺いました。集落の方が集まって堂守をしながら仏像を公開しておられるとの事で、「仏様を秘仏として見せない所もあるが、仏像は多くの人に拝観して戴くのが本来の事ではないかという集落の人達の思いで、ここでは公開して有志でお守りしています」と語られたのが心に残りました。

湖北には十一面観音像が沢山あります。それぞれは小さなお堂の中にひっそりと立ち、集落の人々に大切に守られています。

当時は事前に役場に電話して日時を申し込むと当番の堂守さんが畑仕事の途中に来て、開けて居て下さるという仕組みでしたので、時間通り行くのは大変でしたが、こうして私は石道寺・鶏足寺・医王寺・西野薬師堂等などの湖北の十一面観音様を拝観しました。

その頃朝日新聞に『星と祭り』という題の井上靖氏の小説が連載されていました。一九七一年五月からで湖北の観音を取り上げられていました。ここまで書いてはっと気が付きました。井上靖氏が旧制四高の出身の事に。

『星と祭り』は突風による琵琶湖のボート転覆事故で息子と娘を失った、それぞれの父親の年月を経ての心の動きを描いた作品です。息子を湖で失いその遺体も見つからないままの父親は、七年の年月を琵琶湖湖畔の十一面観音をお参りして歩きます。

井上靖氏が四高・京大を卒業後、毎日新聞大阪本社学芸部に入社されたのが一九三六年。一九四一年の四高生のボート遭難事件は、氏の高校の後輩達の事故ですから身近な出来事として心に深く思い留められた事と思われます。『星と祭り』はこの事故に対する思いを後年小説として結晶されたものと私は思います。

十一面観音像に魅せられた私はその後、心して各地の十一面観音像を拝観する旅を何度も致しました。奈良の法華寺や聖林寺や長谷寺や室生寺の十一面観音像はすでに度々拝観しています。小浜の羽賀寺・京都府田辺の観音寺・嵯峨広沢の遍照寺・加茂町の海住山寺の二体の十一面観音像等など。その他の仏像の中には六十年に一度や三十三年に一度や年に一回の御開帳という所もありました。

万葉の昔「隠り口の泊瀬」と呼ばれた初瀬の地は風葬の地でした。京都の鳥辺野の地も風葬の地でした。それらの地に長谷寺や清水寺が建てられ、十一面観音様が祀られているのは死者の魂を慰める為と思います。奈良の滝坂も平城の昔の風葬の地で、この坂道には朝日観音・夕日観音等の石仏が建てられています。

琵琶湖はその昔湖上交通の盛んな湖でしたから水難事故もまた古来多かったはずです。近江の琵琶湖湖畔の多くの十一面観音像は古来から琵琶湖に沈んだ死者の霊を祀ったものでしょう。観音の道は死者を悼み祀る道。

数年前の万葉会の方々との旅で琵琶湖の遊覧船の船内に「琵琶湖哀歌」が流れているのを聞きました。

十五　星落秋風五丈原

土井晩翠

（一）

祁山悲秋の風更けて
陣雲暗し五丈原
零露の文は繁くして
草枯れ馬は肥ゆれども
蜀軍の旗光無く
鼓角の音も今しづか。
＊　＊　＊
丞相病あつかりき。

清渭の流れ水やせて
むせぶ非情の秋の声
夜は関山の風泣いて
暗に迷ふかかりがねは
令風霜の威もすごく
守るとりでの垣の外。
＊　＊　＊
丞相病あつかりき。

帳中眠かすかにて
短檠光薄ければ
こゝにも見ゆる秋の色
銀甲堅くよろへども
見よや侍衛の面かげに
無限の愁溢るゝを。
＊　＊　＊
丞相病あつかりき。

風塵遠し三尺の
剣は光曇らねど
秋に傷めば松栢の
色もおのづとうつろふを
漢騎十萬今さらに
見るや故郷の夢いかに。
＊　＊　＊
丞相病あつかりき。

夢寐に忘れぬ君主の
いまはの御こと畏みて
心を焦がし身をつくす
暴露のつとめ幾とせか
今落葉の雨の音
大樹ひとたび倒れなば
漢室の運はたいかに。
＊＊＊
丞相病あつかりき。

四海の波瀾収まらで
民は苦み天は泣き
いつかは見なん太平の
心のどけき春の夢
群雄立てこと〴〵く
中原鹿を争ふも
たれか王者の師を学ぶ。
＊＊＊
丞相病あつかりき。

末は黄河の水濁る
三代の源遠くして
伊周の跡は今いづこ
道は衰へ文弊ぶれ
管仲去りて九百年
楽毅滅びて四百年
誰か王者の治を思ふ
＊＊＊
丞相病あつかりき。

「荒城の月」で有名な土井晩翠は、明治三十年代の始め詩壇で島崎藤村と並び称せられた詩人です。吉田精一氏は『鑑賞現代詩』に「その詩風は藤村が優しく女性的であるのに対して晩翠の詩は雄渾で男性的であり、藤村が優雅なやまとことばを用いたのに対して晩翠は剛健な漢語を多用し、藤村が抒情詩人であるのに対して晩翠は思想詩人の性格を持っていて対照的である」と書いておられます。

しかし私は「星落秋風五丈原」を読みました時に、この詩の哀愁漂う抒情に魅せられました。『三国志』の諸葛孔明の五丈原での悲運を詠んだ哀感がそくそくと胸に迫ります。

劉備に「三顧の礼」をもって迎えられた智謀の軍師諸葛孔明は五丈原で敵軍と対しますが、勝利を目前にした陣中で病に倒れました。死に臨んで孔明は味方の軍に撤退の策を授けます。孔明の死は厳重に伏せられて蜀軍は撤退を始めます。

孔明死すと思った魏の将軍仲達は蜀軍に攻撃をしかけますが蜀軍の反撃にあって、孔明が死去したというのは孔明の見せかけで孔明の謀略であったかと思って軍を率いて逃げ去りました。「死せる孔明生ける仲達を走らす」という言葉はここから生まれました。

勝利を目前にして陣中に病に倒れた孔明の無念の思い。この詩はこの孔明の思いを詠んでいます。それ故にこの詩には深い哀惜の思いが籠っています。

一聯毎に繰り返される「丞相病あつかりき」にはセンチメンタルとも思われる哀愁の籠った抒情が感じられます。漢語を多用してはいますが雄渾などとは程遠い。詠嘆調です。

私が先ずひかれたのはこの詩の題名でした。「星落秋風五丈原」なんてセンチメンタルそのものの題名ではありませんか。勇壮なんてとんでもない。悲壮な詠嘆的な哀感に誘われます。格調高く詠まれていますがそれにまぎらわされて底流に流れている感傷的な哀愁を見逃してはならないと思うのです。単純に晩翠の詩を藤村と比較して、一方を女性的かたや男性的等と断じてはならないと思います。

この詩は六章からなる長い詩で到底その全部を取り上げる事が出来ませんが、事が成るのを目前にして死にゆく智謀の将の悲運を悼む晩翠の哀惜の思いが胸に響きます。

この詩は晩翠の代表作と言われています。人々に愛誦され人口に膾炙したのもその懐古趣味的詠嘆調の所以ではないでしょうか。

私が晩翠の詩を感傷的な詠嘆的な作品と思いますのは、この詩と同じ頃に読んで私には忘れられない晩翠の詩があるからです。

戦災の夜に救急袋の中にあって焼け残った私のお大事ノートに書き留められている詩。

星と花　　　土井晩翠

同じ「自然」のおん母の
御手にそだちし姉と妹
み空の花を星といひ
わが世の星を花といふ

かれとこれとに隔たれど
にほひは同じ星と花
笑みと光を宵々に
替はすもやさし花と星

されば曙雲白く
み空の花のしぼむとき
見よ白露のひとしづく
わが世の星に涙あり

少女らしいものが何もなかった殺伐とした時代に少女の私の心に沁みたのか。鉱山での勤労奉仕や工場への勤労動員に明け暮れる日々を、このような詩で私は自らの心を慰めて過ごしました。晩翠にはこのような少女の好むような詩が幾つかありますが、「荒城の月」にも流れる感傷的懐古趣味的詠嘆が古代中国の歴史に題材をとった他の詩の底流にも流れていると私は思います。

先頃大層流行った流行歌「青葉城恋唄」。さとう宗幸の歌うこの歌を聞くと私には思い出す晩翠の詩があります。何処か似通った感じがしてならないのです。

哀歌　　土井晩翠

同じ昨日の深翠り
広瀬の流替らねど
もとの水にはあらずかし
汀の桜花散りて
にほひゆかしの藤ごろも
写せし水は今いづこ

心ごころの春去りて
色ことぐ〳〵く褪めはてつ
夕波寒く風たてば
行衛や迷ふ花の魂
名残の薫りいつしかに
水面遠く消えて行く

（後略）

かたや過ぎ去りし去年の夏の恋への想い、かたや過ぎ行く春を惜しみ再びは還らぬ日々を思う詩となっておりますが、両方共に還らぬ日々への哀惜を歌った詩です。晩翠には「広瀬川」「青葉城」という詩もあります。

晩翠の詩は漢語それも漢語の雅語や歴史的な知識がなければ分らない言葉が多用されていますので、一読して意味が分らないきらいがあります。読者に読み解く為の知識がないと理解されにくいのではないでしょうか。それ故に時代が下るに従って、古代中国の歴史書の知識が人々から薄れるにつれてあまり読まれなくなったのではないかと思われます。

『三国志』の諸葛孔明の五丈原の戦陣に於ける突然の死を読みますと、武田信玄と徳川家康との三方が原の戦いの話が思い出されます。信玄は家康の軍を敗走させ、今一息で家康の息の根を止めるという所まで追いつめた時に病の為陣中で亡くなります。武田軍は亡くなる前の信玄の指令に従って信玄の死を伏せ粛々と軍を撤退させたという。この話は天下統一を志ながら、それを目前にして病に倒れた信玄への哀惜の思いが『三国志』の諸葛孔明になぞらえて人々に語り継がれたものかと思ったりしています。歴史とは往々にしてそのように語り継がれるものでしょう。

十六　桐一葉

坪内逍遥

晨鶏（しんけい）再び鳴いて残月薄く、征馬しきりに嘶（いなな）いて行人出づ、はや分かれゆく横雲や、残んの星を一つづつ、鐘が消しゆくいなのめの、長柄堤（ながらづつみ）に秋たけて、一むら蘆に風黒く、ありあけすごき淀川水、ゆきて帰らぬ浪の音、狭霧（さぎり）にむせび白らけゆく、千草が蔭の虫の声、哀れはいとどまさるらん。片桐市の正且元は、居城茨木へ立退かんと従ふ郎党一百余人、寅の刻に邸を立って、大坂城をあとになし、列を正してしづしづと、長柄堤にさしかかる。

『桐一葉』

坪内逍遥作の『桐一葉』の「長柄堤の訣別」の一節です。大坂城から退城する片桐且元と後を慕って追ってきた木村長門守重成とが、長柄堤で別れを惜しむ場面です。

女学校二年の教科書で（?若しかしたら一年生だったかも知れません。お友達によると二年生の教科書はなかったと言う方もおられますので）この文章を読んだ時は嬉しかった。

私もこんな文章をお習いするようになったかと、一寸大人になった気分でした。母から女学校でお習いしたと、何度も『太平記』の「俊基朝臣東下り」の一節を聞かされ続けていましたので、私もとうとうそれに近付いたかと思い、自分の成長を誇らしくも思いました。今に至るまでこの一節を暗誦出来ますのはそんな嬉しさの故かもしれません。

しかし私達を待っていたのはそんなゆったりとした女学生生活ではありませんでした。校庭を掘り返して畑にしたり、テニスコートを芋畑にしている私達を、若い頃からテニスの選手で時々テニスをしていらした校長先生が、校庭のスタンドに立って涙を流しながら見ていらしたお姿を覚えています。

女学校の入学式に来た母が「田舎の校長先生には惜しいいい男ね」といかにも美男子好みらしい感想を述べていたほど上品な美男子でした。この方は間もなく朝鮮の師範学校の校長になって去られ、その後は軍国主義の先生が来られました。食糧難は酷くなりました。

校庭の畑の肥え遣り、肥桶を担いで坂道を歩いた記憶は今に鮮明。農家への援農は多く麦刈り、田の草取り、稲刈りと一通りの農作業はしました。日立鉱山への勤労奉仕は鉱石運びやトロッコから鉱物の粉を下ろす仕事でした。女学生の身には過酷な労働にもかかわらず、鉱山の勤労奉仕にはお昼に大きなお握りが出るのでそれが嬉しいと言うお友達もいました。私達の女学生生活は勤労奉仕に明け暮れましたが、銃後の女学生として当たり前のように思い、学べないことを悲しいとも思わず過ごしていました。校内では極寒の兵士の軍服に必要な毛皮を取るための兎の飼育もしていました。救急看護の為の看護教育も。本土決戦になったら私達も「ひめゆり部隊」として出動したでしょう。

そして軍需工場への勤労動員。

敗戦後は教科書もない授業の日々。その上戦記物はご法度でとうとう『太平記』は教えて戴けませんでした。ですから「俊基朝臣東下り」は母から聞いて覚えただけです。

俊基朝臣再関東下向事　太平記

落花ノ雪ニ踏迷フ、交野ノ春ノ桜ガリ、紅葉ノ錦着テ帰ル、嵐ノ山ノ秋ノ暮、一夜ヲ明ス程ダニモ、旅寝トナレバ懶(ものうき)ニ、恩愛ノ契リ浅カラヌ、我故郷ノ妻子ヲバ、行末モ知ズ思置キ、年久モ住慣シ、九重ノ帝都ヲバ、今ヲ限ト顧テ、思ハヌ旅ニ出デ給フ、心ノ中ゾ哀ナル。憂ヲバ留ヌ逢坂ノ、関ノ清水ニ袖濡テ、末ハ山路ヲ打出ノ濱、沖ヲ遙ニ見渡セバ、塩ナラヌ海ニコガレ行ク、身ヲ浮舟ノ浮沈ミ、駒モ轟ト踏鳴ス、勢多ノ長橋打渡リ、行キカフ人ニ近江路ヤ、世ノウネノ野ニ鳴ク鶴モ、子ヲ思カト哀也。時雨モイタク森山ノ、木下露ニ袖ヌレテ、風ニ露散ル篠原ヤ、篠分ル道ヲ過行バ、鏡ノ山ハ有トテモ、泪ニ曇テ見ヘ分ズ。物ヲ思ヘバ夜ノ間ニモ、老蘇ノ森ノ下草ニ、駒ヲ止テ顧ル。古郷ヲ雲ヤ隔ツラン。

言わせておけば止処(とめど)なく「番馬、醒井、柏原、不破ノ関屋ハ荒果テ……」と続きますのでこの辺で。

私達の受け得られなかった女学校の授業の日々は、取り戻す術もないのを今も私は恨みに思っています。記憶力のよかった年頃に勉強もろくに受けられずに過ぎ去った時間を。

戦争は私達少女からどんな事を奪ったかについては、私は今までに色々な所で、様々な問題について発表してきました。今回は家々によって受け継がれて来た、家庭に於ける知的教養の継承とでもいうような事が戦争によって断たれてしまったのではないかという点について述べたいと思います。

上級学校も国文科に進学した私は『金色夜叉』も『不如帰』も読んでいない同級生がいるのに驚きました。『己が罪』は勿論です。

その頃ある大学の入学試験で『金色夜叉』を「きんいろやまた」、「長塚節」を「ながつかぶし」と仮名振りをしたという有名な話があり、何も知らない生徒が多いとの嘆きを聞きましたが、それほど物知らずの生徒を作りだしたのは、戦時中に生徒達に本を読む暇も与えない生活をさせた結果であることには誰も言及せず、それに対する大人の反省は聞かれませんでした。生徒の学力や知識の低下を笑っても、そのよってきたるべき原因については糾明されなかったのです。

戦時下の学校では小説を読むことを禁じていました。しかし家庭での親たちの会話などからそんな小説の存在を知り、密かに家の本箱から出して読んだりする事が出来ました。

けれども戦時中の食糧不足に各家庭が追われるようになると、親は子供に食べさせる事に必死でそんな小説について語る余裕はなくなり、こうして家庭の持つ教養のようなものは子に語られず受け継がれませんでした。『大菩薩峠』や『富士に立つ影』のような大衆小説は勿論のこと『罪と罰』も『親和力』も読まなかった子供は当然の知識も持たず親になりました。

そんな親にどうして教養豊かな子供が育てられましょうか。その子供達には有名大学に入るための試験の点数のみを競わせ、他人と背比べすることだけを目指して勉強させました。「ナクヨウグイス平安京」なんて上手に覚えて。

娘が中学生だった時には『ベルサイユのばら』を読み耽り、天地真理の歌に熱をあげ、英語の本も自由に手に入りましたので翻訳を楽しんでいました。『罪と罰』は高校の社会科の宿題でレポートを書いていました。彼女の読んだ様々なジャンルの本が本棚に溢れ、生命科学の研究者となった今も子育てをしながら多方面の読書をしています。

しかし私は私が母から受け継いだ知識や教養を、娘に十分に伝え得なかったことを悔やんでいます。私が自分の勉強や仕事に追われて、中学生になった娘に「落花の雪に踏み迷う」のような名文を楽しくゆったりと語り聞かせる余裕ある時間を持たずに過ごした事を。家のもつ教養は伝え得たかと。

クラリネットを楽しんでいる中学生の孫には「私の作った『十四歳の戦争』を読んでね」と話しています。思考力も想像力も豊かな、自分の考えを持った人間になって欲しいと。

著者略歴

進士　郁（しんじ　いく）

一九三〇年　東京生まれ
一九四八年　東京都立第二高等女学校卒業
同年　東京女子高等師範学校文科入学
一九四九年　お茶の水女子大学国文科入学
同年　学制改革により東京女高師二年中退
一九五三年　お茶の水女子大学国文科卒業
同年　東京都公立中学校教諭（国語）
一九六三年　東京都立高等学校教諭（国語）
一九八九年　病気のため退職
一九八九年　戦時中在学していた茨城県立日立高女の同級生に呼びかけて戦争体験文集作成を提案
一九九〇年　『十四歳の戦争―その時日立は戦場だった』刊行
一九九一年　「戦時下勤労動員少女の会」を結成し同会代表
一九九六年　『少女たちの勤労動員の記録』刊行
同年　平和協同ジャーナリスト基金賞奨励賞受賞
二〇一三年　増補改訂版『記録―少女たちの勤労動員』刊行
一九八九年から現在（二〇一九年）社会人講座にて古典文学講座の講義

私の出逢った詩歌〔上巻〕

二〇二〇年二月二〇日　初版第一刷発行

著　者　進士　郁
発行者　日高徳迪
装　丁　臼井新太郎
発行所　株式会社 西田書店
東京都千代田区神田神保町二―三四　山本ビル
TEL　〇三―三二六一―四五〇九
FAX　〇三―三二六二―四六四三
印　刷　株式会社 平文社
製　本　有限会社 高地製本所

ISBN978-4-88866-643-5
・定価はカバーに表示してあります。
・落丁本、乱丁本はお取替えいたします（送料小社負担）。